LA VENGEANCE DU MANITOU

COLLECTION TERREUR
dirigée par Patrice Duvic

Iain Banks
LE SEIGNEUR DES GUÊPES

William P. Blatty
L'ESPRIT DU MAL

Robert Bloch
PSYCHOSE
LORI

Ramsey Campbell
ENVOÛTEMENT
LA SECTE SANS NOM

Martin Cruz-Smith
LE VOL NOIR

John Farris
LE FILS DE LA NUIT ÉTERNELLE
L'ANGE DES TÉNÈBRES

Ray Garton
EXTASE SANGLANTE

Linda C. Gray
MEDIUM

Thomas Harris
DRAGON ROUGE

James Herbert
LES RATS
LE REPAIRE DES RATS
LE SURVIVANT
FOG

Stephen King
SALEM

Dean R. Koontz
LE MASQUE DE L'OUBLI
MIROIRS DE SANG
LA VOIX DES TÉNÈBRES
LES YEUX DES TÉNÈBRES
UNE PORTE SUR L'HIVER
LA PISTE GRISE
LA MORT A LA TRAÎNE

Stephen Laws
TRAIN FANTÔME

Michael McDowell
LES BRUMES DE BABYLONE

Graham Masterton
LE DÉMON DES MORTS
LE PORTRAIT DU MAL
LE LOUR « J » DU JUGEMENT
MANITOU

Anne Rice
LESTAT LE VAMPIRE
ENTRETIEN AVEC UN VAMPIRE

Peter Straub
JULIA
GHOST STORY

Sheri S. Tepper
OSSEMENTS

Thomas Tessier
L'ANTRE DU CAUCHEMAR

Jack Vance
MÉCHANT GARÇON

Bari Wood-Jack Geasland
FAUX-SEMBLANTS

GRAHAM MASTERTON

LA VENGEANCE DU MANITOU

PRESSES POCKET

Titre original : REVENGE OF THE MANITOU

Traduit de l'anglais
par François Truchaud

ISBN : 2-266-03600-9

Misquamacus, *homme très sage parmi les* Wampanaugs, *affirmait que le Démon avait pour nom* Ossadagowah, *ce qui signifie Enfant de* Sadogowah, *lequel était considéré comme un Esprit Terrifiant. Les Anciens prétendent qu'il était venu des Étoiles. Les* Wampanaugs, *les* Nansets *et les* Nahrigansets *savaient comment L'attirer hors du Ciel, mais ils ne le firent jamais, car ils savaient tout le Mal qu'Il pouvait engendrer.*

H. P. Lovecraft

1.

Il se réveilla au cours de la nuit et il était sûr que quelqu'un se trouvait dans sa chambre.

Il resta immobile, n'osant pas respirer ; ses doigts de petit garçon de huit ans serraient le drap pékiné, remonté sur son nez. Il scrutait les ténèbres et tendait l'oreille, cherchant à déceler le moindre mouvement, à entendre le plus léger crissement des lames du parquet. Son cœur battait la chamade, son sang — en un steeple-chase de terreur enfantine — remontait chaque artère et redescendait chaque veine, à une vitesse éperdue.

— *Papa*, dit-il, mais le mot sortit de sa bouche si doucement que personne n'aurait pu l'entendre. Ses parents dormaient dans leur chambre, à l'autre bout du couloir, et cela voulait dire que la sécurité se trouvait deux portes et dix mètres plus loin, de l'autre côté d'un palier sombre où une vieille horloge de parquet égrenait son tic-tac et où régnait, même dans la journée, une curieuse sensation de solitude et de silence oppressant.

Il était sûr d'entendre quelqu'un soupirer... ou souffler. Des soupirs bas, contenus, comme s'ils exprimaient la tristesse, ou la souffrance. Il s'agissait peut-être seulement du bruissement des rideaux, qui se gonflaient et retombaient, au rythme de l'air qui entrait par la fenêtre entrouverte. Ou bien c'était la mer, s'échouant doucement et chuchotant sur la grève sombre, à huit cents mètres à peine de distance.

Il attendit et attendit, mais rien ne se produisit. Cinq

minutes s'écoulèrent. Dix. Il souleva de l'oreiller sa tête blonde et ébouriffée, parcourut la pièce du regard, les yeux dilatés par la peur. Il y avait le montant du lit en sapin sculpté. Il y avait l'armoire en noyer. Il y avait son coffre à jouets ; le couvercle était seulement à moitié fermé, à cause de ses modèles réduits de tanks, des grues et des gants de base-ball qu'il rangeait toujours pêle-mêle dedans.

Il y avait ses vêtements, ses jeans et son T-shirt, sur sa chaise droite au dos de mailles de plastique.

Il attendit encore un peu, fronçant les sourcils. Puis il rejeta précautionneusement les draps et se leva, pour traverser la pièce jusqu'à la fenêtre. Dehors, sous un ciel grisâtre de nuages effilochés et de vent capricieux, annonçant la venue de l'aube, un héron de nuit craquetait, *kwawk, kwawk* ; une porte en bois claquait et claquait. Il regarda en bas, vers l'arrière-cour en désordre, puis vers la palissade inclinée séparant la maison des Fenner des dunes herbues du littoral de Sonoma. Il n'y avait personne.

Il retourna se coucher et ramena les draps sur lui, recouvrant pratiquement sa tête. Il savait que c'était stupide, parce que son papa lui avait dit que c'était stupide. Pourtant, cette nuit, c'était différent des autres fois, où il avait été effrayé par des ombres, ou trop énervé parce qu'il avait regardé à la télévision des films de soucoupes volantes. Cette nuit, il y avait quelqu'un dans sa chambre. Quelqu'un qui soupirait.

Il resta allongé ainsi, crispé et immobile, durant une vingtaine de minutes. La porte en bois continuait de claquer, avec une régularité indifférente, mais il n'entendait rien d'autre. Au bout d'un moment, ses yeux commencèrent à se fermer. Il se réveilla en sursaut, une fois, puis ses yeux se fermèrent à nouveau, et il s'endormit.

C'était le pire des cauchemars qu'il ait jamais faits. En fait, il avait l'impression de ne pas rêver du tout. Il se levait et se tournait vers l'armoire, dodelinant la tête avec une étrange raideur. Le grain du noyer des portes de l'armoire l'avait toujours troublé, parce qu'il formait des sortes de visages, comme des renards. A présent, c'était terrifiant. On aurait dit qu'il y avait quelqu'un *à l'intérieur* du bois, quelqu'un qui l'appelait, qui essayait désespérément de lui dire quelque chose. Quelqu'un qui était pris au piège, mais qui était néanmoins terrifiant.

Il entendait une voix, comme la voix de quelqu'un parlant à travers la vitre épaisse d'une fenêtre. « ... *Allen... Allen... pour l'amour de Dieu, Allen.. pour l'amour de Dieu, au secours... Allen...* », appelait la voix.

Le garçon s'approcha de l'armoire, une main tendue devant lui, comme s'il avait l'intention de toucher le bois pour découvrir d'où venait la voix. Vaguement, à peine visible... une faible luminosité sur le vernis... il distinguait un visage gris, un visage dont les lèvres remuaient en un appel flou à la clémence, un appel au secours, demandant qu'on l'aide à s'échapper d'un enfer inconcevable.

— *Allen*... implorait la voix d'une façon monotone. *Allen... pour l'amour de Dieu...*

— Qui est Allen ? chuchota le garçon. Qui est Allen ? Je m'appelle Toby. Je suis Toby Fenner. Qui est Allen ?

Il se rendit compte que le visage disparaissait rapidement. Pourtant, un instant, il eut une sensation indescriptible de terreur à glacer le sang, comme si un vent froid avait soufflé sur son visage, provenant d'un lointain passé... à des années et des années de distance. Il eut également l'impression d'un *autre endroit*... un endroit connu et familier, et néanmoins étranger, d'une façon terrifiante. L'impression fut là, puis elle disparut, si vite qu'il n'eut pas le temps de comprendre de quoi il s'agissait.

Il frappa avec ses mains contre la porte de l'armoire et demanda : — Qui est Allen ? Qui est Allen ?

Il était de plus en plus effrayé, et il criait à tue-tête : — *Qui est Allen ? Qui est Allen ? Qui est Allen ?*

La porte de la chambre s'ouvrit brusquement et son papa lui demanda :

— Toby ? Toby... que diable t'arrive-t-il ?

*
**

Durant le petit déjeuner — bacon, œufs et crêpes — pris sur la table de cuisine en pin, son papa était assis, mâchonnant et buvant son café, tout en l'observant attentivement.

Le *San Francisco Examiner* était posé contre son coude, toujours plié ; il ne l'avait pas lu. Toby, déjà prêt pour l'école — il portait des jeans et une chemise d'été bleu pâle — concentrait toute son attention sur ses crêpes. Aujourd'hui, c'étaient des îles au trésor, au milieu d'une mer de sirop, qu'excavait peu à peu une fourchette géante.

Sa maman était en train de nettoyer la cuisinière. Elle portait son tablier rose à carreaux ; ses cheveux blonds étaient ramenés sur sa nuque et coiffés en queue de cheval. Elle était mince et jeune ; elle préparait le bacon exactement comme Toby l'aimait. Son papa était plus sombre et plus calme, plus taciturne, mais il y avait une profonde affection entre eux qui rendait superflu un flot de paroles. Ils pouvaient faire voler des cerfs-volants tout un dimanche après-midi sur la plage, ou bien aller à la pêche sur l'un des bateaux du chantier de son papa, et ne pas échanger plus de cinq mots entre le déjeuner et le crépuscule.

A travers la fenêtre de la cuisine, le ciel formait un motif de nuages blanc et bleu. C'était le mois de septembre sur la côte nord de la Californie, un mois chaud et venteux, une époque où le vent soufflait dans l'herbe rugueuse et faisait claquer le linge à sécher sur la corde.

— Encore un peu de café ? demanda Susan Fenner. Je viens de le faire.

Neil Fenner tendit sa tasse sans quitter Toby des yeux.

— Bien sûr. Avec plaisir.

Susan jeta un coup d'œil à Toby comme elle versait le café dans la tasse de son mari.

— Vas-tu te décider à manger tes crêpes, oui ou non ? lui demanda-t-elle, un peu brusquement.

Toby leva la tête.

— Mange tes crêpes, lui dit son papa.

Toby obéit. Les îles au trésor furent détruites par la fourchette géante et englouties par un broyeur monstrueux.

— Des nouvelles intéressantes dans le journal, ce matin ? demanda Susan.

Neil jeta un coup d'œil au journal et secoua la tête.

— Tu n'as pas l'intention de le lire ? dit Susan, tirant l'une des chaises de cuisine en pin et prenant place, avec sa tasse de café? Elle ne prenait jamais de petit déjeuner, mais elle n'aurait laissé à aucun prix Neil ou Toby partir de la maison, sans un copieux repas dans l'estomac. Elle savait que Neil avait l'habitude d'oublier la pause de midi pour le déjeuner, et que Toby échangeait ses sandwiches au beurre de cacahouète contre des soldats en plastique ou des barres de chewing-gum.

Neil répondit par la négative et fit glisser le journal sur la table, dans sa direction. Susan le déplia et le feuilleta, s'arrêtant à la page des réclames.

— Qui aurait imaginé cela! s'exclama-t-elle. Il est écrit ici que faire la cuisine avec une Cuisinart est tout à fait passé de mode. Et moi qui n'ai même pas encore acheté une Cuisinart!

— Dans ce cas, nous avons fait des économies, dit Neil, mais il ne semblait pas vraiment intéressé.

Susan leva les yeux et fronça les sourcils.

— Quelque chose ne va pas, Neil? demanda-t-elle.

Il secoua la tête. Puis, soudainement, il tendit le bras par-dessus la table et attrapa Toby par le poignet, de telle sorte que la prochaine fournée de crêpe du garçon resta en suspens au-dessus de son assiette.

— Oui, m'sieu? fit Toby.

Neil fixa son fils, attentivement et intensément. D'une voix rauque, il lui demanda :

— Toby, sais-tu qui est Allen?

Toby regarda son père sans comprendre.

— Allen, p'pa?

— C'est cela. Tu répétais son nom sans arrêt, la nuit dernière, lorsque tu as fait ce cauchemar. Tu disais : « Je ne suis pas Allen, je suis Toby. »

Toby cligna des yeux. Au grand jour, il n'avait pas un souvenir très précis de son cauchemar. Il avait la vague impression que cela avait quelque chose à voir avec la porte de son armoire, mais il avait oublié ce que c'était exactement. Il se souvenait d'une sensation de vive frayeur. Il se souvenait que son papa l'avait remis au lit et bordé soigneusement. Mais ce nom « Allen » ne signifiait vraiment rien pour lui.

— C'est ce qu'il disait? demanda Susan. « Je ne suis pas Allen, je suis Toby? »

Neil acquiesça de la tête.

— Tous les gosses disent dans leur sommeil des quantités de choses qui ne veulent rien dire, lui dit-elle. Ma sœur cadette avait l'habitude de chanter des chansons qu'elle avait apprises à l'école, durant son sommeil.

— Ce n'était pas la même chose, rétorqua Neil.

Susan décocha un regard à Toby, puis regarda à nouveau son mari. Elle déclara calmement :

— Je ne vois pas où tu veux en venir.

Neil lâcha le poignet de son fils. Il baissa les yeux vers le plateau de table, fixant son assiette bien nettoyée, puis annonça :

— Le prénom de mon frère était Allen. Tout le monde l'appelait Jim, à cause de son deuxième prénom. Mais son premier prénom était Allen.

— Mais Toby ne le savait pas!

— Précisément, répliqua Neil.

Il y eut un silence embarrassé. Puis Susan demanda :

— Qu'essaies-tu de dire? Que Toby a fait un cauchemar, à propos de ton frère?

— J'ignore ce que j'essaie de dire. Cela m'a causé un choc, c'est tout. La chambre de Toby était, autrefois, celle d'Allen. De Jim, je veux dire.

Susan reposa sa tasse de café. Elle regarda Neil et se rendit compte qu'il n'était pas en train de se payer sa tête. Il le faisait, de temps à autre, avec un humour sincère mais un peu lourd, qu'il tenait de sa mère, une Polonaise. Ces bonnes vieilles plaisanteries terre à terre d'Europe centrale. Mais aujourd'hui, il était énervé et troublé, comme s'il avait le pressentiment que des jours sombres l'attendaient.

— Tu crois que c'est un *fantôme*, ou quelque chose dans ce genre? demanda Susan.

Neil parut sérieux, un moment, puis il eut un sourire gauche et haussa les épaules.

— Un fantôme? Je ne sais pas. Je ne crois pas aux fantômes. Je veux dire, je ne crois pas à des fantômes qui se baladent la nuit.

Toby intervint.

— Il y a un fantôme, papa? Un vrai fantôme?

— Non, Toby, répondit Neil. Les fantômes n'existent pas... sauf dans des livres de contes, et c'est tout.

— J'ai entendu des bruits, cette nuit, insista Toby. C'était un fantôme?

— Non, fiston. C'était seulement le vent.

— Mais... et ce que tu as dit, à propos d'Allen?

Neil baissa la tête. Susan prit Toby par la main et lui dit d'une voix douce :

— Papa voulait seulement dire que tu as dû faire un genre de rêve très spécial, c'est tout. Inutile de t'inquiéter. A présent, dépêche-toi de finir cette crêpe, parce que c'est l'heure d'aller à l'école.

Neil emmena Toby dans sa camionnette Chevrolet jusqu'à Bodega Bay et le déposa devant l'école. La cloche faisait entendre ses accents plaintifs ; la plupart des enfants étaient déjà rentrés en classe. Toby descendit, mais, au lieu de courir directement vers l'école, il resta sur la route, à côté de la camionnette, les yeux levés vers son père. Le vent soufflant du Pacifique ébouriffait ses cheveux blonds.

— Papa? fit-il.

Neil le regarda.

— Qu'y a-t-il?

— Je n'avais pas l'intention de te bouleverser ou quoi que ce soit, dit Toby.

Neil éclata de rire.

— Me bouleverser? Tu ne m'as pas bouleversé.

— Je croyais que tu l'étais. Maman a dit que je ne devais pas parler de Jim.

Neil ne répondit pas. Il lui était toujours pénible de penser à son frère. Son esprit n'était plus tourmenté par ces images effroyables et si nettes. Il avait réussi, avec le temps, à les brouiller, au point de les rendre méconnaissables. Mais il y avait toujours cette sensation de douleur coupant le souffle, comme de plonger dans l'océan par un jour de décembre. Il y avait toujours cette impuissance, toujours ce désespoir.

— Tu ferais mieux de rejoindre les autres, dit Neil. Ta maîtresse va s'inquiéter et se demander où tu es.

Toby hésita. Neil insista :

— Allons, file maintenant.

Toby comprit que son papa parlait sérieusement. Il balança sur son épaule ses livres et le sac contenant son déjeuner, puis traversa à pas lents la cour d'école grise et poudreuse. Neil le regarda franchir la porte bleu pâle et malmenée par les écoliers. Puis la porte se referma. Il soupira.

Il savait qu'il aurait dû parler franchement à Toby et tout lui dire, au sujet de Jim. Mais, pour une raison inconnue, il en était incapable... il devait d'abord être franc avec lui-même, dans son propre esprit, à propos de Jim. Il avait tenté, deux ou trois fois, de dire à Toby ce qui était arrivé ; mais les mots venaient mal. Quels mots auraient pu décrire ce qui était arrivé... alors que vous voyez votre propre frère, écrasé lentement et mortellement, sous une voiture ? Quels mots auraient pu faire comprendre ce que vous ressentiez... le fait de savoir que c'était votre faute, que vous aviez accidentellement desserré le cric ?

Encore aujourd'hui, il voyait la main de Jim se tendre vers lui. Il voyait toujours le visage implorant et gonflé de Jim, avec le sang coulant de sa bouche et de son nez. Comment pouvez-vous dire tout cela à votre fils qui n'a que huit ans ?

Il repartit et descendit jusqu'à Bodega Bay, garant la Chevrolet sur le parking, devant le « restaurant des Marées ». Puis il marcha le long des planches en bois de la jetée, jusqu'au *White Dove*[1], un voilier qu'il était en train de caréner pour un client. Des mouettes tournoyaient et voletaient dans le vent ; les agrès et les haubans des bateaux ancrés dans la baie claquaient et faisaient entendre un bruit métallique.

Bodega Bay était une petite baie peu profonde, entourée par une pointe de terre qui s'avançait depuis la côte de Sonoma, comme un doigt faisant un signe. Les plages tout autour étaient grises et jonchées de bois calciné et de boîtes de bière défoncées. Au-delà des plages, il y avait des collines vertes et ondoyantes, et des fermes paisibles. Les touristes étaient tous repartis à présent ; le littoral était brumeux et silencieux, à l'exception du cri monotone des

1. La *Colombe Blanche*. *(N. d. T.)*

mouettes, et du bruit sourd de la mer battant contre les piliers de la jetée.

Neil descendit sur le pont décoloré par le sel du *White Dove* et alla à l'arrière du bateau. Le propriétaire s'en était servi durant tout l'été ; le voilier avait sérieusement besoin d'être nettoyé, repeint et verni. Neil leva les yeux vers le mât et s'aperçut que plusieurs haubans étaient effilés et détendus.

Il s'apprêtait à descendre et à voir quels travaux de réfection étaient nécessaires dans la petite cabine lorsqu'il lui sembla entendre quelqu'un parler. Il leva la tête, mais il n'y avait personne à proximité, à part le vieux Doughty, le « vieux de la vieille » de Bodega Bay, assis sur un casier à homards, à trente ou quarante pas de là.

Neil ne bougea pas, durant deux ou trois secondes, puis il en conclut qu'il avait dû se tromper. Il baissa la tête pour descendre dans la cabine.

— *Allen*, chuchota une voix.

Neil se figea sur place. Pour une raison qu'il était incapable d'expliquer, il se sentait terrifié, comme il ne l'avait jamais été de sa vie. Il lui fut impossible de bouger, durant un long moment, comme si ce chuchotement l'avait vidé de toute son énergie. Puis il se retourna, les yeux dilatés, le visage livide.

Il n'y avait rien, sauf la baie embrumée, l'océan grisâtre et indistinct, les mouettes tournoyant dans le ciel. Pas d'autre bruit, excepté le grincement des cordages et des couples, comme le *White Dove* montait et redescendait au gré de la houle de Bodega Bay.

Neil inspira profondément et descendit dans la cabine. Il y avait trois étroites couchettes, encore recouvertes de couvertures et de draps chiffonnés. Au milieu de la cabine, il y avait une table vernie, jonchée de gobelets et de bouteilles de bourbon vides, brûlée par des mégots de cigarettes. Neil était écœuré de voir la façon dont les gens traitaient leurs bateaux. Même l'embarcation la plus modeste était une création incomparable, qui protégeait les hommes de la mer, et il était d'avis de traiter n'importe quel bateau, même le plus humble, avec soin et respect.

Il jeta un coup d'œil autour de lui, puis tourna les talons pour remonter l'échelle amenant au pont.

— *Allen*, chuchota la voix. *Au secours... Allen, je t'en prie, viens à mon secours...*

Totalement paniqué, il se retourna. Durant un instant ridicule, il fut certain de voir quelqu'un regarder dans la cabine par le hublot avant, plongé dans la pénombre. Puis le visage se modifia instantanément pour former un ensemble de cordages enroulés et de colliers de serrage.

Ébranlé, il quitta la cabine et grimpa l'escalier. Il se trouvait à nouveau sur le pont. Il ne savait pas quoi penser ou quoi ressentir. Peut-être était-ce seulement le rêve de Toby qui jouait des tours à son imagination. Peut-être était-il surmené. Il inspira lentement, deux ou trois fois, puis quitta le voilier, remontant sur la jetée pour aller chercher ses outils et ses bidons de vernis.

***

Dans la salle de classe, tandis que les rayons du soleil descendaient en oblique sur les pupitres, Mme Novato, une jeune femme aux cheveux noirs avec un grain de beauté couvert de poils sur une joue et un goût prononcé pour les robes indiennes amples, annonça une excursion pour la semaine prochaine. Cela coûterait un dollar et trente-cinq *cents* ; chaque élève devrait apporter des sandwiches. Ils iraient au lac Berryessa, dans les montagnes Vaca, pour étudier la nature et aussi, peut-être, pour se baigner.

Toby était assis à côté de Petra Delgada, une petite fille sérieuse qui ne parlait jamais beaucoup et qui allait à la messe tous les dimanches. Mme Novato l'avait mis là parce qu'il ricanait et bavardait, chaque fois qu'il était assis à côté de son meilleur ami, Linus Hopland, le garçon aux cheveux roux. Linus se trouvait dans la rangée de devant, à présent ; sa chevelure brillait dans la lumière du soleil comme le phare de Point Arena.

— Tu viendras au lac ? chuchota Toby à Petra. Tes parents te donneront la permission ?

Petra haussa les épaules et pinça ses lèvres d'un air posé.

— Je ne sais pas. J'ai été malade ces quatre derniers jours... j'ai vomi. Maman ne me le permettra peut-être pas.

— Tu as été malade ? Tu veux dire, tu as dégobillé ?

— On ne doit pas dire dégobillé. C'est dégoûtant.

Toby rougit légèrement. Il n'aimait pas que Petra pense qu'il n'était pas grand et éduqué. Après tout, Petra allait sur ses neuf ans, et elle serait certainement la prochaine représentante de la classe.

— Que veux-tu dire, alors? demanda Toby. Tu as attrapé la rougeole?

— A dire vrai, j'ai eu des insomnies, dit Petra.

— C'est contagieux?

— Bien sûr que non, idiot. Des insomnies, c'est lorsque tu n'arrives pas à dormir. Tu ne vois pas ces cernes sous mes yeux? Maman a dit que c'était dû à l'hypertension de la prépuberté.

Toby fronça les sourcils. Cela ne lui plaisait pas d'admettre qu'il n'avait pas la moindre idée de ce que Petra voulait dire. Bien sûr, il avait vaguement entendu parler de la « puberté », et il savait que cela avait quelque chose à voir avec des poils qui poussaient sur votre machin — c'était le mot qu'employait habituellement son grand-père — mais ses connaissances n'allaient pas plus loin. Comme la plupart des enfants pour qui les choses les plus importantes dans la vie sont le skateboard, le feuilleton télé *Drôle de dames*, et Captain Cosmic, on lui en avait parlé, mais il avait oublié très vite.

— Qu'est-ce que tu fais toute la nuit si tu ne dors pas? demanda Toby. Tu te lèves et tu te promènes dans ta chambre?

— Oh, je dors, la plupart du temps, expliqua Petra. L'ennui, c'est que je fais continuellement des cauchemars. Cela me réveille ; ensuite il me faut un long moment avant de me rendormir.

— Des cauchemars? J'ai fait un cauchemar, la nuit dernière.

— Oh, je suis certaine que ton cauchemar n'était pas aussi effrayant que les *miens*, répliqua Petra. Mes cauchemars sont tout simplement *horribles*.

— J'ai rêvé que quelqu'un était collé sur la porte de mon armoire, dit Toby.

Cela paraissait plutôt insignifiant, alors que le soleil inondait la salle de classe. La terreur glacée de voir ce visage gris sur la porte en noyer avait été dissipée par cette belle journée.

Petra redressa le nez.

— Ce n'est rien. Je rêve continuellement de sang. Je n'arrête pas de rêver de gens qui sont couverts de sang.

Toby fut impressionné.

— C'est *vraiment* effrayant, reconnut-il. Des gens couverts de sang... c'est *vraiment* effrayant.

— Maman dit que ce sont les peurs dues à la prépuberté, dit Petra d'un ton désinvolte. Elle dit qu'il s'agit de la peur de la femme devant sa fonction naturelle, peur provoquée par le manque de compréhension des hommes de ce qu'est une femme.

— Petra ? appela Mme Novato. Tu bavardes avec ton voisin ? Cela m'étonne de ta part.

Petra lança un regard acerbe à Toby et dit :

— Excusez-moi, Mme Novato. Je tentais d'expliquer quelque chose à Toby.

Toute la classe — vingt garçons et filles, dont l'âge allait de huit à dix ans — se retourna pour les regarder.

— S'il y a quelque chose que tu ne comprends pas, Toby, reprit Mme Novato, tu peux toujours me poser des questions. Je suis payée pour cela. En outre, je pense être mieux informée que Petra sur la plupart des sujets.

Linus Hopland adressait des sourires narquois à Toby et lui faisait des grimaces. Toby ne put s'empêcher de sourire à son tour ; il fut obligé de se mordre la langue pour ne pas éclater de rire.

— Lève-toi, Toby, dit Mme Novato. Si tu as une question à poser, s'il y a quelque chose que tu ne comprends pas, eh bien, fais-nous part de ton problème. Une classe est justement faite pour cela... participer.

Toby se leva à contrecœur. Il garda les yeux baissés vers son pupitre.

— Eh bien ? demanda Mme Novato. Que désirais-tu savoir ?

Toby ne répondit pas.

— C'était certainement très important, pour que tu en discutes avec Petra, au beau milieu de la leçon d'histoire naturelle. Et pourtant, tu es incapable de me dire de quoi il s'agissait ?

— Il s'agissait des rêves de Petra, madame Novato, dit Toby d'une petite voix enrouée.

— Parle plus fort, insista sa maîtresse. Je ne t'entends pas.

— Il s'agissait des rêves de Petra. Petra a fait des cauchemars, et j'en ai fait, moi aussi.

Mme Novato cligna des yeux vers lui.

— Des cauchemars? Quelle sorte de cauchemars?

— J'ai rêvé qu'un homme était collé sur la porte de mon armoire et appelait au secours, et Petra a rêvé de gens couverts de sang.

Mme Novato remonta lentement l'allée entre les pupitres et s'approcha d'eux. Elle regarda d'abord Toby, puis Petra. Sur le tableau noir derrière elle, était écrit à la craie :

« Les arbres de la Forêt Pétrifiée ont été changés en pierre par des *minéraux*. »

— Avez-vous parlé à vos parents de ces rêves? demanda Mme Novato.

Les deux enfants acquiescèrent de la tête.

— Oui, madame Novato.

Mme Novato sourit.

— Dans ce cas, je suis sûre que cela ira beaucoup mieux pour vous deux. Peut-être un peu moins de fromage avant d'aller vous coucher, et ces rêves disparaîtront certainement. A présent, oubliez donc ce qui se passe dans les rêves et concentrez toute votre attention sur quelque chose qui est réel. Les arbres de la Forêt Pétrifiée.

Toby s'assit sur sa chaise. Petra, vexée d'avoir été réprimandée par Mme Novato, lui pinça méchamment la jambe.

Durant la récréation de midi, dans la cour de l'école poudreuse et chauffée par le soleil, avec son mur grillagé, Toby était assis sur un banc, fait d'un rondin coupé en deux, et mangeait ses sandwiches au beurre de cacahouète et à la confiture. Aujourd'hui, en dépit des supplications de Ben Nichelini qui tenait absolument à faire un échange avec lui — un sandwich contre un lézard vivant, attaché au bout d'une ficelle — il était affamé, et mangeait tout ce que sa mère avait préparé à son intention. Il garda soigneusement pour la fin sa barre de Baby Ruth.

Andy Beaver, envié par toute la classe parce que son

oncle l'avait emmené voir *La guerre des étoiles*, faisait une imitation passable de R-2 D-2, tandis que Karen Doughty inspirait et soufflait très fort, et haletait : « Je suis Darth Vader! Je suis Darth Vader! »

Daniel Soscol, l'un des plus jeunes garçons de la classe, traversa la cour de l'école et vint s'asseoir à côté de Toby. Il le regarda manger avec intérêt, sans rien dire. Daniel n'était pas très populaire : il était si jeune et tellement calme. Il avait des bras et des jambes très maigres, et de grands yeux noirs. Son père était plombier à Valley Ford ; sa mère était morte au mois de mai.

Toby continua de manger. Lorsqu'il eut terminé, il prit la serviette en papier que sa mère avait soigneusement pliée sous ses sandwiches, et s'essuya la bouche.

— J'ai entendu ce que tu as dit sur les rêves, déclara Daniel.

Toby leva la tête.

— Et alors? dit-il, se comportant un peu brutalement parce que Daniel était le plus petit de la classe. Il n'aurait pas aimé qu'Andy Beaver le voit être trop gentil avec Daniel, au cas où la bande d'Andy Beaver se mette à le traiter de la même façon. A mettre des punaises sur sa chaise, à cacher ses livres, des choses comme cela.

— Moi aussi, j'ai fait des cauchemars, reprit Daniel. Des cauchemars vraiment effrayants. J'ai rêvé que je marchais à travers cette forêt et que, brusquement, toutes ces choses se laissaient tomber des arbres.

— Qu'y a-t-il d'effrayant à cela?

— Et quelqu'un qui est collé sur la porte d'une armoire... c'est effrayant?

— Eh bien, sur le moment, c'était effrayant, répliqua Toby.

— Mon rêve l'était aussi.

Ils restèrent silencieux, un instant. Toby ôta le papier de son Baby Ruth et commença à le mâchonner. Une brise fraîche venant de l'ouest souleva de la poussière dans la cour; au loin, un coq se mit à chanter.

— Nous ne sommes pas les seuls, dit Daniel. Ben Nichelini a également fait un cauchemar. Il a rêvé qu'il courait et courait, et que tous ces gens très cruels essayaient de l'attraper.

— Tout le monde fait des rêves comme cela, rétorqua Toby.

— Oui, sans doute, reconnut Daniel. Mais je trouve que c'est curieux que tous ces gosses fassent des cauchemars.

Andy Beaver survint, gazouillant et produisant des sons inarticulés comme R-2 D-2. Daniel n'avait aucune envie de s'attarder. Lorsque Andy était d'une humeur enjouée, cela voulait dire habituellement que Daniel allait se faire tirer les cheveux, ou bien qu'on allait lui baisser ses shorts sur ses chevilles. Daniel dit au revoir à Toby et s'éloigna rapidement, traversant la cour pour rentrer dans la salle de classe.

— Tu parlais au chouchou de la maîtresse? demanda Andy. Il était blond et de tempérament bagarreur; il passerait sans doute la plus grande partie de sa vie adulte à regarder des matchs de base-ball et à boire du Old Milwaukee.

Toby plissa ses yeux contre le soleil.

— Et alors, même si je l'ai fait?

— On n'adresse pas la parole au chouchou de la maîtresse, c'est tout. C'est une poule mouillée.

— Sa mère vient de mourir. Toi aussi, tu serais peut-être une poule mouillée si ta mère venait de mourir.

— Rien ne ferait de moi une poule mouillée. De quoi parliez-vous?

Toby termina sa barre de chocolat et froissa le papier.

— Cela ne te regarde pas.

Andy Beaver attrapa sa main et lui tordit les doigts en arrière. Toby poussa un cri de douleur, mais Andy était beaucoup plus fort; il ne pouvait se libérer. Deux ou trois autres gamins arrivèrent et se mirent à hurler : « Battez-vous! Battez-vous! » Toby et Andy tombèrent à terre et roulèrent plusieurs fois sur le sol poussiéreux, grognant, se donnant des coups de pied et des coups de poing.

Finalement, Andy immobilisa Toby sous lui, ses genoux appuyés contre les bras de Toby. Les deux garçons étaient tout rouges et couverts de poussière; il y avait des larmes dans leurs yeux.

— Alors? dit Andy. De quoi parliez-vous? Je veux savoir!

Toby toussa.

— Nous parlions de ces cauchemars, c'est tout. De choses que *tu* ne comprendrais pas.

— Ah ouais ?

Toby le repoussa et parvint à se relever. Sa chemise pendait dans sons dos ; ses pantalons étaient déchirés. Il sortit son mouchoir et s'essuya le visage.

— Tu es très malin, hein, tu crois peut-être que tu es la seule personne à faire des cauchemars ? lui lança Andy.

— Alors, quand as-tu fait de mauvais rêves, la dernière fois ? demanda Toby. La fois où ta mère a préparé des spaghettis, je parie !

— Pas du tout ! répondit Andy avec chaleur. J'ai fait de mauvais rêves la nuit dernière, et la nuit d'avant.

— *Tu* as fait de mauvais rêves ? demanda Toby.

— Absolument. Des cauchemars.

— Tu n'aurais pas dû aller voir *La guerre des étoiles*, dit Ben Nichelini. Tu es encore trop jeune pour encaisser cela.

— Tu vas la fermer ? dit Andy. J'ai rêvé de gens qui avaient tous leurs cheveux arrachés de leurs têtes. Ils étaient des dizaines. Tous criaient et hurlaient, parce que quelqu'un leur arrachait leurs cheveux de la tête.

— Oh, c'est terrifiant, intervint Debbie Spurr. (C'était une fille malingre et timide, portant une robe imprimée brune, avec des rubans dans les cheveux.) C'est encore pire que mon mauvais rêve.

— Qu'est-ce que cela veut dire ? demanda Andy. Ce n'est pas parce que Toby, Petra et moi avons fait de mauvais rêves que tous les autres doivent dire qu'ils en ont fait également !

— David a rêvé, lui aussi, dit Toby. Cela fait quatre.

— Moi aussi, j'ai rêvé, insista Debbie. Je croyais que j'étais réveillée, mais, en fait, je dormais. J'entendais quelqu'un appeler. C'était effrayant, épouvantable. Ils n'arrêtaient pas d'appeler et d'appeler, et je ne savais pas quoi faire. C'était une femme, et elle paraissait horriblement effrayée.

Toby regarda Andy. Pour la première fois de leur vie, ils se regardèrent comme des personnes humaines, et non comme des camarades de classe ou comme des enfants.

Leurs visages juvéniles étaient sérieux et sans expression, comme s'ils avaient tous deux compris que ce qui se passait sortait de l'ordinaire et était dangereux. Puis Andy rompit le charme en souriant d'un air affecté, et déclara :

— Ce n'était rien, comparé à *mon* rêve. Une femme qui pousse des cris ? Je vais mettre une punaise sur la chaise de Mme Novato, et alors vous entendrez vraiment une femme crier !

A ce moment, Mme Novato sortit de la classe et donna un coup de sifflet : la récréation de midi était terminée. La discussion portant sur les mauvais rêves fut interrompue comme ils se dirigeaient rapidement vers la salle de classe. Andy Beaver recommença ses imitations de R-2 D-2, bousculant les filles et produisant des sons inarticulés. Toby revint vers la porte de la classe, seul, et fut le dernier à entrer. Sur le pas de la porte, quelque chose l'amena à s'arrêter. Il regarda derrière lui, vers le grillage de l'école.

Sous le soleil venteux, un homme de grande taille était debout, immobile, seulement à un ou deux mètres au-delà de la porte d'entrée. Ses yeux étaient ombragés par un large chapeau couvert de poussière ; il portait des vêtements usés et poussiéreux. Toby eut l'impression que les lèvres de l'homme remuaient, et il fut certain de l'entendre chuchoter le mot : « *Allen...* »

Devant les yeux horrifiés de Toby, l'homme commença à s'effacer lentement dans la chaleur de l'après-midi, comme une photographie. En un instant, il avait entièrement disparu ; on ne voyait plus rien, à part les collines vallonnées de Bodega, et l'asphalte brûlant à l'ouest, conduisant à la plage.

Le frottement de pieds, juste dans son dos, fit sursauter Toby. Il leva les yeux. C'était Mme Novato. Elle dit, avec une patience condescendante :

— Daignerez-vous vous joindre à nous, monsieur Fenner, ou bien comptez-vous passer le reste de la journée à admirer le paysage ?

Toby était pâle, et son visage était en sueur. Mme Novato, regrettant instantanément sa remarque sarcastique, demanda :

— Toby... ça ne va pas ?

Toby eut l'impression que son visage était pressé contre un oreiller. Il ressentit un terrible manque d'air, une terrifiante asphyxie. Ses jambes cédèrent sous lui, et les ténèbres montèrent en lui et recouvrirent son esprit. Mme Novato le rattrapa au moment où il s'évanouissait et glissait vers le sol.

*
**

Ce soir-là, comme il était couché dans son lit, soigneusement bordé, sa mère monta l'escalier, lui apportant un bol de bouillon et une assiette de crackers. Il se sentait déjà beaucoup mieux, mais le docteur Crowder avait insisté pour qu'il prenne du repos. Il avait terminé un puzzle du *Monitor* et du *Merrimac*, assemblé et démonté un modèle réduit d'une Cadillac Eldorado ; à présent il était en train de lire une bande dessinée du Doctor Strange.

Sa mère s'assit sur le bord du lit et posa son potage et les crackers sur la table de chevet. Dehors, le ciel s'assombrissait ; une odeur d'eucalyptus montait de la rangée d'arbres qui séparait leur terrain de celui de leurs voisins, les MacDean.

— Comment ça va, mon lion ? demanda Susan Fenner.

Toby sourit.

— Je crois que je vais bien, maintenant.

— Tu veux que nous parlions ? Tu n'a pas desserré les dent, devant le docteur Crowder.

Toby détourna la tête. Il savait parfaitement ce que tout le monde dirait s'il leur parlait de l'homme près du grillage de l'école. On dirait qu'il avait eu un coup de chaleur, ou bien qu'il avait mangé trop de sandwiches au beurre de cacahouète et à la confiture. Apparemment, chaque fois qu'un fait sortant de l'ordinaire se produisait, les adultes l'attribuaient immédiatement à quelque chose que vous aviez mangé. Sa maman attendit patiemment, tandis qu'il gardait sa tête tournée de côté. Il aurait préféré qu'elle n'attende pas, parce qu'il n'avait vraiment pas envie de lui dire ce qui était arrivé.

Sa maman finit par lui prendre la main. D'une voix douce, elle dit :

— Est-ce parce que tu penses que je ne te croirai pas? C'est cela?

Il ne tourna pas la tête, mais il avala sa salive et dit :

— Oui, un peu.

— Eh bien, reprit-elle gentiment, tu n'es pas obligé de me le dire. Tu as le droit d'avoir des secrets. Mais tu as été très malade à l'école, aujourd'hui, et c'est parce que je t'aime, et parce que je me fais du souci pour toi, que j'aimerais savoir ce qui s'est passé.

Toby se mordit la lèvre. Puis il tourna la tête pour regarder sa maman ; son visage était si fripé et tellement désemparé qu'elle sentit des larmes lui picoter les yeux. Elle le prit dans ses bras et le serra tendrement contre sa poitrine ; ils pleurèrent un peu, tous les deux. Finalement, il se sentit mieux ; il s'assit, bien droit sur son lit, et lui sourit, tandis que deux traînées de larmes coulaient sur ses joues.

— Tu es un petit garçon stupide et merveilleux, le gronda-t-elle. Tu sais que tu peux me dire tout ce que tu veux. Absolument tout.

Toby déglutit à nouveau, et acquiesça de la tête. Puis il commença :

— J'allais rentrer en classe, après le déjeuner. Je me suis retourné et j'ai vu un homme. Il se tenait près du grillage, devant l'école.

Susan fronça les sourcils.

— Un homme? Que faisait-il?

— Il ne faisait rien du tout. Il était seulement là-bas.

Elle coiffa en arrière, d'une main délicate, ses cheveux ébouriffés.

— Tu en es sûr? lui demanda-t-elle. Je veux dire, il n'était pas... euh, déshabillé, ou quelque chose comme cela?

Toby secoua la tête. Il y eut un long silence pendant que Susan lui caressait les cheveux et essayait de réfléchir à ce qui avait pu effrayer Toby à ce point. Finalement, elle dit :

— A quoi ressemblait cet homme? Avait-il l'air effrayant?

Toby plissa les yeux comme il réfléchissait. Puis il répondit, lentement et avec beaucoup de soin :

— Il n'était pas effrayant, comme un monstre ou quelque chose dans ce genre. Il n'avait pas l'intention de se jeter sur moi. Mais il me demandait de l'aide. Il voulait que *je l'aide*, je ne savais pas de quelle façon.

— Je ne comprends pas, dit Susan. Quelle sorte d'aide voulait-il ?

Toby leva les yeux vers elle, l'air anxieux.

— Je ne pouvais pas l'aider, dit-il d'une petite voix. Je ne savais pas quoi faire.

— Allons, Toby, insista Susan, quelle sorte d'aide désirait-il ? Que voulait-il que tu fasses ?

Toby resta silencieux un moment, puis il dit, très calmement :

— Je ne sais pas.

Susan serra sa main. Toby passait peut-être par une sorte de période imaginative dans sa vie, tout simplement. Peut-être était-ce dû à toutes ces bêtises qu'il voyait à la télévision ou lisait dans ses bandes dessinées. Elle savait que certaines mères censuraient ce que leurs enfants lisaient et regardaient à la télévision, mais Neil avait toujours insisté sur le fait qu'une enfance nourrie par Superman et Captain Marvel ne *lui* avait fait aucun mal ; aussi avaient-ils toujours permis à Toby de regarder toutes les bêtises qu'il voulait. En fait, ils avaient constaté qu'ordinairement il préférait des programmes de bonne qualité et des livres intéressants. Mais, le docteur Strange et l'Incroyable Hulk avaient peut-être déréglé son esprit de petit garçon de huit ans...

— Il n'était pas vivant, dit brusquement Toby.

Susan, absorbée par ses propres pensées, murmura :

— Quoi ?

— L'homme que j'ai vu. Il n'était pas vivant.

— Mais, Toby, tu viens de dire qu'il était debout, près du grillage. Comment aurait-il pu se trouver là, s'il n'était pas vivant ?

Toby baissa les yeux.

— Je ne sais pas. Mais il n'était pas vivant.

Susan tendit la main vers le bol de potage et le lui présenta.

— Écoute, dit-elle d'une voix calme et ferme. Oublie

donc ce que tu as vu aujourd'hui. Tu n'as pas à t'inquiéter pour cela. Mange ta soupe et tes crackers. Dans un petit moment, papa montera et te lira une histoire. Ensuite tu t'endormiras et passeras une bonne nuit. Demain matin, tu n'y penseras même plus.

Elle laissa la porte de sa chambre entrouverte et descendit. Neil était rentré une demi-heure plus tôt. Assis devant la table de cuisine, il buvait une bière Lite et lisait le journal. Il leva les yeux comme elle entrait dans la cuisine.

— Comment va-t-il ? lui demanda-t-il.

Elle alla jusqu'à la cuisinière et remua le potage aux légumes dans la grande marmite en fonte noire. L'odeur des carottes et des poireaux récemment cuits imprégnait la cuisine.

— Il va un peu mieux, répondit-elle. Mais il a dit qu'un homme lui avait fait peur.

Neil posa son journal sur la table.

— Un homme ? Quel homme ?

— Il ne sait pas. Cela ne ressemblait pas à un attentat à la pudeur ou à quelque chose de ce genre. L'homme se tenait juste à côté de la grille de l'école, et Toby a dit qu'il avait été effrayé par cet homme. Celui-ci voulait de l'aide, et Toby ne savait pas comment l'aider.

— De l'aide ? Quelle sorte d'aide ?

Susan secoua la tête.

— Je l'ignore. Je suis très inquiète. J'espère qu'il n'a pas attrapé un genre de maladie. Je veux dire, il parle comme s'il avait la fièvre.

— Le docteur Crowder a pris sa température ?

— Bien sûr. Elle était normale. Il a dit que tout allait bien, de ce côté.

Neil se frotta le menton. Pour une raison inconnue, il avait constamment à l'esprit ce moment sur le *White Dove*, où il avait entendu l'étrange chuchotement : « *Allen.* » Il se leva et alla jusqu'à la fenêtre. Dehors, il faisait nuit à présent, et il vit sur la vitre son vague reflet qui le regardait depuis une cuisine spectrale.

— Il a insisté sur le fait qu'il n'était pas vivant, poursuivit Susan.

— Qui ça ?

— L'homme près du grillage de l'école. Toby a dit qu'il n'était pas vivant.

Neil se retourna.

— A-t-il expliqué ce qu'il voulait dire par là?

Elle haussa les épaules.

— Je suppose qu'il voulait dire que c'était un fantôme.

Neil laissa échapper un long soupir résigné.

— Un fantôme. Cela signifie que c'est de ma faute. Toute cette discussion sur les fantômes, durant le petit déjeuner.

— Ma foi, c'est possible, dit Susan. Mais tu ne crois pas que tu devrais téléphoner à Mme Novato et demander si l'on n'a pas vu des clochards rôder à proximité de l'école?

Neil hocha la tête.

— D'abord, je veux parler à Toby.

Il monta l'escalier étroit jusqu'au couloir lambrissé et alla jusqu'à la chambre de Toby. Celui-ci avait presque terminé sa soupe et ses crackers ; ses joues étaient un peu plus colorées qu'auparavant. Neil approcha une chaise du lit de Toby et s'assit dessus à califourchon, regardant son fils avec affection.

— Salut, dit-il gentiment.

— Salut, fit Toby.

— Comment était le potage? demanda Neil.

Toby posa l'assiette vide sur sa table de chevet.

— C'était bon. Je me sens mieux, maintenant. Je pourrais peut-être me lever et regarder le robot volant.

— Tu pourrais peut-être rester au lit et te reposer.

— Je ne suis pas malade, papa. Je te jure. Je me suis juste un peu évanoui.

Neil sourit.

— Un petit évanouissement, c'est déjà trop.

Toby lui montra la Cadillac démontable.

— Elle est belle, n'est-ce pas? Tu n'as pas besoin de coller. Il suffit d'assembler les différents morceaux.

Neil admira le résultat.

— Quand j'étais gosse, il fallait découper les pièces soi-même, dans du balsa, dit-il. Il fallait bien les aplanir et les lisser, avant de les coller... et tout cela en partant de rien.

— Ce devait être un sacré boulot, dit Toby, d'un ton compatissant.

Neil sourit, mais ne répondit pas. A la place, il demanda :

— Toby, cet homme que tu as vu. Tu peux me dire à quoi il ressemblait ?

Toby baissa les yeux.

— C'est très important, Toby, insista Neil. Essaie de comprendre : s'il y avait vraiment un homme là-bas, et qu'il rôde aux abords de l'école, la police doit être avertie.

Toby resta silencieux.

Neil tendit le bras et lui prit la main.

— Toby, je veux que tu me dises à quoi ressemblait cet homme. Ce n'est pas un jeu. C'est pour de vrai !

Toby déglutit, puis il chuchota :

— Il était grand, il portait un chapeau, comme un cow-boy, et l'un de ces longs manteaux blancs que les cow-boys avaient l'habitude de porter.

— Un cache-poussière, tu veux dire.

Toby acquiesça de la tête.

— Je crois qu'il était barbu. Un genre de barbe plutôt rousse. Et c'est tout.

Neil poursuivit :

— Maman m'a dit que tu pensais qu'il n'était pas vivant.

— Il ne l'était pas.

— Qu'est-ce qui te fait croire cela.

— Il ne l'était pas, c'est tout. Je sais qu'il n'était pas vivant.

— C'était un fantôme ?

Toby baissa les yeux à nouveau. Il remuait continuellement ses petits doigts, et ses joues étaient légèrement empourprées. Il ne dit rien ; en fait, il ne savait pas quoi dire. L'homme près de l'école n'avait pas été un fantôme, au sens habituel, lorsque les gens pensent à un fantôme. Il n'était pas venu hanter quelqu'un. Il était venu demander de l'aide, une sorte d'aide terrifiante que Toby était absolument incapable de comprendre. La sensation de besoin désespéré qui émanait de l'homme au long cache-poussière blanc avait été si forte que Toby, juste avant de s'évanouir, avait eu l'impression que l'homme était réel et que c'était lui, Toby, qui était un fantôme... rien du tout, sinon une ombre de petit garçon.

— Je pense qu'il est temps que tu dormes, maintenant, tu ne crois pas? dit Neil. Demain matin, à ton réveil, tu auras oublié toute cette histoire.

— Il ne reviendra pas, n'est-ce pas? demanda Toby. Tu comprends, je ne saurais pas quoi faire s'il revient. Je ne sais pas comment l'aider.

— Il ne reviendra pas. Du moins, je ne le crois pas.

Toby se pelotonna sous ses draps, et Neil le borda. Il prit l'assiette de potage vide, et resta immobile un instant, les yeux fixés sur la tignasse de son fils décolorée par le soleil, sur ces yeux plissés dans un effort consciencieux pour s'endormir, sur ces joues qui étaient encore douces, pleines et rebondies.

Il s'agenouilla à côté du lit et toucha le front de Toby. Puis il chuchota :

— Si jamais tu revois cet homme, tu m'appelles, c'est compris? Tu m'appelles d'une voix forte et j'arriverai tout de suite.

Toby ouvrit un œil.

— Oui, m'sieu, dit-il d'une voix épaisse, puis il entama la longue descente noire vers le sommeil.

*
**

Il fut réveillé par le bruit de la porte de l'appentis qui claquait. Il faisait noir, très noir, et un vent au léger murmure soufflait de la mer. Les rideaux se soulevaient et retombaient, telle une bête énorme à la forte respiration; on aurait dit que chaque lame de parquet et chaque bouton de porte dans toute la maison étaient agités par des courants d'air froids et inquisiteurs.

Il resta allongé un moment, à écouter. Il souhaita très fort être capable de se rendormir. Il souhaita que ce soit le matin, et il souhaita que la chambre de ses parents ne soit pas si éloignée. Mais, par-dessus tout, il aurait voulu être n'importe où ailleurs, sauf ici, seul dans son lit, par cette nuit noire et venteuse, avec la maison qui craquait et bougeait, comme si elle venait à la vie.

Il lui sembla entendre un bruit. Un grincement, lent et délibéré, comme si un pied se posait lourdement sur une marche d'escalier. Il retint sa respiration jusqu'à ce qu'il soit sur le point d'éclater ; il tendait l'oreille, mais le bruit ne se reproduisit pas. Les rideaux s'agitaient et bruissaient ; dehors, dans la nuit, la porte de l'appentis claquait, marquait un temps d'arrêt, puis claquait à nouveau.

— *Allen...*, chuchota la voix.

Il ne voulait pas l'entendre. Il enfouit sa tête sous ses draps, et resta allongé là, dans l'obscurité chaude, son cœur battant violemment, suffoquant presque sous les couvertures et la courtepointe. Il ne bougea pas, durant cinq bonnes minutes, puis une idée terrifiante lui vint à l'esprit. Et si — alors qu'il se cachait ainsi sous les draps — l'homme au long cache-poussière blanc était entré dans la chambre et se tenait à présent à côté de lui ?

Toby se dégagea frénétiquement des couvertures, tel un plongeur remontant à la surface pour respirer. Son visage empourpré sortit de sous les draps. Il leva la tête, prêt à apercevoir n'importe quelle sorte de terreur. Mais la chambre était toujours déserte ; les rideaux continuaient de se soulever et de retomber. Les seuls bruits étaient ceux produits par les bourrasques de vent qui faisaient trembler les fenêtres à guillotine et secouaient les portes avec insistance.

Il était terrifié à présent. Réellement, mortellement terrifié. D'une voix ténue, inaudible, il appela :

— *Papa.*

Il n'y eut pas de réponse. La maison était aussi sombre et bruyante qu'auparavant. Mais il était certain d'entendre un bruit de pas, quelque part. Il était certain que l'homme de grande taille, au chapeau à larges bords et au long cache-poussière, était en train de monter l'escalier. Il tremblait de tout son corps, mais il ne savait pas quoi faire.

— *Allen, pour l'amour de Dieu...*, chuchota la voix.

Toby pleurnicha « non » et s'efforça de ne pas regarder vers les spires du bois, ressemblant à des renards, sur la porte de son armoire, mais sa terreur était tellement contraignante qu'il ne pouvait détourner son regard. Les spires dans le bois se tordirent... le visage gris et ombreux commença à se matérialiser... ce visage creusé par l'angoisse, dans sa prison de bois verni.

— *Allen,* implora la voix, d'une façon monotone. *Allen... aide-moi... pour l'amour de Dieu, Allen, au secours...*

Toby s'assit sur son lit, rigide et le teint livide. Le visage regardait dans sa direction ; pourtant il ne semblait pas le voir. Il était décharné et barbu ; il avait cet aspect argenté d'une photographie. Pourtant ses lèvres remuaient comme il parlait ; ses yeux s'ouvraient et se refermaient, comme ils clignaient lentement et régulièrement.

— Je ne suis pas Allen, dit Toby d'une petite voix. Je ne suis pas Allen, je suis Toby. Je ne peux pas vous aider. Je ne suis pas du tout Allen.

— *Allen, aide-moi...,* insista le visage gris.

— *Je ne peux pas,* pleurait Toby. J'ignore ce que vous voulez. *Je ne peux pas.*

— *Allen...,* gémit la voix. *Allen, pour l'amour de Dieu... amène-les jusqu'au sommet, ou bien nous sommes perdus...*

— Je ne peux pas ! cria Toby. Je ne peux pas ! Je ne sais pas de quoi vous voulez parler !

A cet instant, ce fut comme si le visage finissait par ouvrir vraiment les yeux. Il regarda fixement Toby ; comme il le fixait, Toby eut la sensation qu'un vent très fort soufflait sur lui... un vent venu de très loin et d'il y avait très longtemps... comme s'il se trouvait quelque part, en plein air, ailleurs, mais sous un ciel qui avait disparu, cent ans plus tôt. Il avait l'impression étrange et terrifiante que le visage sur l'armoire était réel, et que l'armoire n'était plus du tout une armoire. Il entendait quelqu'un appeler de très loin, sur sa gauche ; pour une raison inconnue, il était incapable de tourner la tête. Le visage gris et barbu le maintenait cloué sur place.

— Allen, dit le visage, d'une voix qui paraissait normale et très proche. Allen, je ne pourrai pas tenir très longtemps encore, sans toi.

Toby se surprit à marmonner une réponse. Sa propre voix semblait résonner et produire des échos à l'intérieur de sa tête, comme s'il se parlait à lui-même depuis une autre pièce.

— Je ferai ce que je peux, dit-il lentement. Tenez bon jusqu'à mon retour, et je ferai ce que je peux.

Il tourna la tête et baissa les yeux, à sa gauche. Il savait qu'il y avait une vallée dans cette direction, et il savait qu'il trouverait de l'aide là-bas... si seulement il pouvait y arriver à temps. Le soleil était à trois heures au-dessus des montagnes lointaines, et il n'était pas sûr d'avoir suffisamment de temps devant lui. Il estima que le mieux était de suivre le ruisseau descendant vers la vallée ; pourtant, même ainsi, ils risquaient d'avoir des surprises désagréables.

— Donnez-moi jusqu'au coucher du soleil. Je ferai sacrément tout mon possible.

*
**

Neil s'avançait dans le couloir, nouant la ceinture de sa robe de chambre. Il était certain d'avoir entendu Toby appeler, quelques instants plus tôt, même si tout semblait tranquille à présent. Il avait eu une rude journée sur le *White Dove,* à ôter au brûloir la peinture décolorée et le vernis, et il avait sombré dans un sommeil sans fond. Quant à Susan, on aurait pu danser une rumba sur le lit... elle n'aurait même pas bougé.

Comme il passait à la hauteur de l'horloge, qui égrenait son tic-tac, lent et régulier dans sa caisse noire, il eut l'impression d'entendre des voix. Des voix graves et bourrues, étrangement nasillardes. Il cessa de marcher et tendit l'oreille, puis il s'avança sur la pointe des pieds jusqu'à la porte entrebâillée de la chambre de Toby.

Il lorgna par l'interstice dans le chambranle, mais il ne vit rien du tout. A ce moment, il entendit à nouveau l'une de ces voix bourrues, une voix qui disait :

— Je ferai ce que je peux. Tenez bon jusqu'à mon retour, et je ferai ce que je peux.

Neil hésita. Que diable se passait-il ? Il poussa doucement la porte entrouverte et aperçut Toby, agenouillé sur la courtepointe, avec son pyjama rayé. Son regard était tourné de l'autre côté de la pièce. La chambre paraissait inhabituellement froide et venteuse ; Neil frissonna.

— Toby? appela-t-il, et Toby se retourna.

Il fallut à Neil plusieurs secondes... de longues secondes horrifiées... avant de comprendre ce qu'il regardait. Au lieu du visage juvénile et rond de Toby, il apercevait le visage ridé et tanné par le soleil d'un vieillard, un homme dont l'expression était aussi dure, froide et suffisante que celle d'un serpent.

Involontairement, il eut un mouvement de recul. Puis il regarda fixement cette apparition grotesque du visage d'un vieil homme sur le corps de son jeune fils, et il chuchota :

— Qui êtes-vous? Qu'est-il arrivé à mon fils? *Où est Toby?*

Le visage marqué par les ans acquiesça, comme s'il ne l'avait pas entendu. Il regarda à nouveau de l'autre côté de la pièce, avec ses yeux aux pattes d'oie et au regard éteint, puis il dit :

— *Donnez-moi jusqu'au coucher du soleil. Je ferai sacrément tout mon possible.*

2

Neil secouait et secouait encore Toby comme s'il voulait faire tomber cette horrible tête de son corps. Puis, au sein de son épouvante et de son anxiété, il entendit Toby crier : « Papa... *papa* ! » et il cessa de le secouer. Il regarda son fils avec stupeur.

Le visage — l'image d'un visage — avait disparu. Toby n'était plus que Toby, et il y avait des larmes dans ses yeux, après avoir été malmené de la sorte. Neil était incapable de dire quelque chose, incapable de prononcer le moindre mot. Il serra Toby contre lui et caressa sa tête. Il le berça lentement sur le lit, d'avant en arrière, pour le calmer.

Susan entra dans la chambre, les yeux embués de sommeil.

— Neil... *que se passe-t-il?*

La gorge de Neil était serrée par la peur et les larmes. Il secoua seulement la tête, et berça Toby, le serrant contre sa poitrine.

— J'ai entendu quelqu'un crier, dit Susan. Cela ne ressemblait pas du tout à ta voix. Neil... qu'y a-t-il ? Que se passe-t-il ici ?

Neil inspira profondément.

— Je ne sais pas. Cela semble complètement fou.

— Mais qu'est-ce que c'était ?

Neil passa ses doigts dans les cheveux de Toby, puis il l'assit bien droit sur le lit, de façon à pouvoir l'examiner. Toby était épuisé ; il y avait des cernes couleur prune sous ses yeux. Il était pâle, mais autrement, il semblait normal. Toute trace de ce visage ridé et buriné avait disparu.

— Il se passe quelque chose ici, Susan, dit Neil. J'ignore de quoi il s'agit, mais ce n'est pas un mauvais rêve, et ce n'est pas un effet de l'imagination de Toby.

— Que veux-tu dire par... « *quelque chose* »*?* Quelle sorte de chose?

— Je n'en ai pas la moindre idée. Mais j'ai entendu des voix provenant de cette chambre, il y a un instant; lorsque je suis entré, Toby était différent.

— Différent?

— Eh bien, c'est difficile à expliquer, dit Neil. On aurait dit qu'il portait un genre de masque... seulement il ne s'agissait pas du tout d'un masque. Il ressemblait à un vieillard.

— Un vieillard? Tu te moques de moi, Neil?

Neil serra à nouveau Toby contre lui. Il sentait le cœur de l'enfant battre contre le sien, comme le volettement d'un oiseau.

— Je ne me moque pas de toi, Susan, répondit-il sèchement. Tu le vois bien, non? Je suis entré et Toby me tournait le dos. Il s'est retourné et je l'ai vu, avec ce visage de vieux, tout ridé.

— Je ne comprends pas! Que veux-tu dire par « un visage de vieux, tout ridé »?

— Pour l'amour de Dieu, Susan, moi non plus, je ne comprends pas. Pourtant c'était bien ça. Il ressemblait à un vieillard.

Susan se pencha et caressa de la main la joue douce et pâle de Toby.

— J'appelle tout de suite le docteur Crowder, dit-elle. Il se passe quelque chose d'anormal ici, et je veux savoir quoi.

— Je vais très bien, papa, dit Toby d'une voix ténue. Je t'assure, je vais très bien.

Susan retira Toby des bras de Neil et le serra tendrement contre elle. Il paraissait tellement frêle, maigre et vulnérable dans son pyjama à rayures bleues. Elle chuchota dans son oreille :

— C'était encore ce mauvais rêve, trésor? C'était cela, hein?

Il acquiesça de la tête.

— J'ai entendu l'homme appeler Allen à nouveau. J'ai vu le visage sur l'armoire. C'était le même homme qui était près du grillage de l'école.

— Tu veux dire que l'homme dont tu as rêvé était l'homme que tu as vu à proximité de l'école? Le même homme? demanda Neil.

Toby, à demi endormi et les paupières lourdes de sommeil, marmonna : — Oui.

— Il avait une barbe et un chapeau?

— Oui, dit Toby.

Ses yeux commençaient à se fermer maintenant; sa tête reposait lourdement contre l'épaule de Susan. Après l'émotion intense causée par son cauchemar, il cherchait refuge dans un profond sommeil.

— Toby, dit Neil. Toby... ne t'endors pas tout de suite...

Mais Susan le fit taire et recoucha délicatement le garçon dans son lit. Elle ramena sur lui la courtepointe.

Neil contempla Toby un instant, puis il traversa la pièce jusqu'à l'armoire et passa doucement ses doigts sur la surface vernie.

— Je ne sais vraiment pas ce que signifie cette histoire, dit-il. Il s'agit peut-être d'une sorte d'hystérie ridicule. Il est possible que Toby me l'ait communiquée. Mais je peux te certifier une chose, Susan. *J'ai vu* ce visage, cette nuit. J'ai vu ce visage... pour de vrai.

— Était-ce le visage de quelqu'un que tu connais?

Il secoua la tête.

— Je n'ai jamais vu un tel visage, de toute ma vie.

Ils éteignirent la lampe de Toby, mais laissèrent sa porte entrouverte, et la lumière allumée dans le couloir. Puis ils descendirent et allèrent dans la cuisine. Neil remplit deux verres de vin rouge. C'était la seule boisson alcoolisée qu'ils eussent à la maison.

— Je suis vraiment inquiète, dit Susan. Apparemment, cela empire. Et ça ne ressemble pas du tout à un cauchemar habituel. Enfin, il a vu cet homme *en plein jour!*

Neil but une longue gorgée de vin et fit la grimace.

— Si tu veux mon avis, c'est un fantôme. Ou bien un poltergeist. Ou quel que soit le nom qu'ils donnent à ces foutus esprits malfaisants.

— Tu n'es pas sérieux.

— Je me demande vraiment ce que je suis, et merde ! Je sais une seule chose : je suis entré dans la chambre et j'ai vu ce visage de vieillard, posé sur le corps de Toby. Il avait des pattes d'oie autour des yeux, une petite moustache noire, et ces joues aux rides très profondes qu'ont certaines personnes âgées. Ce visage était si *net*. Je reconnaîtrais aussitôt ce vieux type, si jamais je le voyais à nouveau.

Susan sirota son vin et soupira.

— Je ne sais pas quoi dire. Je te crois, Neil, et je crois Toby. Mais il s'agit peut-être d'autre chose.

— De quoi ?

— Je l'ignore. Je pense néanmoins que nous devrions téléphoner au docteur Crowder, demain matin. *Et* à Mme Novato.

Neil s'assit près de la table de cuisine et prit la main de Susan.

— Pour le moment, j'aurais plus envie d'appeler un psy.

Susan caressa le dessus des doigts de Neil, effleurant brièvement l'alliance en or usée.

— Tu n'as pas besoin d'un psychiatre. Si tu veux mon opinion, Toby a eu un cauchemar récurrent, et comme tu l'aimes beaucoup, tu t'identifies plus ou moins à ce cauchemar. Tu prends cette épouvante sur toi-même, parce que tu désires protéger Toby.

— Je ne sais pas. Il reste encore du vin dans cette bouteille ?

Ils terminèrent le Pinot Noir, puis ils retournèrent se coucher. C'était presque l'aube, cinq heures, et Neil resta allongé, le reste de la nuit, sans dormir, à regarder fixement le plafond. Le vent soufflant du Pacifique commençait à réchauffer l'atmosphère ; les rideaux de dentelle s'agitaient doucement, projetant des motifs fleuris à travers la pièce. Était-ce vraiment cela...

essayait-il de prendre sur lui les cauchemars de Toby? Ou bien y avait-il réellement quelque chose dans le bois de cette armoire, et le visage de ce vieux type s'était-il réellement superposé sur les traits de Toby?

A six heures, il faillit s'endormir, mais il se réveilla en sursaut, à nouveau. Il descendit à la cuisine et se prépara un pot de café noir. Il le but, tout en contemplant par la fenêtre la dune sauvage et herbue qui conduisait vers Schoolhouse Beach et l'océan.

***

Le matin, il parqua sa camionnette Chevrolet devant l'entrée de l'école et accompagna Toby jusqu'à la porte de la classe. Mme Novato sourit en le voyant; ils se serrèrent la main.

— Monsieur Fenner, dit Mme Novato. Comment allez-vous?

— Très bien, répondit Neil. J'ai pensé qu'il valait mieux que j'accompagne Toby jusqu'ici, pour m'assurer que tout allait bien.

Toby aperçut Linus et dégagea sa main de celle de Neil, pour le rejoindre en courant. Mme Novato sourit et déclara :

— Quand ils sont ensemble, ces deux-là sont de vrais démons!

Neil lui répondit par un sourire rapide et incertain.

— A vrai dire, reprit Mme Novato, je préfère les garçons qui ont du caractère. Ce sont ceux-là qui réussissent le mieux. Vous savez que le sénateur Openhauer a fait ses études ici? L'un des élèves les plus indisciplinés que nous ayons jamais eus... du moins, c'est ce que le directeur de l'école prétend!

— Madame Novato, interrompit Neil avec une certaine gêne. Je suis assez inquiet au sujet de Toby. Il affirme avoir vu un homme ici, hier, de l'autre côté du grillage de l'école, et, quoi qu'il se soit passé, cet homme l'a terrifié.

— Il a vu un homme? Ici?

— Juste avant de s'évanouir, c'est ce qu'il nous a dit.

Un homme portant un long manteau blanc, un cache-poussière de l'ancien temps, et un chapeau à larges bords ; il était barbu.

Mme Novato fronça les sourcils. Derrière elle, dans la salle de classe, les enfants couraient autour des tables et lançaient en l'air des boulettes de papier. Elle se tourna un instant et réclama :

— Un peu de silence, les enfants !

Immédiatement, ils se turent. Mme Novato pensait toujours ce qu'elle disait, et si vous désobéissiez, vous vous retrouviez avec une punition, comme copier dix fois le Serment d'Allégeance.

Elle se retourna vers Neil. Réfléchissant très soigneusement, elle déclara :

— Je sais que l'on peut faire confiance à Toby, monsieur Fenner. A ma connaissance, il ne ment jamais. Mais j'étais sur le pas de la porte, lorsqu'il a perdu connaissance, et je n'ai vu personne.

— Il n'aurait pas pu s'enfuir en courant ?

Mme Novato montra la clôture du doigt.

— Constatez par vous-même. Le terrain est découvert sur cent à cent cinquante mètres. S'il y avait eu un homme à cet endroit, je l'aurais certainement vu.

Neil se frotta la nuque et regarda vers les collines.

— Je ne sais pas. Cela ne ressemble vraiment pas à Toby d'inventer de telles histoires. Il est certain d'avoir vu cet homme, et cette nuit, il en a rêvé.

Mme Novato posa une main rassurante sur son bras.

— A votre place, je ne m'inquiéterais pas outre mesure, monsieur Fenner. Beaucoup de ces enfant ont fait de mauvais rêves, ces derniers temps. Je crois qu'avoir des cauchemars est devenu la toquade de la classe. Les enfants sont très influençables, psychologiquement ; je pense qu'ils ont atteint ce que l'on pourrait appeler un état de, eh bien, d'hystérie très bénigne.

Neil regarda au-delà du porche, vers la salle de classe. Les enfants semblaient tout à fait normaux. Ils riaient et jouaient autour des tables, exactement comme des enfants ordinaires. Et, apparemment, ils ne souffraient d'aucune sorte de dépression collective.

— En avez-vous parlé au médecin de l'école? demanda-t-il à Mme Novato. Voyez-vous, en ce qui concerne Toby, je ne voudrais pas que les choses s'aggravent.

— Je peux appeler le médecin si vous le désirez, admit Mme Novato. Mais je pense qu'il ne fera que confirmer mon opinion, à savoir qu'il s'agit d'une sorte de manie passagère.

Dans la salle de classe, les enfants jouaient aux cowboys et aux Indiens; ils faisaient semblant de se tirer dessus, en pointant leur index. Neil sourit et dit :

— Je ne voudrais pas vous importuner davantage, madame Novato. Ils me donnent l'impression d'être en parfaite santé. Si je puis me permettre, je me demande comment vous faites pour les tenir.

— C'est une question d'habitude... sans oublier une discipline de fer, répondit Mme Novato en riant.

— Parfait, dit Neil. Si vous voulez bien surveiller Toby pour moi, je vous en serais très reconnaissant.

— C'est entendu.

Il venait de se détourner pour traverser la cour lorsqu'il entendit l'un des enfants crier au-dessus du brouhaha que faisait la salle de classe... l'enfant criait quelque chose d'une voix aiguë et stridente, qui transperça les cris, les rires et la pseudo « fusillade ». Ce n'était pas Toby. C'était l'un des autres enfants... un petit garçon aux cheveux noirs, portant un T-shirt vert.

Il criait : — *Où est parti Allen? Où est parti Allen? Allen est-il allé chercher de l'aide?*

Neil eut une sensation de froid et de picotement sur son cuir chevelu et sur ses poignets, comme si tous ses nerfs se contractaient. Il se retourna vers Mme Novato et aboya : — Madame Novato... *Madame Novato!*

L'institutrice cligna des yeux vers lui, d'un air incertain.

— Oui, monsieur Fenner? Y a-t-il autre chose?

Neil avait du mal à trouver ses mots. Son souffle était court et rauque; il suffoquait presque, c'était comme si quelque chose l'oppressait. Trop de pesanteur, trop d'air. Et pendant ce temps, dominant le vacarme des enfants dans la salle, l'enfant criait :

— *Quelqu'un a-t-il vu où est parti Allen? Pour l'amour de Dieu, où est Allen?*

— Madame Novato, dit Neil, pourrais-je parler à vos élèves, juste deux minutes?

L'expression serviable de Mme Novato se crispa légèrement.

— Je crains que nous ne devions commencer la leçon dans un instant, monsieur Fenner. Vraiment, c'est impossible...

— Madame Novato, je suis sûr que cela les aiderait. Je pense que ceci, quoi que ce soit, cette hystérie... eh bien, je pense que c'est un peu plus que de l'hystérie. Je pense que je dois leur parler, juste quelques minutes.

A présent le sourire de Mme Novato avait complètement disparu. Elle se tenait à l'entrée de la salle de classe, la main posée sur la poignée de la porte. Neil se rendait compte qu'elle était tout à fait prête à lui claquer la porte au visage s'il devenait trop importun.

— Vraiment, vous devriez vous adresser à M. Groh, le directeur de l'école, lui dit-elle. Je ne suis pas autorisée à laisser quiconque parler à la classe, à moins que ce soit un chargé de cours qualifié ou un maître.

— *Allen!* cria le garçon. *Où est parti Allen?*

Les mains de Neil tremblaient, et sa lèvre supérieure était couverte de sueur. Il essuya sa bouche contre sa manche, et dit à Mme Novato :

— Pas plus d'une minute. Je vous le promets. Et si jamais je dis quelque chose qui ne vous plaît pas, vous pourrez me jeter dehors.

Mme Novato paraissait plus désorientée que tout autre chose.

— Je vous en prie, insista Neil, et elle finit par soupirer, comme si elle accédait à sa demande en dépit du bon sens, et comme si elle ne comprenait pas pourquoi toutes les choses compliquées de la vie devaient lui arriver, *à elle.*

Elle le conduisit vers le devant de la salle de classe, jusqu'à sa minuscule estrade, puis elle leva les mains pour obtenir le silence. Neil se sentit gêné, pour une raison inexplicable, devant tous ces visages enfantins dans l'expectative. Il chercha Toby du regard et finit par le repérer, presque au fond de la classe, assis à côté d'une petite fille au teint pâle et aux cheveux noirs. Toby était manifestement ravi de voir son papa dans sa classe, à côté de Mme Novato, mais également intrigué. Le garçon assis devant Toby était en train de lui demander, de toute évidence — en se cachant avec sa main — ce que son père faisait là, à se tenir debout, nerveusement, devant tous ces gosses de huit ans de l'école de Bodega, son esprit rempli de peurs et de rêves. Neil aurait bien voulu être en mesure de répondre à cette question lui-même.

Mme Novato donna des coups secs avec sa règle sur le bureau, pour obtenir le silence, et dit :

— Les enfants, je réclame votre attention pour un moment. M. Fenner que voici, le père de Toby, voudrait vous dire quelques mots importants. C'est au sujet des mauvais rêves que font certains d'entre vous ; aussi je pense que vous devez être très attentifs.

Neil toussa et se surprit à rougir.

— Je vous remercie, madame Novato. C'est très aimable de votre part de me laisser leur parler. Je voulais dire seulement ceci : ces derniers temps, Toby a fait des cauchemars extrêmement déplaisants, et Mme Novato m'a dit que c'était également le cas pour certains d'entre vous. J'aimerais que tous ceux qui ont fait des cauchemars lèvent la main.

Il y eut un silence. Les enfants regardaient fixement Neil, le visage inexpressif. Mme Novato leur adressa un petit sourire crispé et les encouragea :

— Allons, les enfants. Vous savez qu'un ou deux d'entre vous ont eu des cauchemars. N'est-ce pas, Petra ?

Petra, la petite fille assise à côté de Toby, leva la main. Toby l'imita. Puis, l'un après l'autre, d'autres levèrent la main. Ben Nichelini, Andy Beaver, Debbie Spurr, Linus Hopland, Daniel Soscol. Chaque enfant de la classe qui comptait vingt et un élèves.

Mme Novato lança un regard soucieux à Neil et dit :

— Je ne pensais vraiment pas que *tous*...

Neil balaya la classe du regard. Vingt et un visages juvéniles et sérieux. Il aurait pu s'agir d'enfants normaux, parfaitement équilibrés et turbulents, mais ils n'étaient pas en train de le faire marcher. Personne ne ricanait ou ne chuchotait. Ils étaient tous assis là, la main levée, et aucun d'eux ne souriait.

— C'est parfait, dit Neil d'une voix rauque. Vous pouvez baisser vos mains, maintenant.

— C'est extrêmement troublant, monsieur Fenner, dit Mme Novato. Je ne comprends pas ce qui se passe.

— C'est pour cette raison que je voulais leur parler, lui dit Neil. Je suis convaincu qu'il se passe quelque chose ici et il ne s'agit pas de simples cauchemars.

Il se tourna vers les enfants et essaya de leur parler d'une voix aussi rassurante et calme que possible.

— Je ne veux pas vous prendre trop de votre temps, dit-il, mais j'aimerais que vous pensiez à ces rêves comme à une sorte de travail collectif. Je suis persuadé que plus nous trouverons de choses à leur sujet, et plus nous aurons de chances de découvrir pourquoi vous avez fait ces rêves, et ce qu'ils sont exactement. J'aimerais que tous, vous consacriez quelques minutes — ce soir, quand vous serez rentrés à la maison — à ce travail, et que vous écriviez ou dessiniez ce que vous avez vu dans vos rêves. Réfléchissez bien, et essayez de vous souvenir de tout ce que vous avez vu. Si vous vous rappelez des noms que vous avez entendus dans vos rêves, inscrivez-les sur votre feuille de papier. Ce que vous écrirez ou dessinerez n'aura peut-être aucune signification particulière, mais notez tout ce qui vous vient à l'esprit.

Mme Novato intervint :

— Je ne suis pas certaine que M. Groh approuvera ceci, monsieur Fenner.

— Pourquoi pas ?

— Eh bien, il ne désire pas s'attirer l'hostilité des parents. Certains d'entre eux sont farouchement opposés à tout travail scolaire sortant des normes.

Neil désigna la classe d'un large mouvement du bras.

— Madame Novato, vous avez vu combien de mains se sont levées ? Vingt et une sur vingt et une. Ne pensez-vous pas que nous devrions faire un effort, même minime, pour découvrir ce que tout cela signifie ?

La salle de classe était silencieuse, à l'exception de toux sporadiques et de sneakers frottant sur le parquet.

— Très bien, dit alors Mme Novato. Je veux bien faire un essai. Mais je pense que les enfants ne devraient pas faire ce travail à la maison. Ils peuvent dessiner leurs rêves ici même, dans la salle de classe, cet après-midi, durant le cours de dessin. Cela devrait également améliorer les résultats. Certains n'ont pas de crayons ni de papier chez eux.

Elle leva les mains vers la classe, et les claqua une fois, vivement.

— A présent, les enfants, dit-elle, je veux que vous souhaitiez tous une bonne journée à M. Fenner. Ensuite je veux que vous ouvriez vos manuels de géographie à la grande carte en couleurs qui représente la Californie du nord, c'est-à-dire à la page vingt-cinq.

Les enfants chantèrent en chœur : « Bonne journée, monsieur Fenner », et Neil dit « Merci » à Mme Novato, puis il quitta la salle de classe. En sortant, il fit — rapidement et discrètement — un clin d'œil à Toby.

Dehors, dans la cour de l'école, la chaleur augmentait. Le temps était exceptionnellement chaud pour un mois de septembre. A travers la lumière crue, Neil regarda vers le grillage, à l'endroit où Toby avait vu l'homme au long manteau blanc, mais il n'aperçut que de l'herbe rabougrie. Neil comprit pourquoi Mme Novato était persuadée que personne n'avait pu se trouver là. Les champs s'étendaient à découvert sur cent ou deux cents mètres ; le premier abri possible était un groupe clairsemé de buissons d'épines, se trouvant au moins à trois minutes de là, en courant vite.

Il alla jusqu'au grillage et examina le sol. C'était de l'argile durcie, trop dure pour garder des empreintes de pas. Il était convaincu que Mme Novato n'avait vu personne, mais il était tout aussi convaincu que Toby disait la vérité. Des petits garçons costauds ne s'évanouissent pas sans raison... et, soit dit en passant, des pères non impressionnables ne s'imaginent pas non plus voir des visages spectraux de vieillards sans raison !

Il retourna lentement vers sa camionnette et resta assis derrière son volant, à réfléchir un moment. Il avait la sensation qu'il se passait quelque chose d'anormal... la même sensation que vous avez par une chaude journée d'été, lorsqu'un orage menace. Il regarda deux ou trois fois dans son rétroviseur, s'attendant presque à voir l'homme au cache-poussière blanc, debout près de la clôture, mais rien n'apparut. Après quelques minutes, il tourna la clé de contact et se dirigea vers la baie... et vers une nouvelle journée de travail.

***

Malgré le temps chaud et dégagé dans les vallées, un froid brumeux régnait sur Bodega. Neil portait son ciré tandis qu'il terminait de vernir le pont arrière et les portes de la cabine du *White Dove*. Le vieux Doughty n'était pas très loin. Il fumait sa pipe et contemplait les voiliers, de sous sa casquette de marin à visière. Un peu plus loin, à la hauteur de la boutique de cadeaux, un groupe de touristes japonais prenaient la pose et se faisaient photographier devant la collection plus qu'usée de mâchoires de baleine et de dents de requin, appartenant à Bodega Bay.

Comme Neil appliquait une dernière couche de vernis sur les portes, Doughty quitta son perchoir et s'avança sans se presser, le long de l'appontement. Il s'arrêta, une fois arrivé au poste d'amarrage du *White Dove*, et resta un moment à regarder Neil, tirant sur sa pipe et gargouillant.

— Je parie que vous allez passer un certain nombre d'heures sur ce rafiot pourri, à essayer de le rafistoler, fit-il remarquer. Je n'ai jamais vu quelqu'un manœuvrer un bateau aussi mal... la façon dont M. Collings l'a malmené ! Cela m'a toujours surpris qu'il n'ait jamais coulé.

Neil haussa les épaules.

— Ça le regarde, dit-il, restant sur une prudente réserve.

Doughty grogna. Il approchait des quatre-vingts ans ;

son large visage, ridé et tanné, était rouge brique. Il portait une vareuse de marin bleu foncé, la même qu'il portait la première fois que le père de Neil l'avait amené sur l'appontement, vingt ans plus tôt, et d'épais pantalons de toile cirée de pêcheur. A une époque, il avait possédé sa propre flottille de pêche, mais cela remontait tellement loin que la plupart des gens ne s'en souvenaient même plus.

— Je me demande pourquoi vous vous donnez tant de mal, poursuivit-il. Vous savez très bien qu'il traitera ce bateau de la même façon, l'été prochain.

— Je le fais parce qu'il me paie, répliqua Neil.

Doughty soupira.

— Vous ne ressemblez pas à votre père. Ni à votre grand-père, soit dit en passant.

— Je n'ai jamais dit que je leur ressemblais. Et d'après ce que j'ai entendu raconter sur mon grand-père, il buvait une bouteille de rhum par jour, et fumait cinq cigares avec son petit déjeuner.

— Qu'y a-t-il de mal à cela? voulut savoir Doughty.

Neil éclata de rire. Il passa une couche de vernis sur le montant inférieur de la porte de la cabine et posa son pinceau.

— Autrefois, on racontait pas mal d'histoires sur la famille Fenner, à Bodega Bay, déclara Doughty. Je me souviens qu'un jour — j'avais une dizaine d'années — mon vieux m'a montré du doigt votre arrière-grand-père, Jack Fenner, et m'a dit de ne jamais le mettre en colère, parce qu'il avait jeté à l'eau trois pêcheurs qui lui proposaient des homards en dessous de la taille moyenne.

— Je connais toutes ces histoires, dit Neil, en rangeant ses pots de peinture. J'admets très volontiers que je suis le Fenner le plus terne qui ait jamais existé.

— Mais vous n'êtes pas le plus mauvais, dit Doughty, vidant le culot de sa pipe en la tapotant contre un montant en bois. Aussi je suppose que vous pouvez vous féliciter d'être ainsi.

— Ah oui? Et qui était le plus mauvais, à votre avis?

Doughty chercha dans sa poche et en sortit deux

caramels à l'eau salée. Il en lança un à Neil, et défit pour lui-même le papier de l'autre.

— Je dois sucer ces trucs très lentement, déclara-t-il. Autrement, ils se coincent dans mon dentier.

Neil grimpa sur l'appontement et le rejoignit.

— Vous ne m'avez toujours pas dit qui était le pire de tous les Fenner. Je parie qu'il n'était pas aussi mauvais que le pire de tous les Doughty.

— Oh, mais si ! dit Doughty en secouant la tête. Les Doughty étaient à l'origine des membres du clergé, venus de Plymouth, en Angleterre. Des gens extrêmement paisibles. Mais les Fenner étaient de rudes fermiers, de rudes colons, et des *vigilantes*. Les Fenner ont fait plus pour la colonisation de Napa Valley que George Yount ; pourtant, la plupart des gens disent que George Yount a été le père de cette vallée.

Neil et Doughty marchèrent côte à côte jusqu'au parking. Neil releva le hayon de sa camionnette et en sortit trois rouleaux de cordage neuf.

— Le pire de tous les Fenner s'appelait Bloody Fenner, et je suis surpris que votre père ne vous ait jamais parlé de lui, dit Doughty.

— Il l'a sans doute fait, quand j'étais plus jeune. Il a combattu les Indiens, n'est-ce pas, dans les années 1830 ? On l'appelait « Bloody[1] » Fenner parce qu'il collectionnait les oreilles et les scalps.

Doughty acquiesça de la tête.

— C'est exact. Mais certaines histoires disent qu'il fit pire que cela. A cette époque, alors que les hommes blancs affrontaient les Wappos, là-bas dans les montagnes, il avait pour habitude de se battre dans un camp ou dans un autre, selon sa fantaisie. Si les Wappos lui offraient deux ou trois arpents de bonne terre à cultiver, il était d'accord pour tendre des embuscades aux hommes blancs ; et si les Blancs étaient prêts à lui verser une bonne somme, il acceptait de combattre les Wappos. Personne n'a jamais rien pu prouver, bien sûr ; aussi il n' a jamais eu d'ennuis, mais ces histoires ont duré des années… et l'on dit que Bloody Fenner fut responsable

1. « Le sanguinaire ». *(N. d. T.)*

de l'un des massacres les plus atroces commis par les Indiens. Il a fallu pas mal de temps avant que la famille Fenner cesse d'être mise au ban de la société.

Neil porta les cordages jusqu'au *White Dove* et les déposa sur le pont.

– C'est quelque chose que l'on ne *m'avait pas* raconté, dit-il à Doughty. Je suppose que ma famille a préféré oublier Bloody Fenner.

Doughty glissa son petit doigt dans son palais pour en déloger un morceau de caramel gluant.

– Si vous voulez vraiment apprendre des choses sur cette époque, vous devriez faire un saut jusqu'à Calistoga et parler à Billy Ritchie... c'est-à-dire, s'il est toujours en vie, mais je n'ai pas entendu dire qu'il en allait autrement. Le grand-père de Billy Ritchie était un ami de Robert Louis Stevenson ; beaucoup de gens affirment qu'il lui a servi de modèle pour son Israel Hands de *L'île au trésor*. C'étaient des durs à cuire, dans ce temps-là, mais on prétend que Bloody Fenner fut le plus coriace de tous.

Neil redescendit sur le *White Dove* et entreprit de dérouler l'un des cordages. La journée commençait à se réchauffer, ici sur la baie, mais le brouillard gris était toujours aussi dense. Il ne voyait pas plus loin que l'entrée du port. Un bateau de pêche passa lentement, ressemblant à un fantôme grisâtre.

– Tenez, dit Neil. Il chercha dans sa poche et tendit à Doughty un billet de cinq dollars. Pourquoi n'iriez-vous pas offrir à boire à quelqu'un, au bar ? Dès que j'aurai fini mon travail ici, je vous rejoindrai.

C'était une façon élégante de payer un verre à Doughty. Selon le code non écrit en vigueur sur les quais de Bodega, vous deviez laisser Doughty vous parler un bon moment, et lui glisser ensuite une petite somme pour lui rendre la vie un peu plus facile.

– N'oubliez pas de me rejoindre, d'accord ? dit Doughty. Je vous fais préparer un *old-fashioned*.

Puis il inclina sur son front sa casquette de marin et s'éloigna le long de l'appontement, d'une démarche chaloupée, comme s'il se trouvait sur le pont d'un clipper du bon vieux temps.

Neil sourit en lui-même et reprit ses travaux de peinture et de remise en état. Le *White Dove* était moins endommagé qu'il n'y paraissait ; cela ne lui demanderait pas trop d'efforts pour redonner son éclat d'antan au voilier. Et, cette année, le bateau n'aurait pas besoin d'une importante révision. Neil calcula qu'il aurait fini ce chantier d'ici la fin de la semaine. Ensuite il pourrait s'occuper du bateau de pêche qu'il avait commencé à radouber, de l'autre côté du quai, et terminer cet autre travail.

Il était presque onze heures du matin ; le brouillard très dense persistait. Le soleil formait un disque jaune pâle ; le vent était retombé. Neil s'aperçut qu'il transpirait, tandis qu'il tirait les cordages neufs et les attachait ; un instant, il trouva qu'il avait du mal à respirer.

Il jeta un coup d'œil vers la baie et fronça les sourcils. Il était certain d'apercevoir quelque chose sur l'eau, là-bas. Il plissa les yeux contre les volutes jaunâtres du brouillard ; quoi que ce fût, c'était beaucoup trop loin pour qu'il le distingue avec netteté. C'était grand, pâle et dressé, comme une bouée flottante, ou la voile d'un petit dinghy de plaisance.

Ce fut seulement lorsque le brouillard dériva lentement qu'il commença à comprendre — avec une sensation de terreur accablante — que cette forme n'était pas du tout une voile, ou une balise. *C'était un homme. Un homme portant un long manteau blanc, qui se tenait silencieux et sans aucun support, au milieu de la baie.*

Se mordant la lèvre avec incertitude, Neil se redressa. Le brouillard passait devant la silhouette, nappe après nappe, mais cela ne faisait aucun doute. C'était un homme, ou le fantôme d'un homme. Il portait un chapeau noir à larges bords et un cache-poussière, et il se tenait sur l'eau comme s'il se trouvait sur la terre ferme.

— Hé, là-bas ! cria Neil, mais sa voix parut blanche et ténue dans le brouillard. L'homme n'y prêta aucune attention.

Saisi de panique, Neil se tourna vers le quai et appela :
— Doughty ! Doughty ! Venez voir ceci ! Pour l'amour de Dieu ! Arrivez vite... venez voir !

— *Allen... je t'en prie, Allen...*, chuchota une voix.

— Doughty! hurla Neil.

La porte du bar s'ouvrit, et Dave Conway, de la poissonnerie, apparut. C'était un homme de grande taille, à la barbe rousse. Il était connu pour son esprit sarcastique.

— Quelque chose ne va pas, Neil? demanda-t-il d'une voix forte.

— Dave, apercevez-vous quelque chose, là-bas, au milieu de la baie, ou bien suis-je fou? cria Neil.

Dave scruta le brouillard. Celui-ci était tellement épais à présent que l'homme avait pratiquement disparu. Il n'y avait plus qu'une vague trace de son manteau blanc qui s'effaçait rapidement.

— Bien sûr, dit Dave. Je vois quelque chose. Hé, finalement, vous n'êtes pas fou!

— Dites-moi ce que vous voyez! Qu'est-ce que c'est?

— Ma foi, reprit Dave, je vais prendre un certain risque, mais je dirai que c'est du brouillard.

Neil, tendu de tout son être, laissa échapper une exclamation irritée.

— Ai-je dit quelque chose d'inexact? demanda Dave. Ce n'est pas du brouillard? Serait-ce de la ouate grise? Ou bien de la barbe à papa?

Neil secoua la tête.

— Laissez tomber. C'était seulement une illusion d'optique.

Dave vint vers lui, sans se presser.

— Vous pensiez réellement apercevoir quelque chose là-bas? Qu'est-ce que c'était, à votre avis?

— Je ne sais pas, répondit Neil. Cela semblait tellement étrange que je voulais avoir l'opinion de quelqu'un d'autre, c'est tout.

— Vous pouvez me le dire, l'encouragea Dave. Je ne me moquerai pas de vous... pas plus d'une demi-heure.

Neil se détourna.

— Sans doute mon imagination qui me jouait des tours. Oubliez ça.

— Vous ne m'avez pas dit ce que c'était... comment voulez-vous que je l'oublie?

Neil renonça à son travail de cordage.

— Très bien, dit-il. Il m'a semblé voir un homme, là-bas, debout, au milieu de la baie.

— *Debout?*

— Parfaitement. Il se tenait sur l'eau, exactement comme vous vous tenez sur cet appontement, en ce moment.

Dave fit la grimace.

— Eh bien, vous m'aviez dit que c'était dingue, et vous aviez raison. Vous êtes sûr de ne pas avoir un peu trop forcé sur la Bible, ces derniers temps?

— Dave, demanda Neil, vous voulez bien oublier cette histoire? C'était un reflet lumineux.

— Il faisait peut-être du surf, et avec le brouillard, vous n'avez pas vu sa planche, suggéra Dave. Ou bien il se tenait debout sur le pont d'un sous-marin.

— Dave, je vous en prie, oubliez ce que j'ai dit, insista Neil. Je ne suis pas d'humeur à plaisanter.

— Moi non plus, je n'aurais pas envie de plaisanter si j'avais aperçu un type debout sur l'eau, au milieu de la baie, rétorqua Dave avec un sérieux lourdement appuyé. C'est sûr!

Cet après-midi-là, Toby rapporta de l'école une grande enveloppe de papier bulle jaune, accompagnée d'une lettre de Mme Novato. Tandis que Toby allait jouer dehors, avec son modèle réduit de bulldozer, Neil emporta le paquet dans le salon et s'installa à son vieux bureau à cylindre. Susan sortit de la cuisine, en tablier et pantoufles, et demanda :

— Qu'est-ce que c'est?

Neil la regarda et lui adressa un petit sourire.

— Disons que c'est une expérience.

Susan essuya ses mains couvertes de farine sur son tablier. Elle préparait des gâteaux aux pommes, et elle sentait les pommes en train de cuire et le beurre.

— Une expérience? lui demanda-t-elle. Tu veux dire, quelque chose qui a un rapport avec l'école?

Il acquiesça de la tête.

— Tu te souviens que Toby a répété plusieurs fois le nom d'Allen, dans ses cauchemars? Eh bien, ce matin, lorsque je l'ai accompagné à l'école, j'ai entendu l'un des autres gosses parler d'Allen, également. Aussi, j'ai demandé à Mme Novato la permission de m'adresser à la classe, durant deux ou trois minutes. Je leur ai demandé si l'un d'entre eux avait fait des rêves comme Toby.

— Ah oui? Et alors?

Neil ouvrit la grande enveloppe.

— Il y a vingt et un enfants dans cette classe, chérie. Et tous — sans la moindre exception — ont levé la main pour dire oui.

Susan parut troublée.

— Tu veux dire... qu'ils ont tous fait le même cauchemar? Allons, ils t'ont certainement fait marcher... tu sais comment sont les gosses.

— J'ignore *quelle sorte* de cauchemars ils ont faits. Mais je leur ai demandé de dessiner ce qu'ils avaient vu dans leurs rêves, et Mme Novato a accepté qu'ils fassent ce petit travail durant leur leçon de dessin. Voici la lettre qu'elle m'a adressée, avec les dessins.

Susan prit la lettre et la parcourut rapidement.

Mme Novato avait écrit :

Cher Monsieur Fenner,

Je vous envoie ci-joints les dessins que les enfants ont exécutés cet après-midi, en espérant que cela dissipera peut-être vos inquiétudes. Il me semble que ma première hypothèse — une hystérie collective à caractère bénin — est la bonne. Je suis certaine que ces cauchemars cesseront dès qu'une nouvelle manie s'emparera de la classe. Certains signes indiquent que le Bonbon Crépitant a déjà fait son apparition! A propos, si Toby désire participer à notre petite excursion au lac Berryessa, mercredi prochain, veuillez lui donner un dollar et trente-cinq *cents* qu'il apportera à l'école, demain.

Sincèrement vôtre,
Nora Novato.

*
**

Neil se frotta la joue.

— Eh bien, dit-il lentement, cela ne s'annonçe pas très bien, qu'en dis-tu?

— Je trouve cela merveilleux, au contraire, répondit Susan. Plus vite Toby cessera de faire ces horribles rêves, et mieux ce sera.

— Susan, ce ne sont pas seulement des rêves, mais aussi des visions à l'état de veille. Que fais-tu du visage de vieillard que j'ai vu, superposé sur les traits de Toby, la nuit dernière? Et l'homme au manteau blanc que Toby a vu? Et le type qui se trouvait au milieu de la baie?

Susan le regarda fixement.

— *Quel* type se trouvait au milieu de *quelle* baie? De quoi parles-tu?

Il lui décocha un vif regard, puis baissa les yeux.

— Excuse-moi. Je voulais t'en parler, mais je ne savais pas comment aborder ce sujet. Il s'agit de quelque chose qui est arrivé aujourd'hui... ou plutôt, de quelque chose que *j'ai cru* qui arrivait aujourd'hui.

Elle se pencha vers lui et passa son bras autour de son épaule.

— Tu ne savais pas comment aborder ce sujet? Mais, Neil, cette histoire m'inquiète autant que toi! Je suis ta femme. Je suis là pour ça, pour que tu te confies à moi.

Il dit, d'une voix enrouée :

— Bien sûr, chérie, je sais. Seulement, c'est difficile de s'avouer que l'on est peut-être en train de perdre les pédales, ou que l'on est atteint d'une sorte d'hystérie de gosses.

— Ne sois pas ridicule! Si tu as vu quelque chose, c'est que tu l'as bien vu. Il y a peut-être une explication naturelle. C'était peut-être une sorte de mirage. Mais si tu l'as vu, je te crois, point final.

Il haussa les épaules.

— Je suis heureux que tu aies confiance en moi. Mais je ne suis pas certain de partager la même confiance... en moi-même.

Susan l'embrassa dans les cheveux.

— Je t'aime, dit-elle simplement. Si quelque chose te tracasse, cela me tracasse également. N'oublie pas cela.

Neil glissa sa main dans l'enveloppe de papier kraft et en sortit une liasse de dessins aux couleurs vives. Susan tira une chaise pour s'asseoir près de lui, et ils examinèrent les dessins, un par un.

Bien que très différents par le style et les couleurs, les dessins se ressemblaient tous d'une étrange façon. Ils représentaient des arbres, des montagnes et des silhouettes en train de se battre. Certains des dessins montraient vingt ou trente personnages, en forme de bâtonnets, les bras levés vers le ciel, avec des taches de rouge gribouillées tout autour. D'autres dessins montraient seulement un ou deux personnages, allongés sur le dos, parmi la verdure. Des flèches traversaient le ciel sur une douzaine de dessins ; sur d'autres, il y avait des hommes tenant des fusils.

Seulement huit ou neuf des enfants avaient écrit des noms ou des mots à côté de leurs dessins. Toby avait écrit « Allen, au secours ». Daniel Soscol avait marqué « Alun », puis l'avait barré. Debbie Spurr avait écrit « Allen, Allen, il ne revient pas ».

Il y avait aussi des noms, plutôt bizarres. « Ta-La-Ha-Lu-Si », avait été écrit avec un gros crayon vert, sur un dessin. Un autre portait la légende « Kaimus ». Un troisième disait « Oweaoo » et « Sokwet ».

Susan et Neil passèrent vingt minutes à examiner les dessins. Finalement, ils les posèrent sur le bureau et échangèrent des regards déconcertés.

— Je ne sais vraiment pas ce que tout cela signifie, avoua Neil. Apparemment, cela ne veut absolument rien dire.

— C'est étrange qu'ils aient tous eu à l'esprit le même genre de dessin, dit Susan. Je veux dire, combien d'autres groupes composés de vingt et une personnes différentes feraient exactement le même cauchemar ? Regarde celui-ci... c'est le dessin de Toby. Il est pratiquement identique à tous les autres.

Neil repoussa sa chaise et se leva. Dehors, à travers les rideaux de tulle bon marché, il apercevait Toby en train de jouer dans la cour, ramassant de la poussière avec son bulldozer Tonka. Neil ressentit un tel désir de le protéger que des larmes lui picotèrent les yeux. Dieu du ciel, de quoi Toby était-il atteint ? S'agissait-il seulement de cauchemars ou bien d'autre chose... quelque chose de mystérieux et de dangereux?

— Et si nous rappelions le docteur Crowder? suggéra Susan. C'est peut-être un genre d'affection psychologique.

Neil secoua lentement la tête.

— Toby n'est pas malade, pas plus que les autres gosses. Et je ne suis pas malade non plus, soit dit en passant. A mon avis, cela ressemble davantage à quelque chose venant de l'extérieur, à quelque chose qui essaie de se frayer un chemin jusqu'à nous, tu comprends?

— Tu veux dire... comme au cours d'une séance de spiritisme? Un esprit qui tente de communiquer avec ceux qui participent à la séance?

— C'est cela, plus ou moins. J'ai seulement la sensation qu'il y a une *pression* tout autour de nous... quelque chose *fait pression* sur nous, de tous les côtés. J'ignore ce que c'est, mais je le ressens très nettement. Et maintenant, c'est là, tout le temps, nuit et jour.

— Neil..., dit Susan, d'un ton précautionneux.

Il se détourna de la fenêtre.

— Je sais. Cela semble dingue. Et peut-être est-ce vraiment dingue. Mais je me sens parfaitement sain d'esprit, autant que je l'étais la semaine dernière. Et si je suis cinglé, alors tous les gosses de cette classe le sont également, et je suis persuadé du contraire.

Il prit l'un des dessins, représentant une bataille acharnée entre des hommes portant de grands chapeaux et des hommes aux longs cheveux noirs. Il y avait des montagnes grises et vertes à l'arrière-plan ; le ciel était rempli d'énormes flèches. Les flèches avaient toutes des pointes noires, soigneusement et intentionnellement dessinées avec un crayon noir.

— A ton avis, qu'est-ce que cela représente? demanda Neil, en montrant le dessin à Susan.

Elle l'examina attentivement.

— Cela paraît évident. Une bataille entre des cow-boys et des Indiens.

— Qui est en train de gagner?

— Les cow-boys?

— Qu'est-ce qui te fait dire cela?

Susan regarda à nouveau.

— Eh bien, il y a ce cow-boy, au milieu, là. Il est debout, tire des coups de revolver et semble ravi de ce qui se passe.

— C'est vrai, dit Neil, mais regarde les autres cow-boys. Pour la plupart, ils semblent plutôt paniqués. Et un bon nombre d'entre eux sont allongés par terre, avec des flèches dépassant de leurs corps. C'est la même chose sur cet autre dessin, et sur celui-là. On dirait que les Indiens sont très nettement en train de remporter la victoire.

Susan regarda rapidement neuf ou dix autres dessins, puis acquiesça de la tête.

— Je pense que tu as raison, dit-elle. Mais qu'est-ce que cela signifie?

— Je l'ignore. Cela signifie peut-être, tout simplement, que tous les enfants de la classe ont lu le même livre racontant cette bataille, ou bien qu'ils ont tous été voir le même film. Tu te rappelles un film que Toby aurait pu voir à la télévision, montrant ce genre de bataille?

Elle passa sa main dans ses cheveux blonds presque défaits.

— Ils ont passé un film sur Custer, il y a un mois environ.

— Alors cela expliquerait tout, dit Neil. Ce cow-boy souriant à belles dents, qui se tient ici, pourrait être le général Custer, et ces dessins représenteraient la bataille de Little Big Horn.

— Il n'y a pas de rivière, n'est-ce pas? fit remarquer Susan. De plus, la bataille de Little Big Horn n'a pas eu lieu dans les montagnes, et tous ces dessins comportent des montagnes. Je dirais plutôt que cela ressemble à un endroit dans les montagnes de Sonoma, ou dans les montagnes Vaca, tu ne crois pas?

— Possible, admit Neil.

Il jeta un dernier regard rapide aux dessins et s'apprêtait à les remettre dans leur enveloppe lorsque quelque chose retint son attention. Il regarda de plus près le dessin de Ben Nichelini et là, derrière un groupe d'hommes blancs, couverts de sang, il vit ce qui ressemblait nettement à la représentation enfantine d'un homme portant un cache-poussière blanc, avec une barbe et un chapeau à larges bords. Une grosse flèche dépassait du dos de l'homme.

Il alla jusqu'à la fenêtre du salon et l'ouvrit.

— Toby ! appela-t-il. Tu peux venir une minute, s'il te plaît ?

— Qu'y a-t-il ? demanda Susan. Tu as vu quelque chose ?

— J'essaie de deviner. Attendons de voir ce que dira Toby.

Toby arriva en courant, passant par la cuisine. Il serrait toujours son bulldozer contre lui.

— Qu'y a-t-il, p'pa ?

Neil lui présenta les dessins.

— Tu sais ce que sont ces dessins, Toby ?

— Bien sûr. Ils représentent les rêves que tu nous as demandé de dessiner. C'est celui de Ben Nichelini, n'est-ce pas ?

— C'est exact. Tu l'avais déjà regardé ?

— Non, p'pa. Mme Novato a dit que nous ne devions pas les regarder. Elle a dit que nous devions faire ces dessins, chacun de notre côté, sans copier sur son voisin.

Neil lui tendit le dessin. Très doucement, il dit :

— Je voudrais que tu regardes ce dessin très attentivement, Toby, et que tu me dises si tu vois quelque chose qui t'est familier. Y a-t-il sur ce dessin quelque chose qui te rappelle quelqu'un ou quelque chose que tu as déjà vu ?

Toby examina le dessin, avec un froncement de sourcils appliqué. Tandis qu'il se concentrait, Neil regarda rapidement vers Susan et leva un doigt pour lui faire comprendre qu'il lui expliquerait plus tard. Susan observa son fils d'un air soucieux ; ses mains blanchies par la farine étaient jointes sur le devant de son tablier.

Finalement Toby lui rendit le dessin et déclara d'une petite voix :

— Il y a un homme qui ressemble à l'homme que j'ai vu près du grillage de l'école.

— Celui-là? demanda Neil, en montrant le personnage du doigt.

— Oui, répondit Toby. Mais il y a une erreur sur ce dessin.

— Une erreur? demanda Susan. Que veux-tu dire, trésor?

— Allen n'est pas là, dit Toby. Il devrait être là, pourtant il n'est pas là.

— Allen? Alors cet homme au manteau blanc... *ce n'est pas* Allen?

— Non, p'pa. Allen, c'est celui-là.

Toby regarda rapidement les dessins jusqu'à ce qu'il trouve celui représentant le cow-boy qui souriait, avec le revolver, l'homme qui était debout et qui avait l'air content, alors que les autres cow-boys s'écroulaient à terre, autour de lui, transpercés par les flèches des Indiens.

— C'est Allen? demanda Neil. Comment le sais-tu?

— Je le sais, c'est tout. Voilà à quoi il ressemble.

— Mais... tu l'as rencontré? Tu l'as déjà vu?

— Non, p'pa, dit Toby en secouant la tête.

— Tu as rêvé de lui?

— Non p'pa.

— Alors pourquoi serait-ce forcément Allen? Comment sais-tu que cet homme-ci n'est pas Allen, ou que l'homme au manteau blanc n'est pas Allen?

— L'homme au manteau blanc demande toujours de l'aide à Allen, dit Toby, le visage sérieux. *Donc* il ne peut pas s'agir d'Allen. Et, de toute façon, Allen est Allen. Aucun de ces autres hommes n'est Allen.

Susan et Neil se regardèrent un instant, puis Susan dit :

— Nous nous trouvons dans une impasse, non? Et maintenant, que faisons-nous?

— Je ne sais pas, répondit Neil. Toute cette foutue histoire est tellement dénuée de sens.

Susan attendit un moment; au dehors, la nuit commençait à tomber. Au bout de quelques minutes, elle toucha la main de Neil et retourna à la cuisine s'occuper de son gâteau. Toby emporta son bulldozer en haut, dans sa chambre. Neil l'entendait faire des bruits de moteur, en tournant dans la pièce et en évitant les meubles. L'odeur parfumée de la tarte aux pommes lui rappela bientôt qu'il n'avait pas mangé à midi, et qu'il était affamé.

Cette nuit se passerait peut-être sans mauvais rêves. L'homme au long manteau blanc disparaîtrait peut-être, pour ne jamais revenir. Pourtant, d'une certaine façon, assez déprimante, Neil avait la sensation qu'ils étaient tous pris au piège et entraînés dans une affaire sur laquelle ils n'avaient aucun contrôle. Il pressentait des ennuis à venir et savait qu'il ne pourrait leur échapper. Il tambourinait avec ses doigts sur le bureau et essayait de réfléchir à tous ces signes, ces dessins et ces rêves... de trouver leur signification.

Il se demanda si cela valait la peine de suivre le conseil de Doughty et d'aller jusqu'à Calistoga pour voir Billy Ritchie. Si Billy Ritchie connaissait bien l'histoire de Napa et de Sonoma au siècle dernier, le nom d'Allen lui dirait peut-être quelque chose. Il avait peut-être entendu des histoires à propos d'un homme connu, portant un cache-poussière blanc ; peut-être pourrait-il lui dire également ce que signifiaient « Ta-La-Ha-Lu-Si » et « Kaimus ».

Susan lui demanda, depuis la cuisine :

— Tu veux goûter à l'un de ces gâteaux pendant qu'ils sont encore chauds ?

— Bien sûr, répondit Neil.

Il se leva de sa chaise. Au moment où il refermait la porte derrière lui, il entendit un cri perçant, venant du premier étage, qui le fit sursauter. C'était un cri strident, terrifié. C'était Toby.

Neil s'élança dans l'escalier, monta les marches trois par trois, traversa le palier d'un bond et ouvrit violemment la porte de la chambre de Toby. Le garçon était debout, au milieu de la pièce. Il tenait toujours son bulldozer dans ses mains, mais semblait pétrifié sur place et fixait avec terreur son armoire. Un froid étrangement nauséabond régnait dans la chambre, un froid qui rappela à Neil celui d'une chambre frigorifique de boucherie. C'était certainement une illusion... pourtant, le sol semblait osciller, comme si des vagues glutineuses ondoyaient lentement sous le tapis.

— Toby, dit Neil d'une voix mal assurée. Toby, qu'est-ce qui ne va pas?

Toby se tourna lentement vers lui, avec des mouvements saccadés. Le visage du garçon avait quelque chose d'anormal. Les contours de son visage étaient flous, presque phosphorescents et, même si ses lèvres étaient closes, c'était comme si Toby était en train de parler. Pourtant, ce furent ses yeux qui terrifièrent le plus Neil. Ce n'étaient absolument pas ceux d'un enfant, ils étaient vieux, ternes et aussi mats que du fer.

Une plainte grave et prolongée secoua la pièce. La plainte déchirante des couples d'un navire broyé par la banquise. La plainte que Jim avait laissé échapper lorsque la Buick lui avait écrasé la poitrine. Une plainte incroyablement amplifiée. Neil tendit sa main vers Toby, mais son fils semblait se trouver hors d'atteinte, à des milles et à des milles de distance; un vent glacé soufflait dans la pièce, faisant se raidir les membres du père et ralentissant ses mouvements.

Neil se tourna et regarda vers l'armoire. Ce qu'il vit alors lui donna la quasi-certitude qu'il devenait fou, que son esprit avait fini par lâcher. Dans le bois lui-même, il apercevait un visage sauvage et cruel... comme un visage entrevu sous la surface miroitante d'un étang. Ce visage le fixait avec une telle méchanceté et une telle malveillance qu'il était incapable de détourner les yeux. Mais, plus étrange encore et infiniment plus terrifiant... *une main sortait du placage de noyer verni... une main qui était faite de bois luisant et qui était pourtant vivante.* La main aux ongles pointus et menaçants se tendit vers lui et chercha à le saisir. Elle fendit sa chemise comme Neil plongeait vers Toby et tentait de le prendre dans ses bras.

Il ne regardait plus dans cette direction. Il savait que s'il regardait, ses forces et sa raison céderaient. Il souleva Toby et le mit sur son épaule, puis, aveuglément, il se retourna vers la porte de la chambre, cachant son visage pour ne pas voir ce visage cruel dans le bois de l'armoire.

Susan était à mi-chemin dans l'escalier pour les rejoindre, lorsque Neil s'effondra sur le palier. Toby roula sur le plancher à côté de lui.

— *La porte! Ferme la porte!* cria Neil.

Elle la claqua rapidement et tourna la clé.

— Toby! Neil! Qu'y a-t-il? demanda-t-elle. J'ai entendu un tel vacarme, en haut. Je...

Neil la prit par le bras.

— C'est là-dedans, lui dit-il. (Sa voix était mal assurée et fiévreuse.) Ce que Toby a vu dans son cauchemar... ce n'était pas un cauchemar. C'est réel, et c'est là-dedans. Il y avait un visage, Susan, une saloperie de visage sur l'armoire. Et une main qui est sortie du bois. Elle est sortie de ce putain de bois!

Il se remit debout maladroitement. Elle voulut l'aider, mais il avait les nerfs trop à vif pour supporter que quelqu'un le touche; il la repoussa. Elle s'agenouilla auprès de Toby qui frissonnait et grelottait, et le serra contre sa poitrine.

— Écoute, chuchota Neil. Écoute, on l'entend.

Ils se turent. Ils entendaient un léger bruit, très particulier, comme un vent soufflant sur les cimes d'une montagne. Puis ils entendirent un bruit et Neil pressa ses mains contre son visage... un bruit si terrifiant et tellement anormal qu'ils pouvaient à peine supporter de l'entendre.

Des pieds en bois se déplaçaient sur le parquet de la chambre. Des pas hésitants et maladroits. Et des mains en bois tâtonnaient le long des cloisons, cherchant la porte.

3.

Au bout de quelques minutes, les bruits cessèrent. Ils attendirent, retenant leur souffle, dans le couloir, durant une dizaine de minutes, mais le silence régnait à présent.

— Qu'était-ce ? demanda Susan doucement. Neil, qu'est-ce que c'était ?

Il était très pâle et ses traits étaient tirés. Il avait l'impression que son cerveau avait reçu un choc électrique violent. Ses lèvres et sa bouche ne semblaient plus fonctionner correctement, à tel point que, lorsqu'il parla, il bredouilla.

— Je ne sais pas. On aurait dit un démon. C'est sorti du bois, et c'était certainement en bois. Un démon en bois, qui marchait.

— Neil... de telles choses *n'existent pas*. C'était sans doute le vent qui faisait claquer la porte. Tu as peut-être aperçu ton propre reflet.

Neil, adossé contre le mur, secoua la tête, lentement et posément.

— Eh bien, disons que c'était un genre d'hallucination, suggéra Susan. Allons, Neil, de telles choses ne se produisent pas. Cela n'existe pas. Un homme en bois qui sort de la porte d'une armoire ? C'est insensé.

Neil lui décocha un vif regard. Elle réalisa ce qu'elle venait de dire, et leva le bras pour lui prendre la main, qu'elle serra avec force.

— Oh, Neil, je ne voulais pas dire...

Il la repoussa et passa ses deux mains dans ses cheveux.

— Inutile de t'excuser, lui dit-il d'une voix rauque. Tu as probablement raison.

— Neil...

Il se tourna vers elle.

— Comment va Toby? On dirait qu'il reprend des couleurs.

Toby avait ouvert les yeux, à présent, et levait la tête vers son père, avec un léger sourire. Susan caressa son front et dit :

— Tout va bien, mon chéri. Cette nuit, tu dormiras avec nous, dans notre chambre. Tu ne retourneras pas dans cette vilaine chambre.

Neil s'accroupit à côté de Toby et lui effleura affectueusement le nez.

— Comment te sens-tu, fiston?

— Très bien, dit Toby. J'ai eu peur, c'est tout.

— Tu te rappelles ce qui est arrivé? demanda Neil.

— Neil..., protesta Susan. Il vient à peine de récupérer.

— Chérie, insista Neil, nous devons savoir ce qui s'est passé là-dedans. C'était quelque chose qui n'appartenait pas à ce monde. Si nous devons combattre un fantôme ou quoi que ce soit, je pense que nous devons savoir de quoi il retourne.

— Je crois plutôt que nous devrions aller au rez-de-chaussée, nous calmer un peu et téléphoner au docteur Crowder, répliqua Susan. Je vais faire chauffer de l'eau, et nous boirons du café noir, bien fort.

— Toby..., reprit Neil. Tout ce que je veux savoir, c'est ce qui s'est passé!

Les paupières de Toby clignèrent un instant, puis il dit d'une voix douce :

— Je jouais avec mon bulldozer, c'est tout. Ensuite j'ai entendu cet homme qui parlait à nouveau. Il avait l'air très effrayé. J'ai vu son visage sur le bois de l'armoire. Ensuite ce n'était plus son visage, c'était celui d'Allen. Ensuite j'étais Allen, et il y avait quelqu'un d'autre dans la pièce. Il était terrifiant. Il était très grand et il m'a fait très peur. Il est sorti du bois.

— Sais-tu ce que c'était? Ou *qui* il était?

— Neil, *je t'en prie*, intervint Susan. Il est presque inconscient.

— Susan, nous devons savoir, insista Neil. Si nous ne savons rien, nous serons incapables de nous protéger. Toby… qui était-ce ? Qui était l'homme sur le bois de la porte ?

La lèvre inférieure de Toby commença à se relâcher, puis des larmes emplirent ses yeux.

— Je ne sais pas. Je ne sais pas, dit-il.

Ensuite il fut secoué par des sanglots irrépressibles. Susan le serra dans ses bras et le consola. Neil se remit lentement debout.

— J'appelle le docteur Crowder, annonça-t-il. Dans le cas présent, je ne pense pas que nous puissions nous débrouiller tout seuls.

Il aida Susan et Toby à descendre l'escalier et à aller jusqu'à la cuisine, puis il alluma le gaz sous la bouilloire pour faire du café. Ensuite il alla dans le living-room et composa le numéro personnel du docteur. Il s'aperçut à ce moment que ses mains tremblaient violemment. Comme il s'appuyait contre son bureau à cylindre, attendant que le docteur décroche, il vit son visage reflété dans le verre protégeant une photographie de Susan, posée sur le meuble. Il était livide et ses traits étaient hagards.

Le téléphone sonna durant presque une minute avant que l'on décroche.

— Vous êtes chez le docteur Crowder, dit Mme Crowder. Qui le demande, s'il vous plaît ?

— Emma ? dit Neil. Ici, Neil Fenner. Le docteur est-il là ?

— Oh, c'est vous, Neil ? Comment allez-vous ? Cela fait longtemps que vous n'êtes pas passé par ici. Comment va Toby ?

Neil se frotta les yeux.

— Il… eh bien, je voulais justement parler de Toby avec le docteur. Nous avons un petit problème ici, Emma, et je me demandais s'il pourrait trouver le temps de faire un saut jusque chez nous.

— Est-ce très urgent ? Je sais qu'il a énormément à faire ce soir. Les sœurs Baxter ont attrapé la coqueluche.

— Emma... si ce n'était pas grave, je ne vous demanderais pas cela. Je sais à quel point il est occupé.

— Entendu, Neil, répondit Emma avec chaleur. Je comprends. Il doit téléphoner ici lorsqu'il aura fini sa consultation chez les Baxter. Je lui dirai de passer chez vous. Rien de trop grave, j'espère?

Neil ne répondit pas tout de suite. Il ne savait pas comment décrire ce qui s'était passé, ou comment en parler. Finalement, il dit d'une voix embarrassée :

— Non, non, rien de grave, rassurez-vous.

Il raccrocha et retourna dans la cuisine pour préparer le café. Toby semblait plus calme à présent, mais tous les trois étaient encore sous le choc; leurs visages étaient pâles. Neil alla jusqu'à la porte en bois qui donnait sur l'escalier et la ferma, tournant la clé dans la serrure.

— Tu ne crois pas que c'est toujours...? demanda Susan nerveusement.

Neil secoua la tête.

— Je pense que c'est parti, que cela a disparu, ou je ne sais quoi. Mais je ne veux prendre aucun risque. Je vais demander au docteur Crowder de jeter un coup d'œil à cette armoire. Ensuite, demain matin, à la première heure, je la porterai dans la cour pour la brûler et la réduire en cendres.

Toby leva des yeux écarquillés vers son père.

— Tu ne dois pas faire cela, papa, chuchota-t-il. Tu ne dois pas la brûler.

Neil prit une chaise et s'assit à côté de lui.

— Je ne dois pas? Que veux-tu dire, fiston?

Toby passa sa langue sur ses lèvres, puis il commença à haleter légèrement, comme s'il était essoufflé.

— Il a dit... il a dit que...

— Qui? demanda Susan. Qui a dit quelque chose?

Les paupières de Toby clignèrent, puis ses pupilles se révulsèrent, à tel point qu'ils ne voyaient plus que le blanc de ses yeux. Ses petits doigts, écartés sur le dessus de la table en pin, commencèrent à griffer et à gratter le bois. Susan tendit le bras vers lui, pour le serrer contre elle et le protéger. A ce moment, il dit d'une voix rauque, aux accents pesants :

— Il a dit que tu ne devais pas troubler l'entrée. Il a dit que tu mourrais si tu la troublais.

— Toby ? interrogea Neil, se penchant vers lui. *Toby !*

Toby ouvrit les yeux ; durant une fugitive seconde, Neil vit à nouveau cette expression terne, froide et menaçante. Il y avait une aigreur glacée dans l'haleine de Toby... c'était comme si un vent fétide et glaçant sortait de sa bouche.

— Tu ne dois rien perturber. Tu ne dois pas intervenir. Tu n'es que de la poussière dans les orages du Temps. Je ne m'intéresse pas à toi, mais si tu interviens, je te détruirai, comme tu as détruit mes frères.

Susan hurlait, mais Neil ne l'entendait pas. Il empoigna Toby par les épaules et hurla :

— Qui êtes-vous ? Je veux savoir qui vous êtes ! Qui êtes-vous ?

Toby sourit. C'était un sourire anormal, monstrueux, venimeux. De la même voix grinçante, il ajouta :

— La prophétie qui est toujours enterrée et inscrite sur le grand séquoia de pierre, est sur le point de s'accomplir. Le jour des étoiles sombres est proche.

— La prophétie ? dit Neil. Les étoiles sombres ? Mais de quoi parlez-vous ?

A ce moment Toby vomit brusquement du Coca-Cola et des biscuits à moitié digérés, puis il s'affaissa sur sa chaise, comme une poupée de chiffons.

***

Le docteur Crowder emmena Neil sous la véranda et alluma sa pipe en bruyère. Il était presque dix heures du soir ; un vent froid soufflait de la mer. Neil était plus calme — la dose de Valium commençait à produire son effet — et il s'assit sur la rambarde, pour faire face au docteur, le visage sérieux et inquiet.

Le vieux docteur tira sur sa pipe un moment, écoutant les oiseaux nocturnes et le bruissement de l'herbe sèche. C'était un homme de petite taille, portant des favoris blancs, avec le dessus du crâne chauve et tanné ; il avait un gros nez. Il avait pratiqué la médecine dans le comté de Sonoma, durant la plus grande partie de sa vie, sauf une courte période, au cours de la guerre, où il avait été médecin-capitaine à Guadalcanal. C'est lui qui avait accouché Susan — pour la naissance de Toby — mais il ne connaissait pas très bien les Fenner. C'était une famille jeune et laborieuse ; la plupart du temps, ils faisaient bande à part et ne sortaient pas beaucoup.

Après quelques minutes de silence, Neil dit :

— J'ai l'impression que vous ne me croyez pas. Vous pensez que j'ai eu des hallucinations.

Le docteur Crowder examina avec application le fourneau de sa pipe.

— Je ne dirais pas cela. Je ne parlerais pas vraiment d'hallucinations.

— Mais vous ne croyez pas que ce que j'ai vu était réel ? Vous ne croyez pas qu'un homme en bois est sorti de la porte de cette armoire ?

Le docteur lui décocha un vif regard.

— Et vous, le croiriez-vous ? demanda-t-il. Si je vous racontais cette histoire ?

Neil se gratta la nuque.

— Je suppose que non. La seule différence, c'est que cette histoire est vraie. Je l'ai vu aussi nettement que je vous vois en ce moment.

— C'est ce que disent la plupart des gens, après avoir vu un objet volant non identifié... ou un fantôme. Autrefois, il y avait une femme qui vivait là-bas, à Oakmont ; elle jurait ses grands dieux qu'elle voyait des cavaliers fantômes traverser son arrière-cour, non pas une, mais des quantités de fois, de temps en temps.

— Docteur, dit Neil, vous devez admettre que certains éléments de cette histoire sont plutôt étranges. Et tous ces gosses à l'école qui ont fait le même cauchemar ? Il doit bien y avoir quelque chose.

— Ma foi, dit le docteur Crowder, je pense que Mme Novato a mis le doigt dessus, lorsqu'elle a parlé d'hystérie collective à caractère bénin. Les enfants sont ouverts aux idées les plus stupides ; le fait que toute une classe fasse le même genre de cauchemars n'aurait rien d'exceptionnel. Je dirais même plus, il vous font peut-être marcher, qui sait ? Ils se sont peut-être donné le mot et ont monté toute cette histoire, uniquement pour vous flanquer la frousse.

Neil adressa au docteur un regard déçu.

— Vous ne croyez pas vraiment cela, dites-moi ?

— Non, je ne le crois pas, répondit le docteur Crowder. Mais vous devez envisager toutes les possibilités, avant de sauter sur des conclusions hâtives, et de parler d'esprits et de démons. Dans mes manuels, Neil Fenner, esprits et démons n'existent pas. Ils sont un produit de l'imagination humaine, et la seule façon pour eux — depuis toujours — d'avoir prise sur un homme ou un enfant, c'est que cet homme ou cet enfant se laisse emporter par son imagination.

— Qu'essayez-vous de me dire, docteur ? Essayez-vous de me faire comprendre que je deviens hystérique, moi aussi ?

Le docteur Crowder leva une main, en un geste d'apaisement, et secoua fermement la tête.

— Je n'essaie absolument pas de vous dire cela. Ce serait présomptueux de ma part. Mais ce que *je dis*, c'est que si Toby est atteint de cette sorte de délire léger, il vous appartient de demeurer aussi équilibré et aussi rationnel que possible. Autrement, vous ne ferez qu'aggraver son état.

Neil se leva et arpenta avec irritation la véranda.

— Docteur, dit-il, je suis aussi rationnel et équilibré que vous l'êtes. Je vous jure, sur tout ce que j'ai de sacré, que j'ai vu cet homme en bois sortir de la porte de l'armoire ; de surcroît, Susan l'a entendu. Nous ne pouvons pas nous tromper, tous les deux.

— Vous avez pu entendre n'importe quoi... une fenêtre qui claquait, par exemple.

— C'était un démon en bois, nom d'un chien ! Voilà ce que c'était, et personne ne pourra me persuader du contraire. J'ignore pourquoi c'était là, ou ce que c'était réellement, ou comment cela s'est passé, mais je l'ai vu, je l'ai entendu, et j'ai été terrifié, comme je ne l'avais encore jamais été, de toute ma vie !

Le docteur Crowder ôta sa pipe de sa bouche et

consacra un long moment à contempler le ciel nocturne. Il était en partie nuageux ; quelques étoiles seulement scintillaient au-dessus de la vallée de Bodega. Dans le lointain, le ressac du Pacifique était aussi doux et régulier qu'une respiration.

Finalement, le docteur dit :

— Je ne vois pas ce que je pourrais vous dire d'autre, Neil. Vous ne m'avez pas convaincu que les moindres éléments de cette histoire étaient des faits indiscutables, et jusqu'à ce que vous le fassiez, je suis obligé de considérer ceci comme une affection médicale ou psychologique. Vous comprenez mon problème, n'est-ce pas ?

— Oui, je pense.

— J'en suis heureux, déclara le docteur Crowder. Et je vais vous dire ceci. Je ne crois pas que vous soyez en train de devenir fou, ni rien d'aussi terrible que cela. Je pense que vous faites *peut-être* de l'hypertension... ou bien que vous êtes surmené, et je pense que vous vous devez à vous-même de considérer votre travail, et même votre mariage — faites le bilan de votre vie — pour découvrir si cela est vrai. Il se pourrait que vous souffriez d'une sorte de commotion différée, un genre de choc en retour psychologique, depuis la mort de votre frère. Il est possible que vous soyez seulement très fatigué. Mais je vous concède que vous croyez sincèrement que ce que vous avez vu était réel, et je suis même disposé à laisser une partie de mon esprit ouvert à ce genre d'idées — une toute petite partie, je l'avoue — juste au cas où vous arriveriez à me prouver que des hommes en bois sortent réellement de portes d'armoire massives.

Neil hocha la tête.

— Entendu, docteur. Veuillez m'excuser si je vous ai paru irrité.

Le docteur Crowder posa une main sur son épaule.

— Vous devez regarder devant vous, Neil. Vous devez songer à l'avenir, et à ce que vous pouvez faire pour rendre votre vie meilleure. Alors je vous garantis que vous ne serez plus importuné par les fantômes du passé.

A ce moment, Susan sortit par la porte de la cuisine.

— Toby s'est endormi, dit-elle. Je l'ai couché dans notre lit. Vous pensez qu'il se rétablira, docteur?

— Vous n'avez aucune inquiétude à avoir, lui dit le docteur Crowder, d'un ton rassurant. C'est un enfant très impressionnable, et je pense que les choses sont allées un peu trop loin, c'est tout. Cela arrive parfois, à cet âge, lorsque leur imagination commence à se développer. Ils voient des monstres, des pirates, des diables, ce genre de choses. Mais cela passe ; la prochaine fois, vous vous apercevrez qu'il rêve à des filles.

Susan rit ; cela semblait être le premier rire depuis longtemps. Neil la prit par le bras et l'embrassa, puis il tendit la main au docteur et lui souhaita une bonne nuit.

— Vous pouvez m'appeler à n'importe quelle heure, dit le docteur Crowder comme ils se serraient la main. Ne soyez pas timide. Il serait temps que nous apprenions à mieux nous connaître.

Ils le regardèrent traverser la cour envahie par les ombres et se diriger vers son Impala noire et couverte de poussière. Il leur fit un geste de la main, puis démarra et disparut dans la nuit, laissant les Fenner seuls, à nouveau, avec leurs peurs, imaginaires ou réelles. Neil se gratta le nez du revers de sa main et dit :

— Je boirais bien quelque chose.

Susan passa son bras autour de la taille de Neil.

— J'ai acheté aujourd'hui une bouteille de Riesling au supermarché. Elle était prévue pour le dîner.

Il enfouit son visage dans les cheveux de Susan. Ils sentaient bon. Il réalisa soudain à quel point il se reposait sur elle, et combien il l'aimait. S'il y avait vraiment du stress dans sa vie, cela n'avait rien à voir avec Susan. Il jeta un dernier regard vers la nuit, puis ils rentrèrent.

***

Le lendemain matin, après avoir conduit Toby à l'école, Neil revint à la maison et monta au premier. Il suivit le couloir jusqu'à la chambre de Toby et ouvrit doucement la porte. Il était sûr et certain qu'il n'y avait personne dans la pièce. Après tout, il avait amené le docteur Crowder ici, la nuit dernière, et lui avait montré l'armoire. Ils avaient trouvé une chambre déserte et normale, comme à son ordinaire. Pourtant il poussa la porte avec précaution, et les battements de son cœur s'accélérèrent et devinrent irréguliers lorsqu'il s'avança dans la pièce.

La chambre était silencieuse et déserte. L'armoire se trouvait là où elle avait toujours été. Ce n'était même pas une armoire spéciale. Il l'avait eue pour quatre dollars dans une vente aux enchères à Tomales, en même temps qu'un lit et son bureau à cylindre.

Il resta un moment à la regarder, puis il s'en approcha. Il savait que c'était stupide de se sentir effrayé ; pourtant c'était le cas. Il tourna la petite clé de laiton dans la serrure et ouvrit d'un coup sec la porte de l'armoire. A l'intérieur, il y avait seulement les T-shirts de Toby, soigneusement pliés, ses shorts et son équipement de base-ball. Pas de démons aux visages cruels. Pas d'hommes en manteaux blancs.

Cela paraissait presque ridicule de vouloir porter l'armoire dans la cour, pour la réduire en morceaux. Ce meuble était en parfait état ; où trouverait-il une autre armoire comme celle-ci, pour le même prix ? Les meubles neufs étaient tellement moches.

Puis il se rappela le visage à nouveau, le bruit terrifiant des pas maladroits de l'homme en bois, et il se souvint du grognement de Toby : « *Il a dit que tu ne devais pas toucher à l'entrée. Il a dit que tu mourras si tu y touches.* »

Il prit les vêtements de Toby et les posa sur le lit. Puis il ferma à clé les battants de l'armoire et entreprit de la déplacer et de la faire glisser à travers la pièce. C'était un vieux meuble, assez lourd, mais il devait seulement le pousser jusqu'à la fenêtre de la chambre de Toby ; ensuite il le ferait basculer par l'ouverture, pour qu'il tombe dans la cour en contrebas.

Transpirant et tirant de toutes ses forces, il déplaça l'armoire à travers la pièce, jusqu'à la fenêtre. Puis il la mit de biais tandis qu'il ouvrait les volets. Dehors, c'était une journée maussade et chaude, un temps typique de la côte nord du Pacifique. Il entendait la radio de Susan qui diffusait de la pop music, par la fenêtre grande ouverte de la cuisine.

Il s'apprêtait à se retourner vers l'armoire lorsqu'il aperçut fugitivement quelque chose, du coin de l'œil. Il regarda à nouveau de l'autre côté de la cour cendrée, et vit l'homme au long manteau blanc, debout parmi les herbes, près de la palissade.

Un frisson glacé descendit le long de son épine dorsale. Il ferma les yeux, puis regarda à nouveau. L'homme était toujours là. Son visage était caché et ombragé par son chapeau à larges bords, mais Neil vit qu'il avait une barbe blonde, tirant sur le roux, et qu'il portait un ceinturon à revolver, par-dessus son manteau.

— *Allen, pour l'amour de Dieu...*, dit la voix dans un souffle. *Allen... aide-moi...*

Et la silhouette fit des signes. Avec de larges gestes du bras, l'homme *faisait des signes*.

Neil se sentait assommé, comme si on lui avait fait une injection de novocaïne. Il resta immobile devant la fenêtre ouverte, un long moment, comme pétrifié, puis il fit demi-tour et dévala les marches, aussi vite qu'il le pouvait. Il se tordit presque la cheville sur la marche du bas.

— *Neil!* appela Susan, mais il était déjà sorti de la maison et traversait rapidement la cour, sprintant vers la palissade. Il entendait son propre halètement résonner à ses oreilles, et le bruit de sa course rapide sur le sol poudreux et durci. La matinée faite de nuages gris et de vent chaud se brouilla devant ses yeux comme il courait.

Il s'attendait à moitié à ce que l'homme au long manteau blanc disparaisse. Mais la silhouette était toujours là, proche d'une manière provocante... un étrange spectre blanc, par une journée humide et tout à fait ordinaire. Neil atteignit la palissade, l'escalada et jogga à travers l'herbe sèche, vers l'endroit où se tenait l'homme.

Même à cette courte distance, il avait du mal à discerner les traits de l'homme. Ils étaient tellement ombragés par son chapeau que Neil parvenait seulement à distinguer ses yeux sombres au regard terne.

A présent, Neil se trouvait à une dizaine de pas de l'homme ; l'herbe bruissait autour d'eux. Des grillons faisaient des bonds et stridulaient. Le vent soufflait vers l'océan, le vent venant des vallées des comtés de Sonoma, de Napa et du lac, balayant la plaine vaste et sèche qui conduisait vers Sacramento.

— Qui êtes-vous? demanda Neil. Que voulez-vous? Cela fait des jours que vous rôdez par ici.

Lorsqu'il répondit, la voix de l'homme parut singulièrement proche, comme s'il chuchotait à l'oreille de Neil. Ses lèvres remuaient à peine... et Neil n'était même pas sûr qu'elles remuaient.

— *Allen*, dit-il.

Neil secoua la tête.

— Je ne suis pas Allen. Qui est Allen?

— *Allen est parti chercher du secours*, exhala l'homme. *Pour l'amour de Dieu, Allen.*

— Qui est Allen? demanda Neil. Dites-moi qui est Allen, et je pourrai peut-être vous aider.

Il entendit Susan appeler, depuis la maison :

— Neil? Neil?

L'homme au long cache-poussière blanc tourna légèrement la tête.

— *Allen est parti chercher du secours*, répéta-t-il, en un chuchotement terne et désespéré. *Allen est descendu vers le ruisseau, pour demander de l'aide dans la vallée.*

— Mais qui est-il? demanda Neil. Qui est-il?

— *Ils sont tout autour de nous*, poursuivit l'homme. *Ils sont tout autour de nous, et ils ne font pas de prisonniers. Pour l'amour de Dieu, Allen. Sauve-nous, Allen.*

Susan arrivait vers eux en courant. Neil se retourna ; il aperçut son tablier clair dans la lumière de cette matinée maussade. Il se tourna de nouveau : d'une étrange façon, l'homme au long cache-poussière blanc était en train de disparaître progressivement. Neil eut l'impression qu'il s'éloignait de lui, qu'il se tassait sur lui-même, tout en se dissipant dans l'air. En quelques secondes, l'homme avait complètement disparu.

Susan atteignit la palissade, haletant et à bout de souffle. Neil revint vers elle, silencieusement, et la prit par les mains, à travers la palissade de rondins fendus.

— Que fais-tu ici ? demanda-t-elle. Que se passe-t-il ?

Neil baissa les yeux vers elle.

— Tu ne l'as pas vu ?

— Qui ?

Il se retourna et montra du doigt l'endroit où s'était tenu l'homme.

— Tu n'as pas vu l'homme au manteau blanc ? Il se trouvait là-bas. Je lui ai parlé.

— Tu lui as *parlé ?* Où est-il passé ?

— Il est parti... eh bien, disons qu'il *est parti.*

Susan fronça les sourcils.

— Neil, dit-elle, tu es sûr que tu n'es pas...

Il la regarda fixement.

— Que je ne suis pas quoi ? Cinglé ? Mûr pour l'asile d'aliénés ?

— Neil, tu ne dois pas penser que je...

— Susan, il était là ! cria Neil. Il était là, à côté de cette étendue d'herbe, à cet endroit précis ! Je lui ai parlé !

Elle repoussa les mains de Neil. Il resta près de la palissade et la regarda comme elle faisait demi-tour et traversait la cour jusqu'à la maison, la tête baissée sur sa poitrine. Elle monta les marches jusqu'à la véranda, poussa la porte de la cuisine et la referma derrière elle. Sous l'effet de la frustration, il cogna du poing la palissade. C'était parfaitement stupide et ridicule ! Il avait besoin d'aide et de réconfort, plus qu'il n'en avait jamais eu besoin de toute sa vie, et tout le monde, y compris sa propre femme, était persuadé qu'il était en train de sombrer dans la démence. Il regarda derrière lui l'étendue d'herbe où l'homme s'était tenu ; il se sentit troublé, effrayé et impuissant. Presque aussi désemparé que le jour où le cric avait glissé, lorsque Jim avait tendu sa main vers lui, implorant un salut miraculeux... salut que Neil était absolument incapable de lui apporter.

Neil escalada la clôture et revint lentement vers la maison. Susan était dans la cuisine ; installée devant la table, elle était en train de gratter des carottes. Des larmes coulaient au bas de ses joues et tombaient dans la salade.

Neil passa son bras autour de ses épaules.

— Susan? dit-il.

Un instant, elle essaya d'être forte, puis elle fondit en larmes et s'accrocha à lui. Un long moment, ils restèrent enlacés, la joue chaude et humide de Susan contre la sienne ; il faillit lui-même éclater en sanglots.

Finalement, elle leva la tête vers lui. Son visage était empourpré et malheureux ; ses cils étaient collés par les larmes.

— Je ne sais pas quoi faire, dit-elle.

Tout cela est tellement effrayant, Il haussa les épaules.

— Je sais. Moi non plus, je ne sais pas ce qu'il faut faire. Mais je ferai tout ce que je peux.

Elle ravala sa salive, puis elle dit :

— Tu ne m'en voudras pas si je te demande cela, n'est-ce pas? Je sais que ça paraît horrible, mais je dois te poser cette question.

— Je t'écoute.

— Eh bien, poursuivit-elle d'un ton incertain, tu ne... tu n'es pas en train de perdre la raison, n'est-ce pas? Il n'y a pas eu de cas de folie dans ta famille?

Il ne put s'empêcher de sourire.

— Pas à ma connaissance. Je sais que mon grand-père avait l'habitude de faire voler des cerfs-volants chinois, là-bas, sur le promontoire, ce qui lui a valu une réputation d'excentrique notoire, mais de là à parler de folie...

— Et en remontant plus loin? Je ne le supporterais pas si Toby...

Il la serra contre lui.

— Écoute, je ne suis pas en train de perdre la raison, pas plus que Toby, ni personne d'autre. Nous sommes simplement confrontés à une situation étrange que personne n'est à même de comprendre vraiment. C'est comme pour les soucoupes volantes, m'a dit le docteur Crowder, ou les fantômes. Tout ce que nous avons à faire, c'est de découvrir de quoi il retourne; lorsque nous le saurons, tout ira bien.

Susan s'essuya les yeux avec son tablier.

— Excuse-moi. J'avais sans doute les nerfs à vif. J'étais assise là, en train de penser que tu devais avoir eu un cousin atteint de démence, dans un lointain passé, et que toi et Toby en subissiez les conséquences, à présent. Je suis vraiment désolée, Neil, du fond de mon cœur.

Neil l'embrassa.

— Je suis content que tu aies eu le cran de me poser franchement cette question. A ta place, j'aurais sans doute pensé la même chose. Je suis néanmoins heureux de pouvoir te dire qu'*aucun membre* de mon illustre famille n'a jamais été...

Il se tut. Elle cessa de sécher ses larmes et leva les yeux vers lui. Il lui adressa un sourire incertain.

— Que disais-tu? lui demanda-t-elle.

Il secoua la tête.

— Aucune importance. C'était une idée stupide. Cette histoire commence à me taper sur les nerfs, je suppose.

— Il ne faut pas, lui dit-elle gentiment. Nous nous en sortirons, d'une façon ou d'une autre.

— Bien sûr, répondit-il, mais il n'était pas très convaincu. A présent, je ferais mieux de remonter et de finir ce travail avec l'armoire.

— Tu es vraiment obligé de le faire? lui demanda-t-elle. Cela semble tellement dommage de la mettre en morceaux, pour cette seule raison.

— Tu *dormirais* avec cette armoire dans ta chambre? demanda Toby. Tu laisserais Toby dormir avec ce meuble dans sa chambre?

— Non, sans doute pas. Mais le docteur Crowder a peut-être raison. C'était peut-être la fenêtre de Toby qui claquait.

— Alors, toi aussi, tu penses que je m'imagine des choses?

— Chéri, ce n'est pas cela. Je te crois. J'ai également entendu les bruits. Mais était-ce vraiment un homme en bois? Il s'agissait peut-être d'un genre de reflet, tu sais. Un effet lumineux.

Neil traversa la cuisine et regarda par la fenêtre,

durant deux ou trois minutes. Il apercevait l'herbe ondoyer de l'autre côté de la palissade, l'herbe où s'était tenu l'homme au long cache-poussière blanc. Après tout, l'homme n'était peut-être qu'une simple illusion d'optique ? Dave Conway ne l'avait pas vu au milieu de la baie, et Susan ne l'avait pas vu, parmi les herbes au-delà de la cour. Peut-être existait-il seulement dans l'esprit de Neil. Et aussi dans celui de Toby, bien sûr.

— Je crois que je vais sortir et me promener quelques heures, dit Neil. J'ai besoin de réfléchir à cette affaire et de mettre de l'ordre dans mes idées.

Susan le rejoignit et glissa ses bras autour de sa taille.

— Je t'aime, dit-elle d'une voix douce.

— Je sais, répondit-il.

— Que comptes-tu faire au sujet de l'armoire ? demanda-t-elle.

— La mettre en morceaux, dès mon retour. Nous ferons un feu de joie dans le jardin. Nous pourrions peut-être faire cuire quelques patates. Il serait temps que nous essayions de nous divertir un peu.

— Tu ne resteras pas absent trop longtemps, dis-moi ?

Il regarda à sa montre.

— Il est onze heures trente. Je serai revenu à temps pour aller chercher Toby à la sortie de l'école.

Il déposa un léger baiser sur son front, puis il prit les clés de la camionnette sur leur crochet près de la porte, et sortit de la maison, sans ajouter autre chose. Susan le regarda partir. Elle avait le sentiment que ce qu'elle venait de vivre n'était que la première secousse d'une sorte de tremblement de terre et qu'avant longtemps, elle aurait besoin de toute l'aide qu'elle pourrait trouver.

Le téléphone sonna un long moment, mais sa mère ne répondit pas. Elle espéra que ce n'était pas un mauvais présage.

Neil se dirigea vers Santa Rosa, empruntant la route de campagne qui passait par Sebastopol, puis il rejoignit la 101, à la hauteur de la station-service Shell. A l'intérieur des terres, le soleil était très chaud. Il roulait avec ce qu'il avait l'habitude d'appeler son système d'air conditionné deux-cinquante (deux glaces baissées à cinquante milles à l'heure). Il transpirait, et sa chemise était collée à la banquette de vinyl, mais il remarquait à peine la température. Il tourna à gauche, s'engageant sur la 101, et se dirigea vers le nord.

La radio de la camionnette passait Warren Zevon, qui chantait *Werewolves of London*. Neil n'écoutait pas. Il cherchait du regard l'embranchement vers la route de la Forêt Pétrifiée, qui l'emmènerait au-delà des montagnes de Sonoma, boisées de séquoias, jusqu'à Calistoga.

Il faillit le rater. Lorsqu'il freina brusquement et mit son clignotant à droite, un poids-lourd transportant du bois fit entendre son klaxon à cinq notes, et le chauffeur sortit la tête par sa portière pour lui crier quelque obscénité qu'il n'entendit pas.

La route à deux voies, qui serpentait et montait la pente, était paisible et déserte. La camionnette peinait dans la montée, mais, à présent que Neil avait décidé de ce qu'il devait faire, il ne ressentait plus la même urgence désespérée. Traversant les forêts de sapins et de *cottonwoods*[1], de *madrona*[2] et de *manzanita*[2] à l'écorce rouge, il grimpait vers l'air pur et odorant de la montagne.

La Forêt Pétrifiée se trouvait juste en contrebas de la lisière des montagnes dont les pentes descendaient jusqu'à la ville de Calistaga. Neil avait toujours promis à Toby de l'emmener un jour voir les gigantesques séquoias pétrifiés, mais c'était une randonnée — parmi d'autres — qu'ils n'avaient jamais eu le temps de faire. Il passa devant les portes en bois de l'entrée, tandis que sa camionnette laissait échapper de la fumée bleutée.

Dans la grand-rue de Calistoga, l'artère paisible d'un petit bourg de rien du tout, en haut de la vallée de Napa, Neil gara sa camionnette à l'ombre de la façade décrépie d'un vieil hôtel et descendit. C'était une vraie fournaise ici, et il s'essuya le front avec la manche de sa chemise. Au-delà de la rue principale, il y avait seulement les montagnes couvertes de forêts vert-sombre ; l'air était imprégné de l'odeur des arbres. Le ciel était sans nuages et d'un bleu d'encre.

1. Arbre d'Amérique ressemblant au peuplier. *(N. d. T.)*
2. Arbres toujours verts, de la famille de la bruyère, typique de la Californie du Nord. *(N. d. T.)*

Il remonta la rue jusqu'à ce qu'il trouve un drugstore. Le magasin avait l'air conditionné et sentait le menthol. Il alla jusqu'au comptoir des ordonnances et attendit, pendant que le pharmacien de petite taille et à lunettes rédigeait une étiquette, destinée à un grand flacon contenant des pilules pour l'estomac.

— Puis-je vous être utile? lui demanda le pharmacien. Les verres de ses lunettes étaient tellement épais que ses yeux étaient démesurément grossis.

— Je suis à la recherche d'un vieux monsieur, du nom de Billy Ritchie, dit Neil. J'ai pensé, comme il est âgé, qu'il venait certainement ici pour ses ordonnances.

Le pharmacien termina de rédiger son étiquette.

— Bien sûr. Je connais Billy Ritchie. Et je me demande qui en ville ne le connaît pas. C'est un personnage, comme on n'en fait plus. D'où venez-vous?

— De Bodega Bay. Je connais l'un de ses amis, un ancien marin, et ce dernier m'a conseillé de rendre visite à Billy si jamais je passais par là.

Le pharmacien hocha la tête.

— Bien sûr. Traversez la rue ici et prenez la première à droite, c'est Washington Street, ensuite, prenez la cinquième sur votre droite à nouveau, c'est Lake Street. Vous trouverez Billy dans la maison peinte en vert, sur la gauche. Vous ne pouvez pas la manquer, son nom est inscrit sur la boîte aux lettres.

— Merci.

Neil sortit du magasin et traversa Lincoln Avenue, dans la fournaise de midi, sans aucune ombre. Il marcha jusqu'à Lake Street, couvert de sueur et essoufflé. La maison était bien là. Une petite cabane de planches, peinte de la couleur des tondeuses à gazon. Elle était abritée du soleil par des érables et des sapins, et semblait abandonnée. Neil alla jusqu'à la porte et frappa.

Cela prit un long moment, mais il entendit finalement du bruit à l'intérieur, et la chaîne de sécurité fut ôtée. La porte s'ouvrit. Neil aperçut dans le vestibule obscur un vieil homme tout ratatiné, assis dans un fauteuil d'invalide.

— Billy Ritchie? demanda-t-il d'une voix forte, au cas où le vieil homme serait sourd comme un pot.

— C'est moi, monsieur. Que voulez-vous?

— Je crains que ce ne soit plutôt difficile de vous répondre d'une seule traite. Mais j'ai parlé à Doughty, là-bas, sur l'appontement de Bodega Bay, et il a dit que je devrais passer vous voir. Il a dit que vous pourriez me raconter certaines histoires, à propos du siècle dernier.

Le vieil homme acquiesça de la tête. Il était chauve, ne portait pas de barbe ni de moustache, et n'avait plus de dents. La seule chose poilue à proximité de lui était le chat noir, un chinchilla, installé sur ses genoux, qu'il caressait sans fin.

— Je peux vous raconter des histoires, bien sûr. Quel genre d'histoires désirez-vous entendre?

— J'aimerais que vous me parliez des Fenner, au siècle dernier, à l'époque des Indiens Wappos, si vous n'y voyez pas d'inconvénient.

Billy Ritchie toussa.

— Une époque rude. Pourquoi voulez-vous des renseignements sur eux?

— Pour deux ou trois raisons... entre autres, parce que mon nom est Neil Fenner.

Le vieil homme éclata de rire et eut une nouvelle quinte de toux.

— C'est une raison aussi bonne qu'une autre, non? Écoutez, je vais vous proposer un marché. Retournez au bout de la rue là-bas, et rapportez-moi un pack de six bières Coors et une flasque d'Old Crow. C'est tout ce que je vous demande en échange. Je suis incapable de raconter des histoires lorsque j'ai le gosier sec.

— Marché conclu!

Dix minutes plus tard, ses cheveux ruisselant de sueur et sa chemise trempée, Neil était de retour, avec l'alcool. Le vieil homme avait laissé la porte d'entrée entrebâillée. Comme Neil remontait l'allée, son hôte lui lança :

— Entrez, entrez donc, mon ami. Mais refermez la porte derrière vous. On ne sait jamais qui peut rôder à proximité, pour me voler mes objets de valeur.

La petite maison était sombre et fraîche, et, d'une façon surprenante, propre et bien entretenue. Billy Ritchie, privé de ses jambes, avait fait de cette maison son univers. Les murs étaient couverts, du sol au plafond, de photographies en couleurs découpées dans des calendriers et des magazines. Chaque pièce avait son patchwork de paysages provenant de brochures touristiques, de gros plans de papillons et de fleurs, de scènes religieuses et de pentes enneigées, de caricatures et d'œuvres d'art classiques, le tout agrémenté des « playmates » détachables et pliées en trois de *Penthouse* et de *Hustler*.

— La plupart des gens font des commentaires sur chacune de ces foutues photos, excepté celles représentant les filles, dit Billy Ritchie. Mais, comme je le dis toujours, si un vieil homme n'a pas le droit d'admirer des corps jeunes et beaux — quand il ne peut plus rien faire, à part des concours de crachats — alors ce monde est bien triste !

Le vieillard était assis dans un recoin sombre de la pièce ; sa tête se profilait sur la lumière filtrant par les jalousies à demi fermées derrière lui. A travers les lames des persiennes, Neil apercevait un jardin envahi par les broussailles et les herbes folles.

— Il y a des verres sur cette desserte, dit Billy Ritchie. Versez-moi une bière et un verre de raide, et servez-vous ce que vous voulez.

Neil alla jusqu'à un buffet bas avec un devant en verre décoré, et en sortit trois verres. Il décapsula deux bières et versa trois doigts de bourbon pour Billy Ritchie. Puis il s'installa dans un fauteuil inconfortable en osier, peint en jaune, leva son verre et déclara :

— A votre santé, monsieur Ritchie.

Le vieillard leva son verre à son tour.

— Même chose pour vous. Appelez-moi donc Billy, et ne vous préoccupez pas outre mesure de ma santé. J'ai perdu l'usage de mes jambes il y a vingt ans, lorsque je suis tombé d'un cheval sacrément teigneux ; depuis cette époque, je me suis adapté vaille que vaille. Cependant, j'ai vu pas mal de choses, et ai parlé à un tas de vieux de la vieille. Il n'y a pas grand-chose que je ne connaisse pas.

— Que savez-vous sur Bloody Fenner ? C'est comme cela qu'on l'appelait, n'est-ce pas ?

— Oh, certainement, répondit Billy. Sanguinaire par le nom et foutrement sanguinaire par nature. Mais l'on doit juger un tel homme d'après l'époque qui fut la sienne, et à cette époque, la vie était loin d'être facile à Napa Valley. Cette région était splendide, et les Indiens n'étaient pas particulièrement enchantés de devoir la céder à quelqu'un d'autre. Si vous vouliez survivre, vous deviez être sacrément endurci, et prêt à vous accommoder de tout. Et Bloody Fenner s'y entendait... à s'accommoder de tout.

Neil but un peu de bière et s'essuya la bouche du revers de la main.

— J'ai entendu dire que c'était plus ou moins un traître.

Billy Ritchie fit une grimace.

— Jamais envers lui-même, en tout cas. Il avait plutôt bien réussi dans les années 1830. Il avait amassé un joli magot et possédait toute une étendue de bonnes terres, le long de la Silverado Trail. L'ennui, c'est que la famille Fenner perdit la plupart de ses terres à la fin des années quarante, l'année où le Bear Flag[1] fit son apparition à Sonoma, lorsque les Californiens proclamèrent leur indépendance et déclarèrent la guerre aux Mexicains. Fenner faisait plutôt bon ménage avec les Mexicains... il était intelligent et astucieux, prêt à rendre service à n'importe qui, du moment qu'on le payait. Mais, lorsque les insurgés du Bear Flag l'emportèrent, ils rendirent la vie si dure aux Fenner que ceux-ci vendirent leurs derniers biens et allèrent vivre sur la côte. Je suppose que la propriété qu'ils achetèrent alors est celle où vous vivez à présent.

Neil acquiesça de la tête.

— Une partie, en tout cas. Durant la Dépression, mon grand-père a vendu une centaine d'arpents.

Le vieux Billy Ritchie avala une gorgée d'Old Crow, toussa et reprit :

1. Drapeau blanc portant la silhouette d'un gros ours brun, créé par un groupe d'insurgés en Californie qui, le 24 avril 1848, proclamèrent la République libre de Californie et déclarèrent la guerre au Mexique. *(N. d. T.)*

— Beaucoup de gens l'ont fait, particulièrement dans la région de Napa. D'abord la Prohibition qui avait porté un coup fatal à l'industrie vinicole, et ensuite la Dépression. Une époque plutôt moche.

— Mais... pour en revenir à Bloody Fenner? demanda Neil.

— Bloody Fenner? répéta Billy Ritchie. Bloody Fenner était le plus grand faiseur de rixes de ce côté-ci de la Rivière Sacramento... et il tirait sacrément bien au revolver. Il connaissait tous les Indiens par leur nom, les Wappos et les Patwins, et beaucoup de gens affirmaient qu'il avait été initié à un *temescal* wappo... leurs cérémonies religieuses. D'après ce qu'on raconte, c'était un homme de grande taille, à l'air aussi féroce qu'un ours, et il était capable de toucher une mouche sur la croupe d'un cheval, les yeux bandés et en se tenant en équilibre sur la tête.

Neil sourit.

— J'ai l'impression que cette adresse au tir a complètement disparu de la famille.

— Et c'est aussi bien, si vous voulez mon avis, répliqua Billy Ritchie. Bloody Fenner n'était aimé par personne, sauf par sa femme et, au dire de tout le monde, elle était deux fois plus coriace que lui!

Neil resta silencieux un moment, observant le vieillard dans son fauteuil d'invalide, qui caressait sans cesse ce chat noir à la fourrure épaisse. Puis il demanda doucement :

— Avez-vous entendu parler d'une bataille? Une bataille à laquelle Bloody Fenner aurait pris part?

— Bien sûr. Il s'est battu des tas de fois. Il s'est battu aux côtés de José Sanchez, au tout début, et l'on raconte qu'il a aidé le père Altamira à rassembler des Patwins et à les faire travailler pour sa mission, à Sonoma. Cela se passait à la fin des années 1820, et les temps étaient plutôt durs, vous pouvez me croire.

— Je pensais à une bataille en particulier, dit Neil. Une bataille qui tourna au désavantage des Blancs et que gagnèrent les Indiens.

— Il n'y en a pas eu beaucoup, dit Billy Ritchie en

secouant la tête. J'ai entendu parler d'un massacre de dix fermiers blancs et de leurs familles... ce massacre fut commis par les wappos, là-haut à St. Helena... et les wappos tendirent une embuscade à trois colons blancs, à York Creek. Mais il existe une histoire assez abominable... cette fois-là, les gens racontèrent que Bloody Fenner avait reçu des Indiens wappos une lieue de bonnes terres, pour avoir conduit vingt colons et leurs familles vers le piège qu'ils leur avaient tendu dans la forêt, là-haut à Las Posadas, près de Conn Creek. Les colons avaient confiance en Fenner, voyez-vous. Ils lui donnèrent de l'or pour qu'il leur serve de guide et d'interprète. Ils voulaient s'installer là-bas et défricher des terres, à Bell Canyon. Mais il les conduisit froidement vers l'embuscade tendue par les Wappos, et ils furent tous tués. Vingt fermiers, leurs vingt femmes, et cinquante-trois jeunes enfants.

Neil passa sa langue sur ses lèvres.

— Quelqu'un a-t-il prouvé que c'était bien Fenner qui avait fait cela? Ou s'agissait-il seulement de on-dit?

— De quelle preuve disposait-on à cette époque? demanda Billy Ritchie. Ce pays était rude, et ses habitants encore plus rudes! Vous restiez en vie si vous étiez endurci et résolu, et si vous vous serviez de votre revolver avant d'y réfléchir à deux fois. Mais l'on rapporte que Fenner fut le seul homme blanc à réchapper vivant de ce massacre ; ce fait en lui-même était suspect. Il prétendit qu'il avait laissé les colons dans la montagne et avait fait demi-tour, suivant la rive de Conn Creek, pour aller chercher du secours auprès des soldats mexicains qui étaient ses amis. Rien ne prouve qu'il ne l'a pas fait. Mais s'il *a jamais été* chercher du secours, c'était beaucoup trop tard pour sauver quiconque. Le plus étrange de l'histoire, c'est que tous les colons avaient été scalpés, et on leur avait coupé les oreilles.

— Qu'y a-t-il d'étrange à cela? demanda Neil. Les Wappos étaient parfois très cruels, n'est-ce pas?

— Oh, ils pouvaient l'être. Mais ce qu'ils *ne faisaient pas*, c'était de prendre des scalps, de couper des oreilles ou des organes génitaux, à la différence d'autres tribus.

Ce n'était pas leur style. En fait, les Wappos étaient des agriculteurs, pas des guerriers, et leur seul souci était de protéger leurs bonnes terres cultivables des hommes blancs. Ils ne s'intéressaient pas aux trophées.

— Vous voulez dire que c'est Fenner qui a pris leurs scalps ? Un homme *blanc* prenant des scalps de *Blancs* ?

— Inutile de prendre cet air scandalisé. En ce temps-là, cela n'avait rien d'extraordinaire. En fait, au dire des vieux de la vieille, ce sont des hommes blancs qui apprirent aux Indiens à prendre des scalps.

— C'est horrible, dit Neil.

Le vieux Billy Ritchie haussa les épaules et fit descendre un peu de bourbon avec une gorgée de bière.

Neil demanda alors :

— Avez-vous jamais vu un portrait de Bloody Fenner ? Une gravure ou quelque chose comme cela ?

Billy Ritchie secoua la tête.

— Les seuls dessins que j'aie jamais vus de Napa Valley, à cette époque, représentaient des paysages. Principalement des forêts. Mais je ne pense pas qu'il soit jamais venu à l'idée de quelqu'un de faire le portrait de Bloody Fenner.

— Autre chose, reprit Neil. Avez-vous entendu parler d'une prophétie en liaison avec Bloody Fenner ? Quelque chose qui serait inscrit sur le tronc pétrifié d'un séquoia ?

Billy Ritchie réfléchit un moment, puis il secoua la tête à nouveau.

— Non, m'sieu, je n'en ai jamais entendu parler.

— Et savez-vous quelque chose concernant le jour des étoiles sombres ?

Billy Ritchie redressa lentement la tête et le regarda fixement. Pour la première fois depuis que Neil était entré dans cette maison, il s'arrêta de caresser le chat, et sa main de vieillard resta posée sur la fourrure noire, ressemblant à une feuille morte et desséchée.

— Ai-je bien entendu ? fit-il d'une voix douce et troublante.

— Le jour des étoiles sombres, répéta Neil. C'est tout ce que j'ai dit.

Le vieil homme frissonna sur son fauteuil, comme si un vent glacé avait soufflé à travers la pièce. Pourtant, il n'y avait pas le moindre souffle d'air, et la maison sentait le renfermé. Dehors, la chaleur devait être suffocante.

— Où avez-vous entendu parler du jour des étoiles sombres ? demanda-t-il à Neil ? J'aurais juré que, jusqu'à la fin de mes jours, je n'entendrais jamais plus prononcer cette phrase.

— Je ne sais pas, dit Neil.

Il lui répugnait de parler de Toby au vieillard avant de savoir ce qu'était le « jour des étoiles sombres »... et de lui avouer que la seule mention de ces mots le terrifiait.

— Je suis sans doute tombé dessus par hasard.

Billy Ritchie regarda Neil comme s'il savait très bien que Neil lui disait seulement la moitié de la vérité. Puis il déplaça son fauteuil roulant à travers la pièce et, sans rien dire, se versa une bonne dose de bourbon. Comme il revissait la capsule sur la bouteille, il leva les yeux vers Neil et déclara :

— La première et dernière fois que j'ai entendu parler du jour des étoiles sombres, j'étais encore un tout jeune homme... j'avais fait la connaissance d'un trappeur, dans la forêt de Modoc. Cet homme était très vieux, et il était aussi maigre qu'un putois. Il avait des cicatrices sur chaque pouce de son corps, à force de s'être battu contre les Indiens et les animaux. Nous avons passé ensemble deux nuits et deux jours ; ensuite nous sommes repartis, chacun de notre côté.

— Mais que vous a-t-il dit ? demanda Neil.

Les yeux de Billy Ritchie étaient chassieux et lointains.

— Il m'a parlé de l'ancien temps, dans la région de Modoc, simplement afin que je puisse transmettre ses histoires à la postérité... ainsi, elles ne seraient pas perdues à jamais. Il m'a raconté notamment ceci : lorsque les Indiens comprirent qu'ils ne pourraient pas repousser indéfiniment l'homme blanc, ils baissèrent les bras, disons, et acceptèrent leur destin, tant bien que mal, parce qu'ils savaient depuis toujours que leurs dieux leur accorderaient une revanche. Les Wappos croyaient, un exemple parmi d'autres, que pour chaque Indien qui mourait du choléra ou de la petite vérole, ou qui était abattu par des chasseurs de scalps, un homme blanc mourrait en retour. Ils disaient que cela n'arriverait sans doute pas dans un mois, dans un an, ni même dans vingt ans, mais qu'un jour, les étoiles deviendraient sombres parce qu'ils appelleraient les plus puissants et les plus maléfiques des démons indiens qui aient jamais existé... les démons qu'ils n'avaient même pas osé invoquer de leur vivant, comme Nashuna et Pa-la-kai et Ossadagowah... et que ce jour-là, les démons massacreraient les Blancs... homme pour homme, femme pour femme, enfant pour enfant.

Billy Ritchie but une autre rasade, puis il continua :

— D'après ce que j'ai entendu dire, Nashuna était le démon des ténèbres, Pa-la-kai était le démon du sang, et Ossadagowah était une sorte de créature-bête que personne n'était capable de décrire, une sorte de démon féroce qui terrifiait tout le monde.

— Vous donnez l'impression de croire à tout cela, dit Neil, prudemment.

Le vieil homme grimaça.

— Je serais enclin à croire à ces légendes, avant de croire à certaines paroles que j'ai lues dans la Bible, déclara-t-il tranquillement. Les Indiens connaissaient leurs terres, voyez-vous, et ils connaissaient leurs cieux et leurs eaux, et ils connaissaient parfaitement les esprits et les démons qui demeuraient sur ces terres, dans ces cieux et dans ces eaux. D'après ce que ce vieux trappeur m'a dit, le jour des étoiles sombres surviendrait avant que le xxe siècle s'achève... il n'était pas sûr du moment exact, mais c'est ce qu'on lui avait raconté.

Neil haussa les sourcils.

— Cela semble plutôt terrifiant, vous ne trouvez pas? Mais qui va appeler ces démons? J'ai assisté à des *powfows* dans deux ou trois réserves indiennes, un Indien est venu habiter Bodega Bay pour pêcher, et j'ai eu l'impression que les Peaux-Rouges d'aujourd'hui avaient perdu toute notion de magie.

— Ce n'est pas des Peaux-Rouges *d'aujourd'hui* que

vous devez vous soucier, dit Billy Ritchie. Mais des esprits de la nation indienne venus *du passé*. C'est ce que m'a appris le vieux trappeur : les plus grands de tous les hommes-médecine, les vingt-deux plus puissants faiseurs de prodiges des principales tribus, devaient revenir... leurs esprits allaient se réunir, Dieu seul sait comment. Alors ils invoqueraient les démons les plus effroyables qu'ils pourraient trouver, et se vengeraient.

— Vous voulez dire que les fantômes de vingt-deux hommes-médecine d'autrefois vont se réunir pour nous punir? Allons, Billy, c'est une histoire invraisemblable, et vous le savez.

Billy Ritchie n'eut pas l'air offensé.

— C'est ce que les gens ont déjà dit, dans le passé, annonça-t-il avec philosophie. Mais laissez-moi vous montrer quelque chose, avant que vous décidiez une bonne fois pour toutes que ces vieilles légendes indiennes sont un tissu d'absurdités.

Il fit rouler son fauteuil à travers la pièce, jusqu'à un petit secrétaire placé dans le coin opposé, et ouvrit le tiroir du haut. Il chercha parmi un tas de journaux en désordre et de coupures de presse, pendant que Neil l'observait en silence et buvait sa bière.

— Ah, voilà! dit Billy Ritchie, après un moment, et il fit pivoter son fauteuil. Il tendit à Neil deux photographies en noir et blanc, format 16,5 cm × 21,5 cm, et lui demanda :

— Examinez-les attentivement.

L'une des photographies montrait une rue de Calistoga. C'était difficile de dire quand elle avait été prise, car la ville n'avait guère changé en cinquante ans. Il y avait des chevaux et des *buggies*, et des hommes portant des chapeaux à larges bords, mais cette photographie aurait pu être prise n'importe quand, entre 1890 et 1920.

Au premier plan, se tenait un groupe d'hommes aux moustaches tombantes ; juste sur leur gauche, assis sur le bord du trottoir en planches, on apercevait un Indien, vêtu d'un complet veston noir et couvert de poussière. Il était beau et bien bâti ; autour de son cou, il portait des colliers et des rangées de perles, ce qui indiquait qu'il s'agissait d'un homme-médecine.

L'autre photographie avait été prise dans des bois. Neil ne reconnut pas du tout l'endroit. Un groupe d'Indiens se tenait près d'un arbre tombé à terre, louchant vers l'appareil de prises de vue comme s'ils s'en méfiaient. Parmi eux, il y avait le même homme-médecine. Cette fois, il portait une robe en laine, mais toujours avec les mêmes colliers et rangées de perles.

— D'accord, dit Neil, ce sont deux photographies du même Indien. Et alors, qu'est-ce que cela est censé prouver ?

— Regardez donc les dates au dos de ces photographies, lui suggéra Billy Ritchie.

Neil retourna les photographies. Au dos de la première — celle représentant une rue de Calistoga — on avait écrit 8-8-15. Celle représentant les bois portait la date du 5 août 1915.

— Je ne comprends pas, s'obstina Neil. Ces photographies ont été prises à trois jours d'intervalle. Qu'y a-t-il de si étrange à cela ?

Billy Ritchie fit entendre un petit rire sec.

— Ce qu'il y a de si étrange ? Je vais vous le dire : la photographie dans les bois a été prise par un photographe du nom de Lewis Clifton, originaire du Massachusetts, dans la réserve wampanoag, près de la Miskatonic River, en Nouvelle-Angleterre. Ces photographies ont été prises à trois jours d'intervalle, bien sûr. Mais elles ont été également prises à *trois mille milles de distance*.

— C'est impossible, le contra Neil. En 1915, cela devait prendre presque une semaine pour se rendre de Nouvelle-Angleterre jusqu'à Napa Valley.

— Vous avez raison, acquiesça Billy Ritchie. Et pourtant l'authenticité de ces deux photographies a été établie, et leurs dates sont tout à fait exactes.

Neil examina de plus près le visage calme et amusé de l'homme-médecine wampanaug. Les photographies avaient été prises presque soixante-dix ans plus tôt ; pourtant, elles semblaient curieusement récentes, comme si elles remontaient seulement à quelques semaines.

— C'est étrange... c'est vraiment étrange, dit-il.

— Cela n'a rien d'étrange lorsque l'on sait qui est cet homme, reprit Billy Ritchie. C'est le plus connu de tous les hommes-médecine indiens, le plus puissant sorcier peau-rouge qui ait jamais vécu. C'est Misquamacus.

— Misquamacus?

— C'est ainsi qu'on l'appelait, parmi un tas d'autres noms. Mais si j'ai passé un certain temps à retrouver ces photographies, c'est en raison de ce que m'a dit ce trappeur, autrefois, dans la forêt de Modoc. Il a dit que, lorsque le jour des étoiles sombres serait proche, cet homme, Misquamacus, serait le type qui réunirait les vingt-deux faiseurs de prodiges. Cet homme, Misquamacus, m'a-t-il appris, était obsédé par le désir de se venger des Blancs. Son seul but dans la vie était de voir des hommes blancs mourir de la manière la plus cruelle possible.

Billy Ritchie recommença à caresser son chat.

— Et je dirai que la manière la plus cruelle de toutes serait d'appeler Nashuna, Pa-la-kai et Ossadagowah, et de les lâcher sur le monde. Alors là, ce serait *vraiment* cruel.

4.

Ils parlèrent jusqu'au milieu de l'après-midi. Billy Ritchie, au fur et à mesure que l'Old Crow lui déliait la langue, se mit à discourir sans suite sur son enfance et sur le bon vieux temps à Calistoga, parlant de la région, des filles qu'il avait connues et après qui il avait couru. Neil commençait à se sentir claustrophobe dans la petite maison sans air, mais il restait parce qu'il voulait en savoir plus sur Bloody Fenner... et sur le jour des étoiles sombres.

Il demanda à Billy Ritchie :

— Pensez-vous que Bloody Fenner aurait pu faire quelque chose qui ait irrité les Wappos, ou une autre tribu? Quelque chose dont ils auraient voulu se venger?

Billy Ritchie secoua la tête.

— Je l'ignore, m'sieu. Je n'ai jamais entendu dire qu'il s'était brouillé avec les Indiens. A ma connaissance, ils ont toujours été les meilleurs amis du monde, et c'est ce qui l'a rendu si suspect aux yeux des Blancs.

— Mais vous n'en êtes pas certain?

— Qui le serait? Tout cela s'est passé il y a cent quarante ans. Il n'y avait pas plus d'une douzaine d'hommes dans tout Napa Valley sachant lire ou écrire; aussi ils ne tenaient pas de journaux intimes! C'étaient des jours sombres, pour sûr. Des jours extrêmement sombres.

Neil sortit son mouchoir et essuya la sueur dans son cou.

— Euh, j'aimerais savoir une chose, dit-il. Si Bloody Fenner avait fait quelque chose propre à rendre furieux les Indiens, à cette époque, dans les années 1830, comment un homme-médecine peau-rouge s'y prendrait-il pour se venger ?

— Vous voulez dire... aujourd'hui ? Maintenant ?

— Exactement.

Billy Ritchie gonfla ses joues.

— Je peux seulement vous répondre en fonction des histoires que je connais, et en me fiant aux paroles de ce trappeur. Beaucoup de ces rituels indiens étaient vraiment mystérieux... en fait, ils étaient tellement secrets que la moitié des Indiens ne les connaissaient même pas. Vous devez comprendre une chose : l'esprit d'un homme-médecine — ce que les Indiens appellent son manitou — ne meurt jamais. Il renaît, vie après vie, soit sept vies en tout, jusqu'à ce que l'homme-médecine ait accompli suffisamment de magie sur cette Terre pour mériter une place là-haut, dans les étoiles, parmi les grands esprits.

« Ce qui entraîne le problème suivant : le manitou peut se réincarner seulement s'il trouve un être humain susceptible de l'héberger. Il peut revêtir beaucoup d'autres formes, bien sûr. Les Narragansets, par exemple, avaient des histoires à propos d'hommes-médecine qui revenaient à la vie en utilisant des rochers comme enveloppe charnelle, ou de l'eau, où même du bois. Il existe des histoires à vous faire dresser les cheveux sur la tête, sur les hommes-pierres narragansets, qui marchaient la nuit. Mais un homme en pierre ou en bois est tout aussi vulnérable qu'une pierre ou un bout de bois ; c'est pourquoi l'homme-médecine n'avait pas recours à ce genre de « chair », à moins qu'il n'ait rien d'autre à sa disposition.

Neil essaya de se contrôler. Mais il tremblait de tout son corps. Il revoyait, aussi nettement qu'il l'avait vu la nuit précédente, le bras en bois surgir de l'armoire et se tendre vers lui... le visage cruel qui le fixait depuis le bois de noyer verni.

— Continuez, dit-il d'une voix enrouée.

Billy Ritchie haussa les épaules.

— Je n'en sais pas beaucoup plus sur ce sujet. Ce n'est pas le genre de trucs qu'un homme blanc apprend très facilement.

Neil ouvrit une nouvelle boîte de Coors. Sa gorge était

sèche ; il avait l'impression d'être resté suspendu toute l'après-midi dans une grange où l'on faisait sécher du tabac. Il avala une gorgée de bière tiède, puis il dit :

— Que doit-il se passer, le jour des étoiles sombres ? Les hommes-médecine devront-ils trouver des êtres humains pour se loger dans leurs corps ? Devront-ils utiliser les corps de gens ordinaires pour renaître ?

— Certainement, fit Billy Ritchie en hochant la tête. Ils devront chercher un tas de gens, probablement le genre de personnes qui n'opposeraient pas une trop grande résistance mentale, si vous voyez ce que je veux dire. Ensuite ils utiliseraient leurs corps vivants, leur chair, leur sang et le reste, pour renaître à la vie.

— Les enfants, chuchota Neil. Mon Dieu, *les enfants*.

— Qu'avez-vous dit ? demanda Billy Ritchie. Parlez plus fort, voulez-vous ? Je me suis bousillé un tympan en tombant de ce foutu canasson.

Neil se leva. Si ce que Billy Ritchie avait raconté sur les hommes-médecine indiens était vrai — ou même à moitié vrai — c'était la chose la plus terrifiante qu'il ait entendue de toute sa vie. Tout correspondait avec les événements dispersés et épouvantables de ces derniers jours... et cela leur donnait un sens. Le jour des étoiles sombres était imminent, exactement ce que Toby avait dit. Toby n'aurait pas pu le savoir, à moins d'être déjà « possédé »... pour de bon. Et l'homme en bois surgissant de l'armoire l'avait convaincu.

Cela paraissait démentiel, mais il n'y avait pas d'autre explication à ce qui était en train de se passer. *Les enfants de la classe de madame Novato étaient progressivement infiltrés, de corps et d'esprit, par la plus puissante assemblée d'hommes-médecine indiens qui se soit jamais tenue, à n'importe quel moment de l'histoire des États-Unis. Et Toby, son propre fils, faisait partie de ces enfants.*

Toby, quand on y réfléchissait, avait peut-être été le catalyseur de l'ensemble de cette possession abominable. Toby était un Fenner, le descendant de Bloody Fenner, et si Bloody Fenner avait aidé dans le passé les Indiens contre l'homme blanc, alors peut-être refaisait-il la même chose à présent. Le fantôme ou l'esprit de l'ancêtre de Toby était revenu dans le comté de Sonoma, cent quarante ans après, et il préparait un nouveau massacre.

Neil songea à l'homme au long cache-poussière blanc. L'homme qui demandait constamment de l'aide. Peut-être était-il un fantôme, lui aussi... un genre d'avertissement lugubre, surgi du passé. D'après ce qu'il avait dit, il pouvait être l'un des vingt colons qui avaient été massacrés à Conn Creek. L'une de ces personnes innocentes qui étaient mortes des mains des Wappos, pendant que Bloody Fenner faisait semblant d'aller chercher du secours.

Neil prit la main de Billy Ritchie et la serra.

— Vous m'avez énormément aidé, dit-il doucement.

— Qu'avez-vous dit? demanda Billy.

— Je disais que vous m'avez énormément aidé. Je commence à comprendre des choses qui n'avaient aucun sens jusqu'à présent.

Billy Ritchie reposa son verre de bourbon. Il leva la tête et posa sur Neil un regard vif et avisé.

— Vous êtes inquiet, n'est-ce pas? dit-il.

— Un peu, reconnut Neil.

— Vous pensez que c'est imminent... le jour des étoiles sombres?

— J'ai vu certains signes.

— Quel genre de signes?

— J'ai vu un homme en bois. Du moins, je pense l'avoir vu. Et j'ai entendu des voix... celles des gens qui ont été massacrés à Las Posadas.

Billy Ritchie se frotta le menton.

— Cela ne semble pas très bon, hein? dit-il. Cela ne semble pas bon du tout.

— Je ne sais pas ce que je dois faire, dit Neil. S'il s'agit vraiment de ces hommes-médecine, alors ils ont choisi les gosses de l'école de mon fils.

— C'est ce qu'ils feraient, si vous êtes un Fenner. Voyez-vous, ils rechercheraient un guide spirituel. Quelqu'un qui les aide à se réincarner. Là-bas, dans ce que les Indiens appelaient jadis le « Dehors », les esprits de ces hommes-médecine rechercheraient certainement le fantôme de quelqu'un les ayant aidés autrefois, quand ils étaient humains. Et Bloody Fenner serait exactement leur homme.

— Mais que puis-je faire ? demanda Neil. Y a-t-il quelque chose que je puisse faire ? Je veux dire, comment puis-je arrêter cela ?

Billy Ritchie ôta de ses doigts des poils de chat.

— J'aimerais pouvoir vous répondre, avoua-t-il. En fait, ce vieux trappeur n'est pas allé jusqu'à me dire ce qu'il faudrait faire si le jour des étoiles sombres se produisait réellement.

— Mais... tous ces enfants ? Et mon fils ?

— Ce sera pire que cela, déclara Billy Ritchie. D'accord... je sais que rien ne pourrait être pire s'il arrivait quelque chose à votre fils. Mais, le jour des étoiles sombres, les Indiens se vengeront, œil pour œil, dent pour dent... songez aux milliers et aux milliers d'Indiens qui sont morts, à cause de ce que l'homme blanc leur a fait. Si ces hommes-médecine se réincarnent vraiment, et s'ils appellent vraiment leurs démons, alors nous contemplerons la mort et l'horreur, comme vous ne pouvez même pas l'imaginer.

Neil demeura silencieux quelques secondes, puis il serra à nouveau la main de Billy Ritchie.

— Je suis décidé à contre-attaquer, dit-il d'un ton résolu. Pour commencer, je vais de ce pas trouver la police, afin que ces enfants soient protégés.

— Eh bien, dit Billy Ritchie, je souhaite de tout mon cœur que vous réussissiez. Il faut peut-être un Fenner pour effacer les mauvaises actions d'un autre Fenner. Mais n'allez pas croire que ce sera facile. Et restez sur vos gardes. Si votre ancêtre rôde dans le coin, vous aurez affaire à forte partie. Ce n'est pas pour rien que l'on a surnommé Allen Fenner « le sanguinaire ».

— *Allen* Fenner ? C'était son prénom ?

— Bien sûr. Vous l'ignoriez ?

Neil secoua la tête.

— Personne ne me l'avait dit auparavant. Tout le monde l'appelait seulement « Bloody ».

Billy Ritchie chatouilla les oreilles de son chat noir.

— « Bloody » lui convenait parfaitement, dit-il simplement. Vous pouvez me croire.

*
**

Le sergent Murray était assis derrière son bureau, avec la même expression patiente qu'il arborait lorsque des gens venaient se plaindre à lui, parce que des chiens souillaient chaque jour leurs pelouses, ou que des gamins lançaient des cailloux vers leurs fenêtres. Dehors, un vent assez fort soufflait de l'océan, soulevant la poussière qui formait des nuages sablonneux sur l'aire de parking du commissariat. Il était presque cinq heures du soir, et à cinq heures, le sergent Murray aurait fini son service et rentrerait chez lui. C'était un homme de grande taille, joufflu, avec un visage aussi large que celui d'un cochon, et il était affamé.

A côté de lui, le système d'air conditionné cliquetait, bourdonnait et geignait. De temps à autre, tandis que Neil lui parlait, il prenait un trombone dans le petit plateau en plastique posé sur son bureau, le redressait, puis le jetait dans sa corbeille à papiers, avec un *ping* audible.

Neil lui parla des cauchemars de Toby, des dessins à l'école, du démon en bois, et de Billy Ritchie. Le sergent Murray écoutait, sans poser de questions. Lorsque Neil eut terminé, il croisa ses doigts potelés et réfléchit un long moment, en silence.

Finalement, il leva la tête et dit :

— Neil... nous nous connaissons, vous et moi, depuis pas mal d'années.

— Qu'est-ce que cela a à voir?

Le sergent Murray fit une grimace.

— Absolument tout, à dire vrai. Neil, un flic qui ne vous connaîtrait pas comme je vous connais, serait capable de vous faire coffrer, parce que vous faites perdre son temps à la police. En fait...

— *Je fais perdre son temps à la police?* dit Neil, stupéfait. Vous vous imaginez peut-être que j'ai passé toute une journée là-bas, à Calistoga, et ai fait le voyage de retour jusqu'ici, pour le seul plaisir *de vous faire perdre votre temps?*

— Neil, intervint le sergent Murray, levant une main porcine pour l'arrêter dans sa diatribe. Je ne veux pas dire que vous l'ayez fait dans une mauvaise intention. Je ne veux pas dire que vous l'ayez fait *de propos délibéré.*

— Alors, que diable *voulez-vous dire?* Je sais que c'est une histoire incroyable, George. Je sais que cela semble démentiel. Mais je vous ai exposé les faits, tels qu'ils se sont produits. Vous ne pouvez pas rester assis là et me dire que quelque chose de sacrément inquiétant n'est pas en train de se passer ici. Vous ne pouvez pas ignorer cela.

Le sergent Murray jeta un coup d'œil à la pendule et soupira.

— Neil, dit-il, avec une patience infinie. J'aimerais croire que tout ce que vous m'avez raconté est vrai. Je vous assure, j'aimerais vous croire. Mais le fait est que vous n'avez que la parole d'un vieillard à moitié cinglé pour appuyer vos dires, ainsi que deux ou trois cauchemars que Toby a faits. Et c'est tout ce que vous avez.

— Et la photographie? La photographie de Misquamacus? George, trois jours se sont passés entre ces deux photographies; pourtant elles ont été prises des deux côtés de ce continent, à des endroits diamétralement opposés!

Il y eut une pause, puis le sergent Murray poursuivit :

— Neil, je regrette. Je n'ai pas vu ces photographies, mais elles ne constituent pas une preuve. N'importe qui a pu écrire la date de son choix au dos de ces clichés, et vous ne savez même pas s'ils ont été pris aux endroits que vous a indiqués ce vieillard.

Neil se renversa dans son siège.

— Dans ce cas, qu'essayez-vous de me faire comprendre? demanda-t-il. Voulez-vous dire que vous ne m'aiderez pas?

Le sergent Murray eut l'air quelque peu décontenancé. Pourtant, il déclara, d'une voix aussi posée que possible :

— J'aide les gens lorsqu'il y a de bonnes raisons pour le faire, Neil. Vous le savez aussi bien que moi. Mais si je charge un policier de garder ces écoliers, cela veut dire que beaucoup d'argent — l'argent des contribuables — sera immobilisé un long moment, et que beaucoup de personnes viendront me demander pourquoi j'ai agi ainsi. Et que pourrais-je leur répondre? Que j'ai chargé un policier de surveiller l'école parce que Neil Fenner est persuadé que les enfants sont sous l'emprise de fantômes de Peaux-Rouges? Que j'ai compromis la sécurité de dizaines de maisons et que j'ai été obligé de réduire de moitié les patrouilles sur la plage, simplement parce que nous sommes menacés par des hommes-médecine qui ont vécu cent ans plus tôt? Allons, Neil, mettez-vous à ma place!

— Vous vous moquez de moi, dit Neil.

Le sergent Murray secoua lentement la tête.

— Je ne me moque pas de vous, Neil. Parfois, des preuves indirectes semblent très convaincantes. C'est facile de vous persuader vous-même que quelque chose est vrai, justement parce que cela correspond, apparemment, aux faits tels que vous le connaissez. Mais il faut vous poser la question suivante : connaissez-vous *tous* les faits? Ou les connaissez-vous suffisamment pour avoir un jugement sain?

— George, je suis venu vous trouver, uniquement à cause des enfants. Ils sont en danger, et je suis persuadé qu'il nous incombe de les protéger.

Le sergent Murray se leva et remonta son ceinturon de revolver. Dehors, dans la cour du commissariat, l'officier Turnbull arrivait pour le relever. Il adressa à Neil un sourire timide, embarrassé.

— Écoutez, Neil, dit-il. Je vous fais la proposition suivante : si vous réussissez à me *prouver* que quelque chose de bizarre est probablement en train de se passer ici — si vous réussissez à me donner la moindre preuve de ce que vous avancez — alors je ferai tout ce que je peux pour vous aider. Mais, pour le moment, vu la façon dont se présentent les choses, je suis obligé de vous dire que je ne peux absolument rien faire.

Neil parut malheureux. Pourtant il hocha la tête et dit :

— Entendu, George. Vous avez sans doute raison. Cela semble fou, et peut-être *est-ce* fou.

Le sergent Murray mit sa casquette sur son crâne rose et couvert de sueur.

— Ils avaient bien dit que Thomas Alva Edison était fou, n'est-ce pas? Réfléchissez donc à cela.

— George, il y a une énorme différence entre un inventeur génial et un père qui a peur, dit Neil d'une voix calme.

*
**

Il rentra à la maison. Susan et Toby étaient installés à la table de cuisine. Suzan finissait de dîner, hachis de corned beef et pommes de terre frites ; Toby en train de dessiner. Comme Neil entrait par la porte du fond, Susan leva les yeux et demanda :

— Alors ?

Il vint vers elle et l'embrassa, puis il ébouriffa les cheveux de Toby.

— A ton avis ? Il a dit qu'il était désolé, mais qu'il ne pouvait pas disperser ses effectifs. Les contribuables ne l'accepteraient pas.

— Même s'il arrive quelque chose aux enfants des contribuables ?

— Suzan, il ne m'a pas cru. Pas un traître mot.

— A-t-il *essayé* de te croire ?

Neil haussa les efforts.

— Je pense qu'il a fait un effort... symbolique. Mais il faut reconnaître que cette histoire est plutôt tirée par les cheveux. J'étais là, dans son bureau, et je m'écoutais parler, m'efforçant de le convaincre, et plus je lui en racontais et plus tout cela me paraissait stupide.

Elle reposa sa fourchette et alla jusqu'à la cuisinière. Elle remplit une assiette de hachis pour Neil, et sortit un plateau de crackers et de fromage. Ces derniers temps, ils avaient réduit leur budget nourriture, parce que les affaires de Neil ne marchaient pas très bien, mais ils s'en sortaient. Certains week-ends, ils mangeaient des steaks, surtout lorsqu'il avait décroché un nouveau chantier pour remettre un yacht en état, mais il n'y avait pas beaucoup de travail à Bodega Bay pour un artisan travaillant seul.

Neil se lava les mains au robinet de la cuisine et prit un siège.

— Comment te sens-tu, Toby ? demanda-t-il.

— Je vais très bien, répondit Toby, sans lever les yeux.

— Que dessines-tu ? On dirait un genre de fusée spatiale.

Toby recourba son bras autour de son dessin, afin que Neil ne puisse pas voir.

— C'est un secret, dit-il.

Neil commença à manger. Susan s'assit à côté de lui et

l'observa avec attention et une certaine peine. Elle toucha sa main, comme celle-ci était posée sur la table, et caressa doucement les jointures de ses doigts tannés par le soleil.

— Et toi, tu crois vraiment à ce que t'a raconté ce vieil homme ? demanda-t-elle. Tu ne penses pas qu'il s'est fichu de toi ?

— Pourquoi aurait-il fait cela ?

— Pour boire gratis et pour en plaisanter avec ses amis, après ton départ. Allons, tu connais Doughty et les histoires qu'il raconte. Pourquoi Billy Ritchie vaudrait-il mieux ?

Neil posa sa fourchette.

— Je ne sais pas. J'ai confiance en lui, c'est tout. Je n'arrive pas à trouver d'autre raison à tous ces incidents... sauf que je perds peut-être la boule.

Susan se frotta le front, d'un air las et pensif.

— L'ennui, dit-elle, c'est que l'homme au manteau blanc est une chose, et que les cauchemars en sont une autre, mais toute cette histoire à propos de vingt-deux hommes-médecine ressuscitant pour se venger de l'homme blanc...

— Je sais, dit-il d'une voix douce et caverneuse. Mais tu étais là lorsque Toby a parlé du jour des étoiles sombres, de « l'entrée », et du reste. Tu l'as entendu aussi distinctement que moi.

— Billy Ritchie a peut-être seulement *fait semblant* de savoir de quoi il s'agissait. Réfléchis un peu. Il vit seul dans cette maison, toute la journée, avec personne à qui parler. Il est tout à fait disposé à raconter *n'importe quoi*, uniquement pour se rendre intéressant.

Neil ne répondit pas. Il termina son hachis en silence, puis il repoussa son assiette et posa ses coudes sur la table, appuyant son menton sur ses mains.

— Chéri, reprit Susan, cette histoire ne doit pas te déprimer. Je sais ce que tu ressens, mais tu dois oublier tout cela, sinon il va arriver quelque chose.

Neil la regarda.

— La *seule chose* qui va arriver, autant que je le sache, c'est un putain de massacre.

Elle détourna les yeux.

— Tu ne devrais pas parler de cette façon.

— De quelle façon, alors? C'est le « putain » que tu n'aimes pas, ou bien le « massacre »?

— Je n'aime ni l'un ni l'autre, rétorqua-t-elle. Je n'aime pas ces cauchemars et je n'aime pas toutes ces histoires insensées de fantômes et de manitous, d'hommes en longs manteaux blancs qui disparaissent dès que tu les regardes. Si tu veux savoir ce que j'éprouve réellement, je vais te le dire. Je ne crois pas un seul mot de tout cela. Je pense que tu es probablement très fatigué et surmené, que tu te fais sans doute du souci pour l'argent, et que tu te laisses emporter par cette histoire parfaitement ridicule.

Elle avait les larmes aux yeux comme elle parlait, et tordait son tablier dans ses mains. Elle le regarda et dit :

— Tu ne te comportes plus comme le Neil que j'ai toujours connu. Toi qui étais si solide, avec les pieds sur terre. Cela ne te ressemble pas de parler de démons et de fantômes. Je me demande ce qui t'est arrivé.

Neil se mordit la lèvre pendant qu'elle parlait. Puis, se maîtrisant autant qu'il le pouvait, il lui dit :

— Je peux te dire ce qui m'est arrivé. Pour la première fois de ma vie, j'ai vu un fantôme... pour de bon. Pour la première fois de ma vie, j'ai été confronté à quelque chose d'inexplicable et de surnaturel, que je suis bien *obligé* de croire, parce que cela s'est passé sous mes yeux. Pire que cela, tous ces faits représentent une menace pour Toby... et pour tous les autres gosses de sa classe. Je l'ai vu, Susan, et je ne peux pas rester les bras croisés et laisser les choses s'aggraver, simplement parce que personne d'autre ne me croit.

Il se leva et poussa sa chaise contre la table.

— A présent, je vais aller dans la chambre de Toby et mettre en morceaux cette armoire ; ensuite je la brûlerai. Cela m'est égal si Mme Novato pense que je suis fou, et cela m'est égal si George Murray pense que je suis fou, et je regrette d'avoir à le dire, mais cela m'est égal si *tu* penses, toi aussi, que je suis fou. Je désire protéger Toby de la meilleure façon que je connaisse, et je vais faire en sorte que ces esprits n'aient aucune prise sur lui.

Toby s'était arrêté de dessiner et le regardait fixement.

Neil, prenant une boîte d'allumettes sur la huche, lui lança :

— Que dirais-tu d'un grand feu de joie, Toby? Nous allons démolir cette horrible armoire, ensuite nous porterons le bois dans la cour, et...

Toby ouvrit la bouche et hurla.

Ce n'était pas un hurlement d'enfant. Ce n'était même pas le hurlement d'un être humain. Cela sortait de sa bouche grande ouverte comme une avalanche de bruits, comme une locomotive terrifiante qui s'engouffrait avec un grondement d'enfer dans un tunnel noir. C'était un bruit qui recouvrait tout, qui révélait des perspectives d'espaces infinis et de distances inconcevables. Susan se mit à crier ; Neil s'aperçut qu'il se cramponnait à la huche en pin pour ne pas tomber. Les tasses et les assiettes s'entrechoquaient et cliquetaient sous l'effet des vibrations produites par le grondement. Un vase tomba et se brisa sur le carrelage de céramique.

La bouche de Toby se referma. Il était assis devant la table. C'était toujours le même petit garçon à la tignasse ébouriffée, mais il avait changé, presque imperceptiblement, d'une horrible façon. Ses yeux étaient injectés de sang et congestionnés ; ils fixaient Neil avec une terrible force et une incroyable connaissance. Sa main se crispa sur son crayon de pastel et l'écrasa lentement... des fragments de poudre rouge s'éparpillèrent sur son dessin.

Neil fit un pas vers lui.

— C'est encore *vous*, n'est-ce pas? chuchota-t-il. C'est *vous*.

Toby l'observait en silence, le visage impassible, mais, comme Neil se déplaçait dans la pièce, ses yeux le suivirent tout le temps.

— Je veux savoir qui vous êtes, dit Neil. Je veux que vous me donniez un genre de signe.

Toby sourit, sans joie ni aucune passion humaine. Il dit, d'une voix rauque et sonore :

— Il n'y aura pas de signes. Tu ne dois pas intervenir. Tu dois laisser l'entrée intacte.

— Pas de signes, hein? répliqua Neil. Parfait, dans ce cas, j'ai bien peur que l'entrée ne disparaisse. Tu ne crois tout de même pas que je vais te laisser te servir de mon fils de cette façon... sans rien faire ? Je vais de ce pas à l'étage pour faire de ton « entrée » du bois de chauffage !

— Je te tuerai, gronda Toby.

Susan, de l'autre côté de la cuisine, geignait. Elle voyait à présent à quel point les yeux de Toby étaient malveillants et rouges, et la façon dont ses mains se serraient et se desserraient, avec une force impatiente.

— Toby, par pitié ! dit-elle.

Toby l'ignora. Il gardait ses yeux fixés sur Neil. En cet instant, Neil n'avait pas le moindre doute... quelle que fût la créature qui se servait de Toby pour lui parler, elle pouvait et *allait* le détruire. Il sentait déjà la température baisser dans la cuisine ; il apercevait la ligne rouge du thermomètre glisser progressivement vers le bas.

— Je monte, dit Neil. Si tu veux m'en empêcher, alors tu devras te battre avec moi.

Il se retourna et ouvrit la porte en bois donnant sur l'escalier. Depuis le fond du couloir, dans la chambre de Toby, il entendait déjà des frottements et des chocs sourds, comme si on déplaçait un meuble lourd dans la pièce. Il se tourna et adressa un dernier regard à Toby, mais celui-ci ne bougea pas. Le garçon était simplement assis sur sa chaise, le visage calme et uni, empreint d'une haine farouche parfaitement maîtrisée. Neil répugnait à abandonner Susan dans la cuisine, mais il songea que Toby ne lui ferait sans doute pas de mal... Toby ou la chose démoniaque qui se servait de Toby pour lui parler.

— Tu es très imprudent, dit Toby, sans passion.

Neil monta les marches jusqu'au palier. La porte de la chambre à coucher était fermée. A présent les chocs sourds s'étaient amplifiés et devenaient frénétiques. On aurait dit que des chaises, des tables et des lits étaient lancés avec force d'un côté et de l'autre de la pièce. Il entendit une lampe voler en éclats, puis une vitre se briser.

— *Allen*, implora la voix en un chuchotement obstiné, presque recouvert par les chocs sourds et le fracas. *Je t'en prie, Allen... au secours...*

Son cœur battait en de lentes et douloureuses pulsations, comme il s'approchait de la chambre. D'étranges lumières glacées scintillaient sous la porte, comme une réclame au néon bleu qui clignote. Il y avait également une odeur... la puanteur froide de l'électricité, d'un court-circuit, à laquelle se mêlait une acidité indescriptible. Sa gorge était sèche ; il se sentait tellement terrifié que ses jambes refusèrent presque de lui obéir lorsqu'il voulut continuer à s'approcher de la porte.

— Fenner, dit une voix rude. Il se retourna brusquement. C'était Toby : il se tenait à mi-chemin dans l'escalier ; ses yeux rougeoyants le fixaient avec une colère non dissimulée.

— Je te préviens, Fenner. Ne touche pas à cette armoire.

— Reste où tu es, dit Neil. Je fais ce que je dois faire, et personne ne m'arrêtera.

— Tu es un imbécile, Fenner, grinça Toby.

De derrière lui, se découpant sur la lumière qui provenait de la cuisine, Susan implora, sans comprendre.

— Toby ! Toby, que se passe t-il ? Toby ?

— *Allen...*, dit le chuchotement spectral. *Allen, pour l'amour de Dieu...*

Il y eut un grand bruit dans la chambre de Toby, comme si quelque chose éclatait et explosait. Neil traversa rapidement le couloir, saisit la poignée de la porte et l'ouvrit violemment. Immédiatement, une autre explosion se produisit. Il fut aspiré par un souffle d'air glacé... entraîné vers l'obscurité de la chambre. Il heurta le mur opposé, s'écorchant le dos, et resta étendu à terre. Il se protégeait la tête des mains, tandis que l'air gémissait et hurlait tout autour de lui, en une hideuse cacophonie de sons. La porte se referma en claquant, derrière lui.

Il ouvrit les yeux. La chambre était plus calme maintenant, mais toujours plongée dans l'obscurité. Les sons avaient diminué, se changeant en des chuchotements. Il plissa les yeux pour voir ce qui se passait ; c'était comme si la lune était morte, comme si les étoiles avaient disparu.

Puis, progressivement, il prit conscience d'une légère phosphorescence blanche, du côté opposé de la pièce. Au début, il fut incapable de distinguer ce que c'était ; puis ses yeux s'habituèrent aux ténèbres. Il discerna bientôt les contours d'une tête et d'épaules humaines.

Il demanda, d'une voix qui était beaucoup plus enrouée qu'il ne l'aurait voulu :

— Il y a quelqu'un? Qui est-ce?

Il y eut un long silence. Neil tendait l'oreille, mais n'entendait aucune respiration. Pourtant, cela ne faisait aucun doute : ce qu'il apercevait était une forme humaine. Elle était assise sur la chaise, près de l'armoire de Toby ; il voyait même l'éclat de ses yeux. Plusieurs minutes tendues et silencieuses furent nécessaires à Neil pour qu'il réalise que l'armoire avait retrouvé son emplacement habituel.

— Il y a quelqu'un? demanda-t-il à nouveau. Je veux savoir qui vous êtes.

Apparemment, la forme bougea ; comme elle bougeait, elle *craqua*. Ce bruit terrifia Neil plus que tout autre chose. C'était le craquement du bois qui travaille. C'était le bruit émis par un homme dont les membres sont faits de bois verni. C'était le bruit produit par un démon venu à la vie, sous une forme humaine, mais possédant la substance des forêts.

— Tu interviens dans les projets des dieux, dit la forme. Tu te mêles du passé et de l'avenir.

Neil déglutit, même s'il n'y avait rien à avaler dans sa gorge, excepté la sécheresse de sa peur.

La légère phosphorescence vacilla. Neil aperçut l'éclat d'une pommette en noyer luisant. La petite lueur d'yeux qui étaient en bois, mais qui voyaient. Il regarda rapidement vers la porte de la chambre, mais il comprit que, même s'il essayait de courir dans cette direction, l'homme en bois atteindrait la porte avant lui.

— Qui êtes-vous? dit-il.

Il y eut un silence, suivi de cet horrible craquement, comme la forme se mettait debout. Cela s'avança lentement vers lui, ses talons en bois résonnant sur le parquet, puis la créature se tint au-dessus de lui, immense, sombre et menaçante.

— Tu veux savoir qui je suis? répliqua la créature.

Sa voix était étrangement lointaine, comme si elle parlait depuis plusieurs siècles de distance.

— Je suis la forme en bois du plus grand de ceux du Dehors. Je ne suis pas ici, dans ce bois. Je ne suis pas dans ton fils, bien que ton fils parle avec ma voix. Je suis au-delà de la barrière, dans les prairies éternelles où s'en vont tous les manitous, une fois que leurs vies dans le monde physique ont pris fin.

— Pourquoi êtes-vous ici ? demanda Neil, d'une voix mal assurée. Qu'attendez-vous de nous ? Billy Ritchie avait-il raison ? Est-ce le jour des étoiles sombres ? Êtes-vous venu pour massacrer des gens ?

La forme en bois se détourna avec raideur.

— Tu n'as pas à le savoir.

Neil, terrifié, se redressa lentement. Lorsqu'il fut debout, la forme en bois le dépassait d'au moins huit ou dix centimètres. Neil s'éloigna à reculons, à travers la pièce, tendant les mains derrière lui et essayant de s'orienter au sein des ténèbres épaisses et froides.

— Tu es un Fenner, déclara l'homme en bois. Tu seras épargné parce que ton ancêtre a aidé mes frères. Mais seulement si tu acceptes ce qui est en train de se passer, et si tu ne cherches pas à t'opposer à nous. Si tu résistes, je te donnerai en pâture, comme des quartiers de viande, aux démons du vent du nord.

— J'ai le droit de savoir, rétorqua Neil en haletant. Je suis le père de Toby. Vous vous servez de Toby, et j'ai bien l'intention de contrecarrer vos plans.

La forme en bois ne bougea pas. Mais elle dit, de cette voix étrange et lointaine :

— Avant de parler de tes droits, homme blanc, avant de dire que tu vas m'empêcher d'agir, souviens-toi des milliers de familles indiennes que tu as massacrées, et de tous ces hommes rouges qui sont morts, privés de tout droit. Pas seulement des pères et des fils, mais des mères et des filles. Songe aux femmes que tu as violées et mutilées, aux braves que tu as scalpés. Ensuite dis-moi que tu as le droit de savoir quelque chose.

S'éloignant prudemment à reculons, ruisselant de sueur et tremblant, Neil sentit le rebord du lit de Toby. Il tendit la main derrière lui et chercha les draps sous la courtepointe. Il entendit l'homme en bois craquer et ses talons heurter le parquet de la pièce ; il se figea sur place. L'homme en bois resta là où il se trouvait. Neil tira doucement sur le drap pour le dégager, puis le roula en boule, dans son dos.

L'homme en bois déclara :

— Je suis le plus grand de ceux du Dehors, le maître incontesté des faiseurs de prodiges des temps anciens. Je suis l'élu de Sadogowah, l'instrument de Nashuna. J'ai des comptes à régler, depuis des temps plus reculés que tu ne saurais l'imaginer, homme blanc. J'ai un compte à régler avec les Hollandais, pour les maladies qu'ils ont apportées à Manhattan. J'ai un compte à régler avec les Pèlerins[1], pour la façon dont ils traitèrent les Wampanoags et les Nansets. J'ai un compte à régler avec les colons, les fermiers et les hommes du chemin de fer, pour les Cheyennes qui sont morts, les Sioux, les Apaches et les Paiutes. Nous ne faisions qu'un avec les terres, homme blanc, avec toutes les forces et les influences des terres, et avec tous les dieux et les esprits pour qui les arbres poussent et les pierres jaillissent du sol. Nous étions la plus grande des nations de la terre, et tu nous as tués, avec des fusils, des maladies et de vaines promesses. Nous allons nous venger, homme blanc, comme cela a été prophétisé sur le grand séquoia de pierre... et vous connaîtrez tous le goût du sang.

Neil glissa sa main dans sa poche et chercha la boîte d'allumettes. En ce moment, il entendait presque le vieux Billy Ritchie déclarer : « *Un homme en pierre ou en bois est tout aussi vulnérable qu'une pierre ou un bout de bois.* »

La forme en bois reprit :

— L'homme blanc, Fenner, a aidé mes frères wappos dans le passé. Il les a aidés parce qu'il comprenait leur lutte, et parce que du sang wappo coulait dans ses propres veines. C'est pour cette raison que ton fils a été choisi, homme blanc. C'est pour cette raison que nous avons décidé de faire venir les esprits des grands Nashuna et Ossadagowa... en cet endroit, à cette époque.

Neil parvint à sortir une allumette de la boîte. Il la gratta contre le côté et sentit l'odeur du phosphore brûlé, mais

1. Ou Pères pèlerins, les 102 émigrants puritains anglais qui débarquèrent du *May-flower* en 1620 et fondèrent la colonie de la Nouvelle-Angleterre. *(N.d.T.)*

l'allumette ne s'enflamma pas. Il ruisselait de sueur, en dépit du froid intense ; ses dents étaient serrées. Tout en parlant, la forme en bois s'était rapprochée. A présent, elle se tenait seulement à deux ou trois pas de Neil, le dominant de sa tête en bois sombre.

— J'ai également un compte personnel à régler, dit l'homme en bois, de cette voix singulière qui était lointaine, et pourtant si proche que Neil avait l'impression de l'entendre résonner dans sa tête.

— Un compte personnel? demanda Neil. Il gratta à nouveau l'allumette contre le côté de la boîte.

— J'ai déjà visité ton époque, dans le corps d'une jeune femme. Je m'étais réincarné pour me venger de ceux qui ont dévasté les îles que vous appelez à présent New York. Pour renaître, j'avais pris une forme humaine, ma propre chair, mais j'ai été détruit sous cette forme par un charlatan blanc et un homme rouge des plaines, un traître. C'est le compte personnel que je désire régler. Je trouverai l'homme blanc qui s'appelle Erskine, et l'homme rouge, Singing Rock, et je les détruirai tous les deux[1].

Le corps en bois craqua à nouveau et la forme leva l'un de ses bras.

— Je suis le Gardien de l'Anneau qui tient à l'écart les démons qui n'ont pas de forme humaine. Je suis le Messager du Grand Ancien, l'Élu de Sadogowah. Je suis le Protecteur du Sceau Antique, et le faiseur de prodiges inconnus des temps futurs. Je m'appelle Quamis ; je suis connu des Wampanoags sous le nom de Misquamacus. Je suis venu pour le jour des étoiles sombres.

L'homme en bois leva ses deux bras et les tendit vivement vers la gorge de Neil. Celui-ci, avec un glapissement de peur, plongea sur le côté et gratta simultanément son allumette. Celle-ci s'enflamma brusquement et le drap roulé en boule prit feu.

Dans la soudaine lueur des flammes rouges qui bondissaient, Neil entrevit un visage en bois, convulsé par la rage. Des yeux au regard cruel étincelaient au-dessus d'un nez busqué d'Indien ; une bouche était retroussée, découvrant des dents en bois. C'était Misquamacus, le même visage

1. Lire *Manitou*, Presses Pocket n° 9030, dans la même collection.

qu'il avait vu sur les photographies de Billy Ritchie... seulement, cette fois, il était vindicatif et déformé par la fureur.

Le drap s'enflamma avec une violence accrue, brûlant la main de Neil. D'un grand geste du bras, il jeta le tissu embrasé sur la tête de l'homme en bois. La forme fut enveloppée de flammes. Puis il s'élança vers la porte et essaya de l'ouvrir de toutes ses forces.

— Susan ! hurla-t-il. Susan ! Ouvre cette porte ! Elle est coincée ! Susan !

Il jeta un regard éperdu par-dessus son épaule. La forme en bois de Misquamacus se tenait près du lit de Toby. Sa tête et ses épaules commençaient déjà à brûler. Une odeur âcre de coton et de bois calcinés imprégnait la pièce.

— Susan ! cria-t-il, en secouant la poignée de la porte. Susan, pour l'amour de Dieu !

Durant un terrible instant, il pensa que Toby avait peut-être fait quelque chose à Susan... qu'il l'avait peut-être tuée... puis il l'entendit appeler :

— Je suis là ! J'ai téléphoné à la police !

— Pousse la porte ! cria Neil. Je ne peux pas sortir de la chambre ! Pousse la porte !

Il se retourna à nouveau. Il vit, à sa grande terreur, que la forme embrasée de Misquamacus marchait lentement dans sa direction, les bras tendus pour le saisir. Des flammes montaient en ondoyant depuis le torse du faiseur de prodiges, sa tête n'était plus qu'une boule de feu, mais il continuait d'avancer. Neil sentit la chaleur qui se dégageait du corps en flammes.

— En face de moi, tu es aussi faible qu'un brin d'herbe, dirent les lèvres ardentes. Je te dévorerai si tu essaies de me tromper, et je t'offrirai au plus terrible de mes dieux.

— *Susan!* cria Neil

Il tapait et tirait sur la porte, mais celle-ci refusait toujours de s'ouvrir.

— La porte reste fermée, sous l'effet de ma volonté, dit Misquamacus. Tu ne réussiras jamais à l'ouvrir, même dans cent lunes !

La pièce était remplie d'une fumée aveuglante et suffocante. A travers les volutes, incroyablement grande et enveloppée de flammes frémissantes, la forme en bois s'approcha d'un pas lourd, obligeant Neil à abandonner la porte et à se diriger à l'aveuglette vers la fenêtre. Il regarda rapidement au-dehors, par le carreau brisé. Cela représentait une longue chute jusqu'au sol de terre battue. S'il ne se brisait pas la nuque, il s'en tirerait probablement avec les deux jambes cassées.

Il se retourna vers l'homme-médecine. Le vent assez fort qui s'engouffrait par la fenêtre alimentait les flammes ; le corps en bois brûlait, laissant entendre un ronflement doux et sinistre.

— A présent, je te tiens, homme blanc, chuchota la bouche consumée par le feu. A présent, je te tiens.

A côté de lui, la housse de toile du fauteuil de Toby commença à fumer et à s'embraser ; l'un des rideaux prit feu.

Neil leva son bras pour protéger son visage de la chaleur. Les doigts ardents se tendirent ; l'un d'eux saisit la manche de Neil, en une prise vigoureuse, le brûlant comme un fer rouge. Il chercha à repousser la forme en bois, mais celle-ci le projeta contre le chambranle de la fenêtre. Il entendit son dos craquer. Apparemment, il ne voyait plus que des flammes devant lui, et les contours grotesques d'un visage travaillé dans du charbon de bois flamboyant.

Soudainement, les flammes redoublèrent d'intensité. La porte de la chambre était ouverte, et encore plus d'oxygène alimentait le feu qui dévorait la forme en bois. Neil libéra son bras, d'un geste brutal, et tomba à genoux, brûlé et torturé par l'angoisse.

Il prit ensuite conscience d'une succession de bruits étranges. Ils étaient lents et spectraux ; on aurait dit le bruit de ressac sur un banc de sable, au milieu de l'océan, comme si l'on passait un disque au ralenti. Au-dessus de lui, la forme en bois hésita, se retourna ; puis, brusquement, elle commença à exploser en des milliers de fragments qui se brisaient et tourbillonnaient dans une pluie de cendres ardentes.

Le feu explosa au-dessus de Neil comme il était recroquevillé sur le sol ; des flammèches volèrent autour de lui.

Des cendres brûlantes picotèrent son cou et ses mains. Ensuite, il n'y eut plus rien, à part de gros éclats de noyer carbonisé et une fine pellicule de poussière grisâtre. Neil cligna des yeux et leva lentement la tête.

Durant une fraction de seconde, il crut apercevoir les contours de pieds humains, et l'ourlet d'un manteau de couleur pâle. Il lui sembla voir une main bouger... une main remettant un revolver dans son étui. Puis il ne vit plus rien, sinon le couloir et Susan, le visage livide et terrifié, sous la lumière brutale de la lampe au plafond.

Elle s'avança dans la pièce et l'aida à se remettre debout. Il ôta la cendre et les éclats de bois calciné qui maculaient sa chemise, puis il toussa. Ses mains et son avant-bras étaient couverts de cloques, ses cheveux étaient roussis ; à part cela, il était indemne.

— Neil, sanglotait Susan. Oh, Neil.

Il la serra contre lui. Il tremblait et était encore sous le choc. Pourtant il avait la sensation d'avoir été sauvé par une sorte d'intervention spirituelle... comme si une force surnaturelle avait compris le danger qu'il courait, et était venue à son secours. Cela lui donna, pour la première fois depuis que Toby avait commencé à faire ces cauchemars, un sentiment de force et de confiance. Il caressa doucement les cheveux de Susan et dit :

— Ne pleure pas. Je pense que nous nous en sortirons. Je pense que nous réussirons.

Elle leva les yeux vers lui ; son visage était maculé de larmes.

— Mais que *faisais-tu* dans cette chambre ? lui demanda-t-elle. Comment se fait-il que tout ait brûlé ?

Il la regarda fixement. Il réalisa, avec une sensation de froideur terrible, qu'elle ne croyait toujours pas à ce qui leur arrivait. Après tout, elle n'avait pas vu la forme en bois. Elle n'avait rien entendu, sinon des bruits. A présent, il était environné de morceaux de bois calciné et de cendres, incapable de prouver ce qu'il avait vu ou entendu.

— L'homme en bois était ici, dit-il lentement. C'est tout ce qui reste de lui.

— L'homme en bois ? (Elle fronça les sourcils.) Neil, je...

Il désigna l'armoire d'un mouvement brutal.

— L'homme en bois était ici et il m'a parlé. Il m'a appris qui il était, et il m'a dit ce qui se passait. Tout ce que le vieux Billy m'a raconté, là-bas à Calistoga, était vrai. Les hommes-médecine indiens sont sur le point de renaître, dans les corps de nos enfants ; ils vont tuer le plus grand nombre possible d'hommes blancs.

— Neil, arrête ça ! *Je t'en supplie,* tu imagines tout cela !

— Tu as entendu Toby tout à l'heure, non ? Ce qu'il a dit dans la cuisine ? A ton avis, j'ai également imaginé cela ?

Susan le serra dans ses bras.

— Toby est perturbé, c'est tout. Il voit la façon dont tu te comportes, et il est terrifié. Il dit des choses parce qu'il est impressionnable... parce qu'il ne comprend pas ce qui se passe.

— Il dit des choses parce qu'il est possédé par un sorcier peau-rouge ! cria Neil. Il dit des choses parce que Misquamacus l'oblige à les dire !

— Ah oui ? dit une voix. Et qui est ce Misquamacus ?

Neil leva les yeux. Il aperçut sur le palier l'officier de police Turnbull, dans son uniforme impeccablement repassé. C'était un homme pointilleux, au corps mince, avec un menton osseux et un nez très pointu. Neil ne l'aimait pas beaucoup. Turnbull s'avança dans la pièce et promena son regard sur les cendres et les meubles calcinés, avec une indifférence professionnelle.

Neil lâcha Susan et regarda le policier fureter de tous les côtés, sans dire un mot. Au bout d'un moment, Turnbull grimaça vers lui et dit :

— Vous n'avez pas répondu à ma question.

— Je parlais métaphoriquement, bredouilla Neil. Il ne faudrait pas prendre cela au sens littéral.

Turnbull le considéra durant quelques secondes. Puis il déclara :

— Je vois. Et quel est le sens littéral de ce qui s'est passé ici ? Vous avez décidé de faire un barbecue dans cette chambre ?

— Je voulais seulement mettre en morceaux cette vieille armoire, répondit Neil en essuyant la suie sur son visage. Mais les allumettes... je suppose que c'était un accident.

Turnbull renifla.

— Un accident plutôt désastreux, dirai-je. Vous êtes sûr que vous n'aviez pas l'intention de mettre le feu à la maison ?

— Pourquoi diable aurais-je fait cela ? Je vous répète que c'était un accident.

— Eh bien, reprit Turnbull, certaines personnes qui se trouvent à court d'argent s'imaginent pouvoir s'offrir un bonus en mettant le feu à leurs maisons. L'argent de l'assurance, vous me comprenez ?

Neil le regarda, d'un air dégoûté.

— Sortez d'ici, dit-il d'un ton cassant.

— Je m'en irai lorsque je saurai ce qui s'est passé ici, répliqua Turnbull. Qu'étiez-vous en train de dire, à propos de ce Misky-quelque chose ?

— C'est un surnom, dit Neil. Que nous avons donné à Toby. A présent, voulez-vous sortir d'ici et me laisser nettoyer cette chambre ?

Turnbull sortit son stylo et entreprit d'écrire quelque chose sur son calepin, avec application. Puis il parcourut à nouveau la pièce du regard et annonça :

— Faites en sorte que ce soit le dernier incendie que nous ayons ici, d'accord ? Bodega est une gentille petite ville, sans histoire, et nous ne voudrions surtout pas qu'elle commence à ressembler au Bronx sud.

— Y a-t-il autre chose ? demanda Neil, avec une impatience à peine dissimulée.

— Je pense que c'est tout. Mais je devrai faire un rapport.

— Vous pouvez faire tout ce que vous voulez. Merci de vous être dérangé. C'est agréable de savoir que l'on peut compter sur la police, tant que vous avez fait quelque chose qu'ils sont en mesure de comprendre.

L'officier de police Turnbull remit son carnet dans sa poche, haussa les épaules et descendit l'escalier. Ils entendirent la porte de la cuisine se refermer, et le bruit de la voiture de patrouille qui sortait de la cour. Neil soupira et enjamba les cendres et les débris calcinés pour aller dans le couloir.

— Tu n'avais pas à lui parler de la sorte, dit Susan. Il faisait seulement son travail. Tu devrais être reconnaissant qu'il soit venu.

— Oui, dit Neil d'une voix morne. Je suppose que je devrais l'être. Où est Toby?

— Il est en bas, dans la cuisine. Je pense qu'il va bien, à présent. Lorsque tu es allé dans sa chambre... eh bien, il s'est détendu, apparemment. Il est redevenu lui-même.

— C'est parce que Misquamacus l'avait quitté... pour revêtir la forme d'un homme en bois.

Susan ne répondit pas à cela. Elle dit :

— Allons en bas. Je devrais peut-être laver ces cloques. Tes mains te feront souffrir, demain matin.

Neil s'appuya contre le mur. Il se sentait soudainement épuisé, et il avait mal aux yeux. Affronter seul cette créature terrifiante semblait une tâche pratiquement impossible. Si seulement Susan le croyait. Si seulement *une* personne le croyait, en dehors du vieux Billy Ritchie.

— Je vais très bien, dit-il. Je pense qu'un peu de pommade ne ferait pas de mal à mon bras; autrement, tout va bien. Tu pourrais me faire du café?

Elle l'embrassa sur la joue, avec sollicitude.

— Bien sûr. Tout ce que tu veux. Toi, contente-toi de récupérer. Après une bonne nuit de repos, tu te sentiras en pleine forme, demain matin.

Il lui prit la main.

— Susan, dit-il, en la regardant au fond des yeux. Susan, je ne deviens pas timbré. J'ai vu cet homme en bois... il était là, aussi près de moi que tu l'es en ce moment.

Elle lui adressa un petit sourire qui n'engageait à rien.

— Oui, chéri. Je sais. Il y avait un homme en bois.

Ils allèrent en bas. Toby avait repris sa place devant la table de cuisine. Il terminait son dessin. Comme Neil entrait, il leva vers lui des yeux au regard profond et sérieux. Neil regarda son fils, un long moment, sans rien dire. Il s'efforçait de voir l'esprit du faiseur de prodiges qui était peut-être tapi, quelque part en lui; apparemment, il n'était pas là pour le moment.

Il s'approcha et se tint baissé, à côté de la chaise de

Toby. Le garçon lui adressa un sourire prudent et demanda :

— Qu'y a-t-il, papa? Tout va bien?

— Bien sûr, acquiesça Neil. Nous avons seulement eu un petit accident avec les allumettes, c'est tout. Que cela te serve également de leçon. Il ne faut pas jouer avec le feu.

— Oui, m'sieu, dit Toby poliment.

Pour une raison inconnue, l'attitude de Toby semblait décourager toute conversation, et Neil ne trouva rien d'autre à dire. Il jeta un coup d'œil au dessin de Toby et demanda :

— Il est réussi? Tu l'as fini maintenant?

— Bien sûr.

— Je peux le voir?

Toby hocha la tête.

— Si tu veux.

Le garçon ôta son bras qui cachait le dessin. Neil prit la feuille et l'examina. C'était presque un dessin abstrait, colorié principalement en bleu, en gris et en vert foncé. Cela ressemblait à des nuages, avec des tentacules qui se tordaient au milieu; il y avait également l'ébauche d'un visage. En fait, ce n'était pas du tout un visage. C'était plutôt grossier, dessiné avec la maladresse habituelle de Toby... pourtant, il y avait quelque chose de singulièrement subtil et d'inquiétant dans ce dessin.

— Ça représente quoi? demanda Neil.

Toby haussa les épaules.

— Je sais pas, m'sieu. Ce n'est pas une personne.

Neil effleura du bout des doigts la surface crayonnée de dessin. Dans un recoin de son esprit, il entendit à nouveau cette voix étrange et lointaine, la voix de l'homme en bois. « *Je suis le Gardien de l'Anneau qui tient à l'écart les démons qui n'ont pas de forme humaine.* »

Il ébouriffa les cheveux de Toby et reposa le dessin sur la table. Susan l'observait attentivement, de l'autre côté de la cuisine.

— C'est un joli dessin, dit Neil, faute de trouver autre chose à dire. On dirait une sorte de pieuvre.

— Ton café sera prêt dans un instant, dit Susan.

*
**

Tard cette nuit-là, alors que Susan et Toby étaient partis se coucher, Neil descendit l'escalier sans bruit et alla dans le salon. Il s'assit devant son bureau, dans l'obscurité, et approcha le téléphone. Il contempla le cadran un instant, comme s'il réfléchissait, puis il décrocha le combiné et demanda les renseignements.

Il lui fallut une demi-heure pour trouver le numéro qu'il cherchait. C'était un numéro à Manhattan, correspondant à une adresse sur la Dixième Avenue. Il regarda à sa montre. A New York, il était presque trois heures du matin, mais il savait qu'il était incapable d'attendre plus longtemps. Il devait savoir tout de suite, avant qu'un nouveau jour se lève... avant que les esprits profitent de ce nouveau répit et acquièrent encore plus de force.

Le téléphone sonna et sonna, une bonne dizaine de minutes. Comme il n'obtenait pas de réponse, il reposa le combiné, refit le numéro et laissa sonner à nouveau.

Il entendit finalement que l'on décrochait à l'autre bout de la ligne. Une voix endormie, à l'accent nasillard, demanda :

— Oui ? Qui est-ce, nom d'un chien ?

Neil toussa.

— Excusez-moi de vous réveiller ainsi. Je ne vous aurais pas appelé à cette heure, si ce n'était pas désespérément urgent.

— Que se passe-t-il ? La fin du monde est-elle imminente ?

— Quelque chose de presque aussi moche, répondit Neil.

— J'ai trouvé ! On a interdit la vente des *hot dogs* parce que cela vous donne des jambes arquées.

— Monsieur Erskine, dit Neil (d'une façon inexplicable, il sentait qu'il était à deux doigts de fondre en larmes). Je vous appelle parce que je ne peux appeler personne d'autre.

— Ma foi, répondit la voix, si c'est *aussi* critique, vous feriez mieux de me dire ce que vous voulez.

— Il ne s'agit pas d'une plaisanterie, monsieur Erskine. Je vous appelle à cause de Misquamacus.

Il y eut un long silence. Neil se demanda au début si

M. Erskine n'avait pas raccroché. Mais il entendait toujours le bourdonnement des câbles du téléphone transcontinental. Le silence dura presque une demi-minute. Puis M. Erskine s'informa d'une voix douce :

— *Misquamacus?* Vous avez vraiment dit Misquamacus? Où diable avez-vous entendu parler de Misquamacus?

— Monsieur Erskine, j'ai *vu* Misquamacus. Ou une forme qu'il a revêtue. Il est venu ce soir; seule la chance m'a évité d'être tué.

Il y eut un nouveau silence.

— Vous êtes toujours là? demanda Neil.

— Bien sûr, dit M. Erskine. Je réfléchissais, c'est tout. Je réfléchissais et j'espérais que vous ne me disiez pas la vérité... seulement, je sais que vous ne mentez pas, parce que personne n'est au courant, pour Misquamacus, à part les gens qui m'ont aidé à le détruire.

— Alors c'est vrai? dit Neil. Ce que Misquamacus a dit sur vous était bien vrai?

— Vous venez de dire que vous l'avez vu, rétorqua M. Erskine. Qu'en pensez-vous?

Presque submergé par le soulagement, Neil dit :

— C'est vrai. Ce doit être vrai. Mon Dieu, toute cette foutue histoire est vraie.

— C'est ce qui la rend tellement effrayante, fit remarquer M. Erskine. Vous dites que vous l'avez vu?

— Seulement sous une forme qu'il a prise. Celle d'un homme en bois. Et il m'a parlé par l'intermédiaire de mon fils, Toby, qui est âgé de huit ans. Il a dit qu'il revenait pour se venger des hommes blancs. Son esprit — son manitou — est en train de prendre possession de Toby... pour renaître.

— La même chose — ou à peu près — est déjà arrivée, répondit M. Erskine sobrement. Écoutez... vous voulez bien rester au bout du fil pendant que je me prépare un Alka Seltzer?

— Bien sûr, dit Neil, et il attendit.

Quelques instants plus tard, M. Erskine revenait près de son téléphone et demandait :

— Savez-vous ce qu'il essaie de faire? En avez-vous une idée, d'après ce qu'il vous a dit?

— Ce n'est pas très clair, répondit Neil. Cela a un rapport avec le jour des étoiles sombres... le jour où vingt-deux des plus puissants hommes-médecine de tous les temps, appartenant aux principales tribus indiennes, sont censés se réincarner et faire venir certains des dieux Peaux-Rouges. C'est le jour où ils doivent en principe tuer un homme blanc pour chaque Indien qui est mort par la faute des Blancs.

— C'est bien dans le style de Misquamacus, fit observer M. Erskine. Vous avez dit deux des plus puissants hommes-médecine ?

— Non, non... *vingt*-deux.

— Vingt-deux ? Allons, vous plaisantez !

— Cela correspond à la légende. Et c'est ce que Misquamacus m'a dit.

Il y eut un autre silence. Puis M. Erskine dit :

— Écoutez, mon vieux, je dois parler de tout cela à quelqu'un d'autre. Pourquoi ne pas me laisser votre numéro de téléphone, et votre nom. Je vous rappellerai un peu plus tard.

— Bien sûr, dit Neil. Je m'appelle Neil Fenner, et je vis à Bodega, en Californie du Nord. Ce n'est pas très loin de Sonoma, vous connaissez ? Mon numéro est le 3467.

— C'est noté, lui dit M. Erskine. Accordez-moi deux ou trois heures ; je vous promets de vous rappeler.

— Monsieur Erskine...

— Appelez-moi Harry, d'accord ? Nous ne nous sommes jamais rencontrés, et nous ne nous connaissons pas, mais si ce que vous avez dit à propos de Misquamacus est sérieux, je pense que nous ferions mieux de nous appeler par nos prénoms.

— Entendu, Harry, ça me va. Je voulais seulement ajouter ceci : Misquamacus m'a dit qu'il avait une sorte de compte personnel à régler.

— Un compte personnel ?

— C'est cela. Avec vous et un Indien qui s'appelle Singing Rock. Il a dit que vous l'aviez détruit alors qu'il tentait de se réincarner, il y a quelque temps, et qu'il avait l'intention de vous faire payer ça.

Harry Erskine parut inquiet.

— Je vois, dit-il d'une voix calme. Eh bien, je suppose que tout est dit. Misquamacus est la vengeance de toute une nation... le porte-parole de tout un peuple. Et s'il a dit qu'il allait tous nous tuer, par Dieu, Neil, c'est qu'il le pense vraiment.

5.

A l'école ce jour-là, Mme Novato remarqua que sa classe était étrangement calme et timide. Les enfants suivirent les cours du matin sans la moindre agitation ou mauvaise conduite, puis ils sortirent pour la récréation de midi, d'une façon ordonnée. Elle resta assise à son bureau, les observant par la fenêtre. Elle se demandait ce qu'il y avait chez eux qui la troublait tellement.

Ce fut seulement lorsqu'elle les vit se rassembler tout au fond de la cour d'école et se parler d'une manière solennelle, qu'elle réalisa ce que c'était. Aucun d'eux n'avait ri de toute la matinée. Aucun d'eux n'avait souri.

Elle se leva de sa chaise et alla jusqu'à la fenêtre, tout en croquant une pomme. Elle espérait qu'ils n'avaient rien attrapé. L'excursion au lac Berryessa était prévue pour lundi prochain ; elle n'avait pas envie que la promenade soit gâchée par des rhumes ou des cas de grippe.

Elle était curieuse de voir ce que faisaient les enfants. Normalement, ils couraient dans la cour, jouaient au chat et à la souris, ou avec un ballon. Aujourd'hui, ils étaient immobiles et formaient un cercle, se tenant par les bras, tous ensemble. Ils tournaient en rond, inlassablement, traînant des pieds, comme s'ils dansaient. C'était la première fois que les enfants se comportaient ainsi ; elle trouva cela étrange et troublant.

Le soleil fut caché un instant par un nuage gris et la cour d'école fut assombrie. Pourtant les enfants continuaient de tourner lentement et de gesticuler ; elle était certaine de les entendre chanter.

A ce moment, M. Saperstein, le professeur de musique, franchit le porche de l'école et fit un signe de la main à Mme Novato, en guise de salut. Il portait son panama effilé et son costume de toile élimé ; un appareil photo était suspendu à l'une de ses épaules, et un étui contenant une flûte à l'autre.

— Bonjour, madame Novato. Comment allez-vous ? Ne trouvez-vous pas que le temps est de pire en pire, chaque année ? Ce sont les Russes, avec leurs champs magnétiques. Nous devrions leur dire d'arrêter ou d'en supporter les conséquences.

Mme Novato fronçait les sourcils comme elle observait les enfants. Elle ne répondit pas. M. Saperstein s'arrêta dans le couloir, puis il entra dans la salle de classe et demanda :

— Qu'y a-t-il de si fascinant ? J'aurais pu entrer, entièrement nu, et vous ne vous en seriez même pas aperçu !

Mme Novato regarda rapidement dans sa direction et sourit.

— Oh, excusez-moi. J'étais seulement fascinée par ce que ma classe est en train de faire.

M. Saperstein releva ses lunettes et loucha vers la cour, éclairée par un soleil maussade.

— Ils dansent, n'est-ce pas ? interrogea-t-il. Qu'y a-t-il de si étrange à cela ?

— Cela n'aurait sans doute rien eu d'étrange à l'époque des *square dances* et des fêtes de village, répondit Mme Novato, mais ces enfants n'ont jamais dansé de cette façon, de toute leur vie. Ils ne savent même pas danser.

M. Saperstein haussa les épaules.

— De toute évidence, ils ont appris, sinon ils ne danseraient pas. Néanmoins, c'est très intéressant. Cela ressemble à une danse traditionnelle grecque. Cette façon qu'ils ont de se tenir par les épaules, et de tourner en sautillant.

Il prit l'appareil photo suspendu à son épaule, procéda à quelques réglages méticuleux, pour la distance et la lumière, et prit trois photos des enfants tandis qu'ils sautillaient et tournaient en rond.

— J'ai chez moi quelques ouvrages de référence, sur les danses populaires, dit-il. Lorsque ces photos seront développées, je regarderai si cette danse ressemble plus ou moins à l'une de ces danses d'autrefois, grecques ou mexicaines. Les enfants ont peut-être hérité d'une sorte de mémoire populaire. Allez savoir !

Mme Novato hocha la tête, d'un air distrait.

— Je vous remercie, monsieur Saperstein. Cela m'intéresserait de le découvrir.

***

La danse cessa presque aussi vite qu'elle avait commencé. Un moment, les enfants se promenèrent tranquillement dans la cour d'école, parlant entre eux ou jouant à divers jeux. Aujourd'hui, ils restaient à l'écart des enfants des autres classes ; si une maîtresse faisait son apparition dans la cour, ils semblaient se détourner et l'éviter.

Au fond de la cour, près du mur de l'annexe de l'école maternelle, à l'ombre d'un érable, Toby discutait avec son meilleur ami, Linus Hopland, tandis qu'Andy Beaver et Ben Nichelini, accroupis à côté d'eux, étaient occupés à dessiner des motifs dans la poussière avec des bâtons pointus.

— Mon père a failli mettre le feu à la maison, la nuit dernière, dit Toby. Il voulait démolir cette vieille armoire dans ma chambre ; il a complètement brûlé ma couverture. Si tu avais vu dans quel état était ma chambre !

— Ton vieux est devenu cinglé ? demanda Linus, tout en grattant ses cheveux d'un roux éclatant.

— Mon père dit qu'il l'est, intervint Andy. Mon père a dit qu'il était complètement timbré. Il a dit que ton père était allé au commissariat, hier, pour tenter de convaincre George Murray de donner la chasse à des fantômes.

— Je ne crois pas que mon père soit fou, répondit simplement Toby. (Il s'exprimait avec un sérieux inhabituel, et ses yeux semblaient vitreux, comme s'il pensait à tout autre chose.) Je crois qu'il est plutôt du genre fouineur, c'est tout. Il devrait apprendre à ne pas se mêler de choses qui ne le regardent pas.

— Tous les parents sont comme ça, déclara Debbie Spurr, qui traversait la cour en jouant avec son yo-yo. Ma mère a dit que si j'avais encore des cauchemars, elle m'emmènerait chez un psychiatre. Aussi, tout ce que je fais maintenant, c'est de lui dire que je ne rêve plus. Quand on y réfléchit, les parents sont vraiment stupides.

— Je pense que les rêves sont une bonne chose, dit Ben Nichelini. J'ai rêvé d'un homme qui était en train de découper ces femmes... de les couper en morceaux. Il les éventrait, le bide et tout, et elles étaient toujours vivantes.

Debbie s'assit à côté de Toby et posa sa main sur l'épaule de celui-ci. Elle était pâle, aujourd'hui, et distraite ; elle ressemblait à une orpheline, avec sa robe légère, de couleur bleue.

— Les rêves sont importants, dit-elle. Si nous ne faisions pas ces rêves, nous se saurions pas combien nous sommes importants. Nous sommes importants.

— C'est le sang que j'aime, dit Andy. Certaines fois, il n'y a que du sang, et l'on sait que c'est leur sang, et pas le vôtre, et on peut pratiquement le sentir... c'est tout gluant et chaud. Nous étions forts le jour où cela est arrivé. Nous sentions combien nous étions forts. Nous savions que nous pouvions les tuer si nous essayions. J'ai du mal à attendre que cela se reproduise.

— Nous ne devons pas parler de cela, dit Toby. Le moment approche. Nous devons nous unir en prononçant l'incantation des démons des arbres, avant d'agir tous ensemble. Où sont les lézards ?

— Daniel et John vont les amener dans un instant, dit Andy. Ils sont sortis la nuit dernière pour les attraper. Ils en ont toute une caisse.

Toby leva les yeux vers l'horloge de l'école.

— Ils devraient se dépêcher. Nous n'avons pas beaucoup de temps. La nuit dernière, j'ai rêvé des jours décisifs. J'ai rêvé que je me vengeais de tous ceux qui m'ont fait du mal. J'attends cet instant depuis si longtemps !

Linus dit :

— J'ai rêvé que nous sautions des arbres pour tomber sur leurs dos. Nous les jetions à terre, afin qu'ils soient piétinés par leurs propres chevaux. J'ai rêvé que nous traînions un homme à travers sept milles de buissons, de forêt et de sol rocailleux. A la fin, son corps n'était plus que de la chair à vif ; il hurlait et suppliait qu'on l'achève. Pourtant les anciens peuvent faire encore mieux.

— Que pensez-vous de Mme Novato, ce matin ? intervint Andy. Elle m'a paru joliment troublée.

— Bien sûr qu'elle l'est, reconnut Debbie. N'importe qui se serait aperçu que nous ne nous comportions pas comme d'habitude. Et elle nous observe par cette fenêtre, depuis le début de la récréation.

— Elle est de notre côté, dit Ben. Du moins, elle a dit au père de Toby ses quatre vérités.

— Absolument pas, discuta Toby. Elle a dit que nous n'avions rien d'anormal, c'est tout. Elle a dit que les rêves ne signifiaient rien.

Daniel Soscol et John Coretta arrivèrent à travers la poussière soulevée par les autres enfants qui jouaient de l'autre côté de la cour. Ils portaient avec précaution une grande boîte en carton, de couleur brune. Ils regardaient à droite et à gauche, pour s'assurer que la maîtresse, chargée de surveiller les enfants durant la récréation, ne faisait pas attention à eux. Ils arrivèrent près du mur de l'annexe et posèrent le carton à côté du tronc de l'érable.

— Combien en avez-vous attrapé ? demanda Toby.

Sa voix était redevenue sérieuse. Sa nature enfantine semblait se manifester par moments, pour disparaître aussitôt, comme quelqu'un essayant de crier un message de l'autre côté d'un détroit venteux. Il se leva et observa Daniel qui retirait le couvercle de la boîte. A l'intérieur, griffant les parois de carton et se grimpant les uns sur les autres, il y avait des lézards, capturés dans les rochers et sur le bas-côté de la route.

— J'en ai attrapé dix, comme tu me l'avais demandé, dit Daniel.

Toby toucha du doigt les lézards.

— Parfait. Vous feriez mieux de rassembler tout le monde.

Daniel et John s'éloignèrent et firent le tour de la cour de récréation, battant le rappel de tous les enfants qui composaient la classe de Mme Novato. Ils se regroupèrent peu à peu dans le coin près de l'annexe, invisible depuis le bâtiment principal. Toby se jucha sur une grosse racine de l'érable afin de leur parler.

Les enfants observaient un silence complet, comme s'ils étaient hébétés. Ils ignoraient les regards curieux des enfants des autres classes et n'entendaient pas les bruits des écoliers qui jouaient aux gendarmes et aux voleurs, ou à chat perché.

Toby leur annonça :

— Nous allons nous unir selon le rite des esprits des démons des arbres, comme cela a été ordonné par les dieux des étendues désertiques et des plaines. Ce rite réunira les frères venus des collines et des forêts, et les frères venus des déserts. Ainsi ils pourront accomplir ensemble leurs prodiges et leurs pouvoirs ne feront plus qu'un. Nous disposons de très peu de temps... commençons la cérémonie tout de suite.

Les enfants s'étaient mis sur deux rangs parallèles ; chaque rang était composé de onze enfants. Daniel Soscol apporta le carton et Toby en sortit le premier lézard. Il le leva en le tenant par la queue. Le reptile se tordait et gigotait dans tous les sens. Les quatre premiers enfants s'avancèrent et se serrèrent les uns contre les autres.

— Ossadagowah, fils de Sadogowah, chuchota Toby, nous nous prosternons devant toi. Nous invoquons tes pouvoirs, redoutés depuis les temps anciens, avant que l'homme blanc ne viole les terres sacrées, et nous t'appelons, Nashuna, et toi, Pa-la-kai, et les démons des lacs et des forêts, et les bêtes qui rampent sur la terre. Nous appelons ceux qui demeurent au-delà des étoiles les plus sombres, ceux qui n'ont pas de forme humaine, et nous implorons leur aide.

Chacun des quatre enfants — Toby, Daniel, Debbie et Petra — prit entre ses lèvres une patte du lézard qui se contorsionnait. Puis, sur un léger mouvement de tête de Toby, chacun mordit avec force la patte maintenue entre ses dents. Le corps démembré du lézard tomba dans la poussière.

Puis Debbie et Petra se retournèrent vers les deux enfants qui venaient ensuite, Andy et John. Toby sortit un autre lézard du carton et le leur présenta, tandis qu'il répétait les paroles de l'incantation. A nouveau, les quatre enfants approchèrent leurs visages et chacun prit une patte du reptile dans sa bouche. A nouveau, ils donnèrent un coup de dent, produisant un léger craquement ; le corps du lézard tomba sur le sol poudreux de la cour.

A leur tour, Andy et John firent face aux deux enfants qui se tenaient derrière eux. Toby sortit un autre lézard. Le rite fut répété dix fois, tandis que les enfants s'avançaient deux par deux. Bientôt la cour de l'école était jonchée des corps sanglants et agités de soubresauts de dix lézards. Daniel Soscol, le visage sérieux, les ramassa et les remit dans le carton.

Toby poursuivit :

— Nous sommes unis par la force des démons des arbres ; rien ne peut plus nous séparer. Le jour est presque arrivé. Faisons-nous entendre des dieux des temps anciens, qui se trouvent au-delà des anneaux gardant les entrées du temps et de la distance. Recherchons leurs pouvoirs afin d'accomplir notre vengeance.

Depuis la fenêtre de la salle de classe, Mme Novato apercevait les enfants rassemblés autour de Toby, écoutant ce qu'il disait, avec des visages attentifs. Elle les observa un long moment, puis elle traversa le couloir pour aller dans la salle de classe voisine, où Mlle Martinez écrivait à la craie sur le tableau noir les noms de différents arbres, en prévision de sa prochaine leçon.

— Joan..., dit Mme Novato. Vous pouvez jeter un coup d'œil par la fenêtre ? Par là, près de l'annexe.

Mlle Martinez posa sa craie et alla jusqu'à la fenêtre.

— Que suis-je censée regarder ? dit-elle.

— Les enfants de ma classe. Regardez-les. A votre avis, que font-ils ?

— Je l'ignore. (Mlle Martinez haussa les épaules.) Ils jouent, vous ne croyez pas ?

— Bien sûr, mais à quoi ? Ils ont tous l'air si sérieux. Et d'habitude, toute une classe ne joue pas au même jeu.

Mlle Martinez regarda à nouveau dans la cour, puis elle retourna à son tableau noir.

— Avec les enfants, vous savez, dit-elle à Mme Novato, ils sont toujours en train de comploter une chose ou une autre.

***

Cet après-midi-là, sur le débarcadère de Bodega Bay, alors que Neil mettait la dernière main aux cuivres du *White Dove*, Dave Conway sortit de la halle aux poissons et l'appela.

— Neil... un appel longue distance pour vous. Un type qui s'appelle Aspirine ou quelque chose comme cela.

— Merci, dit Neil et il regagna l'appontement. Il marchait d'un pas alerte. Le ciel était gris mais sans nuages. Il essuya la sueur sur son visage, du revers de la main.

Une odeur douceâtre et salée de crabes, de flets et de bars, flottait dans la halle aux poissons ; le téléphone était gluant. Il prit le combiné et dit :

— Oui ?

— Neil Fenner ? Ici Harry Erskine. Dites, j'ai des nouvelles pour vous.

— Des nouvelles ? Quelle sorte de nouvelles ?

— Surtout de mauvaises nouvelles. Ce matin j'ai téléphoné à John Singing Rock, là-bas, dans le Sud Dakota. C'est un homme-médecine, vous le savez ? Mais un moderne. Je veux dire, il connaît tous les anciens charmes, mais il essaie de les mettre au goût du jour.

— Qu'a-t-il dit ?

— Il a dit qu'il avait déjà entendu parler du jour des étoiles sombres, et qu'il était sûr que ce que vous m'aviez dit était la vérité.

Neil plaça le combiné sur son autre oreille.

— C'est tout ? Il est sûr que je suis sincère ? Écoutez, je ne vous aurais pas *appelé* si je ne l'avais pas été. Pour commencer, je n'aurais même pas su votre nom. Même avec une imagination délirante, je ne vois pas comment j'aurais pu frôler la mort d'un cheveu... j'ai failli y rester, vous savez !

— Bien sûr, bien sûr, dit Harry. (Il donnait l'impression de sucer des pastilles pour la toux.) D'après ce que j'ai appris, le jour des étoiles sombres est mentionné dans de nombreuses histoires que se sont transmises les tribus, d'un bout à l'autre de l'Amérique. Apparemment, la plupart des Indiens en ont entendu parler... soit par leurs parents, soit par leurs grands-parents, mais aujourd'hui il y a très peu d'Indiens qui peuvent se rappeler ce que cela est censé signifier. Ils se sont trop intégrés, vous comprenez ? Même Singing Rock est courtier en assurances, pour assurer le quotidien.

— A-t-il dit ce que je pouvais faire ? Le gros problème, c'est que personne ne me croit ici, pas même ma femme. Je suis le seul à avoir vu l'homme en bois, et ils mettent les cauchemars des enfants sur le compte d'une hystérie collective, ou d'une indigestion. Tout le monde croit que je deviens cinglé.

— Vous n'êtes pas cinglé. Singing Rock m'a dit que les Hopis ont des légendes concernant le jour des étoiles sombres, ainsi que les Sioux oglala, les Modocs, les Cheyennes, et les Wyandottes. Les Paiutes le désignent ordinairement ainsi : *le jour où la bouche viendra du ciel et dévorera les démons blancs*, mais ils ont toujours été du genre verbeux.

— Alors, que puis-je faire ? demanda Neil. Puis-je exorciser ces manitous, ou je ne sais quoi ?

— Le bon vieux système — une clochette, un livre de prières et une bougie — ne vaut rien ici. J'ai appris, depuis la dernière fois que j'ai affronté Misquamacus, que vous ne pouvez pas chasser des démons Peaux-Rouges avec la religion de l'homme blanc.

— Mais comment avez-vous réussi à détruire Misquamacus, la dernière fois ?

— C'est plutôt difficile à expliquer. Mais Singing Rock a dit que nous n'avions pas du tout affaire à la même sorte de situation ici, et il ne pense pas que nous puissions renouveler notre exploit. La dernière fois, Misquamacus était faible, perturbé et seul. Cette fois, il est très fort, apparemment, et il se trouve en pays de connaissance.

— Vous ne semblez pas très optimiste, Harry.

— Suis-je censé me montrer optimiste? Vous me téléphonez et m'apprenez que vingt-deux esprits indiens veulent m'étriper, et je devrais me montrer optimiste?

— Excusez-moi, dit précipitamment Neil. Je voulais seulement dire que l'affaire ne semble pas se présenter très bien pour nous.

— Écoutez, reprit Harry. Je prends l'avion pour San Francisco dimanche matin ; il m'est impossible de partir plus tôt. Singing Rock a déjà quitté le Sud Dakota ; il a dit qu'il arriverait en Californie lundi matin, au plus tard.

— Vous venez vraiment me prêter main-forte ? Dites, c'est formidable !

— Neil, déclara Harry, nous venons parce que nous avons déjà combattu Misquamacus. Si nous ne l'avions pas fait, nous vous aurions pris pour un malade mental, exactement comme tous les autres ont réagi. Mais la dernière fois que nous avons eu affaire à lui, nous avons bien failli nous retrouver au pays des prairies éternelles, et je n'ai aucune envie que cela se reproduise. Cette fois, je désire l'affronter, averti et armé en conséquence, et je veux m'assurer qu'il n'aura pas la moindre chance d'invoquer l'un de ces démons qui vous sautent dessus et vous arrachent la tête d'un coup de dent.

— Vous plaisantez, hein?

— Ai-je l'air de plaisanter?

Neil s'écarta pour laisser le passage à un poissonnier qui poussait un chariot rempli de homards vivants, d'un bleu vert.

— Non, répondit-il. Vous ne donnez pas du tout l'impression de plaisanter.

— Parfait, dit Harry. A présent, voici ce que Singing Rock veut que vous fassiez. Il veut que vous surveilliez votre fils très étroitement, et il veut que vous fassiez en sorte qu'il ne reste jamais seul, ce week-end. Débrouillez-vous... emmenez-le au bowling, ou se baigner ; faites ce que vous faites d'ordinaire, là-bas, à Bodega Bay. Mais arrangez-vous pour ne pas le perdre de vue un seul instant. Et empêchez-le d'aller retrouver ses camarades de classe. Si cela vous est possible, retirez-le de l'école dès maintenant... ce sera aussi bien. Singing Rock a dit que, avant que les vingt-deux faiseurs de prodiges puissent apparaître, ils devaient accomplir une sorte de cérémonie avec des lézards ou je ne sais quoi, et ils doivent tous y assister.

— Des lézards? (Neil fronça les sourcils.)

— Ne me posez pas de questions là-dessus, dit Harry. J'en sais à peu près autant sur la magie indienne que je suis capable de danser une gigue écossaise. Apparemment, les hommes-médecine font quelque chose d'assez répugnant avec les lézards.

— Entendu, dit Neil. Je ferai tout mon possible.

— Autre chose, le coupa Harry. Si vous pensez que Misquamacus commence vraiment à avoir votre fils sous son emprise — si votre fils se met à parler comme Misquamacus et si son visage semble se transformer — téléphonez-moi tout de suite. Si cela devient vraiment dangereux, alors fichez le camp à toute allure.

— Mais... et pour Toby? Si la situation s'aggrave, que lui arrivera-t-il.

— Difficile de le savoir. Mais il a peut-être une chance de s'en sortir. Néanmoins, si vous et votre femme restez à proximité trop longtemps, vous courrez un danger encore plus grand!

— Quel genre de danger? De quoi voulez-vous parler? A quoi dois-je m'attendre?

— Vous n'avez à vous attendre à rien du tout, dit Harry d'un ton sec. Quoi que ce soit, cela viendra *vous* chercher.

*
**

Il rencontra Doughty sur l'appontement. Le vieil homme était assis sur le pare-chocs avant de la camionnette de Neil, en train de fumer sa pipe. Neil lui dit bonjour.

Doughty se leva. Il lui demanda :

— Vous connaissez la nouvelle?

Neil secoua la tête.

— Quelle nouvelle?

— Billy Ritchie est mort ce matin. Je pensais que vous étiez peut-être au courant.

Neil se sentit brusquement glacé.

— Il est *mort?* Comment cela est-il arrivé? Il m'a paru en excellente santé, à part ses jambes.

— Sa maison a entièrement brûlé, répondit Doughty. Son voisin a dit que la foudre était tombée, transformant toute la baraque en un gigantesque feu de joie.

— La foudre? Nous n'avons pas eu un seul orage depuis des semaines.

— Je sais. Mais c'est ce qu'a déclaré le voisin. La maison a pris feu et a complètement brûlé. Le pauvre vieux Billy, n'ayant plus l'usage de ses jambes, a été pris au piège dans son living-room. Il a brûlé vif, avec son chat noir et le reste.

Neil déglutit ; sa gorge était aussi sèche qu'une couverture en nylon. Brusquement, la journée lui parut chaude et oppressante ; le claquement des agrès des bateaux ressemblait à un glas.

— Je l'ai vu hier, reconnut Neil. Je lui ai parlé, comme nous nous parlons en ce moment.

Doughty détourna son regard, et tira deux ou trois bouffées sur sa pipe.

— Avez-vous trouvé autre chose? demanda Neil. Ou était-ce tout?

Doughty se tourna vers lui et le considéra un moment.

— Tout? Que voulez-vous de plus? Vous savez ce que l'on dit depuis toujours à Napa County. Là où il y a un Fenner, souffle toujours un mauvais vent.

— Quel est ce dicton?

Doughty haussa les épaules.

— Je ne suis pas certain de le savoir. Mais je suppose que c'est le genre de dictons qui s'appuient sur des faits.

Neil contempla les eaux bleu-gris du Pacifique, puis il regarda les vaguelettes qui clapotaient contre les bateaux de pêche et les navires de plaisance amarrés à la jetée.

— Billy Ritchie m'a parlé du temps jadis, de l'époque qu'à connue Bloody Fenner, et des massacres commis par les Peaux-Rouges. Il m'a tout raconté sur Ossadagowah, et certains des démons indiens.

Doughty retira de sa bouche le tuyau de sa pipe et cracha dans l'eau, à une distance de dix pas.

— Où voulez-vous en venir ? demanda-t-il. Vous pensez qu'il en a trop dit, et que certains de ces démons indiens ont mis le feu à sa maison ?

Neil lui décocha un vif regard.

— Ce n'est pas un sujet de plaisanterie, Doughty. Ces démons sont toujours dangereux, aujourd'hui, comme ils l'étaient autrefois.

— Neil, grogna Doughty de sa voix de vieux loup de mer, vous racontez n'importe quoi.

— Vous croyez ? Et si je vous disais que j'ai vu un fantôme — de mes propres yeux — là-bas, au beau milieu de la baie ? Et si je vous disais que l'un des plus puissants hommes médecine peaux-rouges qui aient jamais vécu est revenu à la vie dans ma maison, la nuit dernière ?

Doughty réfléchit à cela, puis il tendit la main et prit Neil par le bras.

— Je sais ce que vous devez ressentir, Neil. Je sais que vous travaillez très dur. Peut-être vous sentez-vous encore plus mal maintenant, à cause de ce pauvre Billy qui est parti en fumée. Mais vous ne ferez qu'aggraver la situation si vous continuez de laisser ces goules et ces revenants vous terrifier à ce point.

Neil se renfrogna.

— Vous avez parlé à Susan ?

Doughty le fixa un instant, puis il détourna les yeux.

— Quand est-elle venue ici ? demanda Neil.

Doughty haussa les épaules.

— Hier après-midi, pendant que vous étiez là-bas, à Calistoga.

— Et qu'a-t-elle dit ? Que j'étais cinglé ?

— Pas du tout, protesta Doughty. Elle a dit qu'elle se faisait du souci à votre sujet, c'est tout, et elle m'a demandé si vous ne travailliez pas trop dur sur ces bateaux. Je lui ai répondu par la négative, et que vous me paraissiez en excellente forme. Mais elle était toujours tourmentée par certaines des choses que vous lui aviez dites, et par certaines des choses que vous pensiez. Elle a dit que vous vous comportiez comme un homme préoccupé par une idée fixe. Elle songe à vous emmener chez un psy, je peux vous l'avouer.

Neil se frotta le visage du plat de la main.

— Pensez-vous qu'elle ait raison ? demanda-t-il à Doughty. Pensez-vous également que j'aie besoin d'une analyse ? Pensez-*vous* que je sois un malade mental ?

Doughty ne répondit pas.

— Alors ? insista Neil. Suis-je sain d'esprit ou fou à lier ? Est-ce que je rêve ou suis-je éveillé ? Pourquoi ne pas me dire ce que vous pensez ?

— Ce n'est pas à moi de vous le dire, rétorqua Doughty avec gêne.

— Mais que diable pensez-vous qu'il se passe ici ? Toby se met à voir des fantômes portant de longs cache-poussière blancs, les gosses de sa classe se mettent à faire des cauchemars à propos de massacres commis par les Indiens, et à présent Billy Ritchie trouve la mort dans un incendie inexplicable, le lendemain après qu'il m'eut parlé de démons peaux-rouges. Rien de tout cela n'est normal, Doughty ; pourtant cela se passe vraiment, et cela ne sert à rien que tous les habitants de cette ville fassent comme si cela n'existait pas.

— Neil... commença Doughty. Puis il changea d'idée et secoua la tête.

— Qu'alliez-vous me dire ?

— Oh, Neil, bon sang, vous devez réaliser que vous menez une bataille perdue d'avance. Tout le monde pense que vous perdez la boule. Vous ne croyez pas que vous feriez mieux d'oublier toute cette histoire ?

Neil se détourna, exaspéré. Puis, à voix basse et d'un ton décidé, il dit à Doughty :

— Écoutez... si j'étais comme vous, si j'essayais de me comporter comme s'il ne se passait rien, alors cette ville connaîtrait la plus grande tragédie de son histoire. C'est imminent, Doughty, je vous avertis. Cela va arriver très bientôt. Je voudrais ne pas le croire moi-même et, encore maintenant, je souhaiterais n'avoir jamais été mêlé à cette histoire. Mais tout cela arrive à cause de Bloody Fenner, mon ancêtre, et je n'ai pas le choix. Si je ne me bats pas, vous, moi, Susan, Toby, et des milliers de personnes mourront, c'est tout ce que je sais.

— Neil...

— Laissez tomber, Doughty. Assez de conseils. Ne me dites plus rien. A partir de maintenant, tous ceux qui ne me croiront pas, seront contre moi, et c'est ainsi que cela doit se passer.

Il laissa Doughty assis sur le pare-chocs de sa camionnette et retourna vers le *White Dove* pour prendre ses pots d'encaustique et ses chiffons.

***

Au milieu de la nuit, dans la chambre illuminée par la clarté bleuâtre de la lune, il se réveilla en sursaut et resta allongé, silencieux. Il écouta la respiration de Susan, à côté de lui, et le léger ronflement de Toby qui dormait sur le lit de camp, près de la porte. Il resta ainsi, sans bouger, attentif, une bonne dizaine de minutes : le liseré brillant de la lune apparut lentement dans l'angle de la fenêtre, la lumière devint de plus en plus vive.

— *Neil*, chuchota une voix.

Il leva la tête. Il n'y avait personne dans la pièce. La lune faisait briller les barreaux du grand lit en cuivre, et les poignées du bureau en bois peint ; pourtant, même dans les ombres derrière l'armoire et dans l'alcôve proche de la porte, il n'y avait pas d'apparitions... pas de fantômes en longs cache-poussière blancs ou vêtus de bois luisant.

— *Neil*, répéta la voix.

Il balaya toute la pièce du regard, plissant les yeux, tandis que les battements de son cœur s'accéléraient et devenaient irréguliers. Tout était aussi calme et silencieux que lorsqu'il s'était réveillé, quelques instants plus tôt.

— Où êtes-vous ? chuchota-t-il.

Il y eut un instant de silence, puis la voix dit :

— *A côté de vous.*

Il tourna vivement la tête. A côté de lui, Susan dormait profondément, ses cheveux blonds étalés sur l'oreiller, ses lèvres légèrement entrouvertes.

— Où ? demanda-t-il. Je ne vous vois pas.

Les lèvres de Susan remuèrent presque imperceptiblement, et une voix d'homme parla par sa gorge.

— *Ici. A côté de vous. Je ne peux pas me montrer à cause de Quamis.*

— Quamis est ici ?

— *Bien sûr. Il est à l'intérieur de votre fils. Il ressemble à une chrysalide dans son cocon de soie ; avant longtemps il s'en extirpera et déploiera ses ailes.*

— Qui êtes-vous ? dit Neil dans un souffle. Comment vous appelez-vous ?

— *Vous m'avez déjà vu. Je m'appelle Dunbar. J'ai quitté Sacramento en 1831. Au début, je vous ai pris pour Allen, vous lui ressemblez tellement. Le portrait tout craché d'Allen.*

— C'était vous, l'homme à la barbe et au long cache-poussière blanc ?

— *Exact. Quand nous sommes partis, nous étions vingt fermiers, avec nos femmes et tous nos enfants. Les Wappos nous ont attaqués par surprise, à Las Posadas, et nous avons tous été tués. Allen était notre éclaireur pour ce voyage, et il est allé chercher du secours.*

Neil regardait fixement Susan. Elle paraissait plus qu'endormie. Sa respiration était lente et faible, comme si elle était dans le coma.

— *Allen est allé chercher du secours*, reprit la voix, *mais il n'est pas revenu à temps. Il a dit qu'il se rendait au campement mexicain, au fond de la vallée, et qu'il reviendrait en longeant le ruisseau. Mais il n'est jamais revenu. Les Wappos nous ont tous massacrés, les femmes et les enfants également. J'ai vu Margie, ma petite chérie, le visage transpercé par une flèche.*

— Pourquoi êtes-vous ici ? demanda Neil. Qu'attendez-vous de moi ?

La voix soupira.

— *Je suis ici parce que je suis ici. Il n'y a pas de raison particulière. Il fait noir ici, au-dehors, Neil, et le temps n'a pas la même signification que pour vous. Tous les temps sont le même temps. Nous sommes toujours en 1831, Neil ; les Wappos sont toujours en train de nous massacrer, et ils le feront toujours. Nous attendons toujours qu'Allen revienne avec des secours. Nous sommes toujours en train d'agoniser, Neil.*

La voix commença à hésiter et à faiblir.

— Dunbar... ne partez pas, Dunbar ! dit Neil.

— *Je suis là, Neil.*

— Dunbar, que savez-vous de Quamis ?

Il y eut un plus long silence. Puis Susan dit dans un souffle :

— *Quamis est partout. Il a toujours existé et existera toujours. Les Indiens nous ont dit qu'il ne pouvait mourir et qu'il était immortel. Peut-être s'agissait-il de racontars, peut-être était-ce la vérité. On entendait parler de Quamis depuis les forêts du Massachusetts jusqu'à Denver, dans le Colorado, et même au-delà. Ils disaient qu'il vivait dans le vent qui souffle parmi les pins de Géorgie, et dans l'herbe des plaines, à l'est de la Platte River. Un grand faiseur de prodiges, disaient-ils, et ils le disent encore.*

Les dernières paroles de Dunbar sortirent si faiblement à la bouche de Susan qu'elles étaient presque inaudibles. Neil dut approcher son oreille des lèvres de sa femme pour discerner des syllabes au sein du souffle rauque qui provenait de son larynx au repos. Il était sûr que d'autres mots étaient prononcés, mais ils étaient incompréhensibles. Il lui sembla entendre le mot *assistance*, mais il n'aurait pu l'affirmer. C'était peut-être un simple chuchotement.

Il s'assit sur le lit. A présent la lune était entièrement visible ; la chambre à coucher était éclairée par une vive lumière, presque anormale. Il se sentait étrangement apaisé par la visite de Dunbar, comme s'il avait reçu l'assurance qu'il n'était plus seul dans la lutte qui l'opposait à Misquamacus. Peut-être était ce Dunbar qui avait détruit la forme en bois, la nuit dernière. Après tout, il se rappelait avoir vu, durant une fugitive seconde, un manteau blanc, et une main remettant un revolver dans son étui.

Il tendit le bras et arrangea la courtepointe en patchwork, de manière à couvrir les pieds nus de Susan. Puis il regarda de l'autre côté de la chambre, vers Toby, pour s'assurer qu'il était toujours endormi. Toby était moins agité depuis qu'ils l'avaient installé dans leur chambre à coucher, mais il continuait de marmonner dans son sommeil. Très souvent, il se tournait et se retournait violemment dans son lit.

Neil se raidit. Toby était assis sur son lit et le regardait fixement. Son petit visage était blanc... aussi blanc que la lueur argentée de la lune... ses yeux avaient un regard intense et brillant. Il ne souriait pas. Il n'était pas renfrogné. Son expression était calme et parfaitement maîtrisée ; pour cette raison, c'était encore plus terrifiant. Un petit garçon de huit ans sourit, pleure, manifeste une émotion ou une autre, songea Neil. Pourquoi Toby me fixe-t-il de cette façon ?

— Toby, dit-il en un chuchotement hésitant.

Toby continua de le regarder fixement.

— Toby, tout va bien ?

Les yeux de Toby eurent une lueur de méchanceté. Ses traits parurent se modifier et se transformer dans la clarté lunaire ; une couche de traits se superposa sur une autre, jusqu'à ce qu'il eût l'apparence de quelqu'un d'autre... de tout à fait différent. Quelqu'un qui était plus vieux, infiniment plus vieux... et infiniment plus mauvais.

— Toby, insista Neil.

Toby se leva lentement de son lit et parut glisser vers lui. Il s'arrêta à quelques pas de distance, puis il parla avec la voix de Misquamacus... cette voix caverneuse et lointaine qui semblait résonner dans la tête de Neil, tout en provenant de milles innombrables et d'éons incroyablement anciens.

— Tu as parlé au magicien blanc, Erskine, dit Misquamacus.

Neil glissa un pied hors du lit, puis tendit sa jambe vers le plancher. Ses muscles étaient crispés ; il était prêt à plonger vers Toby et à le jeter à terre. Il n'avait pas la moindre idée de ce que Misquamacus pourrait tenter de faire, ni de l'étendue de son pouvoir, mais il voulait être prêt à se battre.

— C'est une bonne chose que tu lui aies parlé, dit Misquamacus. Il va venir, ainsi que mon frère de sang, Singing Rock, ce traître. Je leur montrerai que mon manitou est indestructible et que ma vengeance survit à cinquante mille lunes.

— Tu vas laisser Toby tranquille, dit Neil d'une voix assurée. Je veux que tu quittes le corps de mon fils.

Toby eut un sourire lent et laconique.

— Il n'est pas en ton pouvoir de m'en déloger. Je dois rester jusqu'à ce que je sois prêt. Je suis venu sur les indications de mon guide spirituel blanc, ton ancêtre, et parce que je suis ici avec son consentement, aucune magie au monde ne peut me faire partir.

— Je vais emmener Toby loin d'ici, dit Neil. Nous irons en Europe. N'importe où. Aussi loin qu'il le faudra, pour qu'il ne soit plus sous ton emprise.

Toby secoua la tête. Il souriait toujours.

— Tu ne peux pas emmener l'enfant. Si tu essaies de t'opposer au jour des étoiles sombres, tu mourras encore plus atrocement que n'importe quel autre homme blanc.

Neil sortit du lit et se tint au-dessus de son fils. Il se sentait glacé et terrifié, mais tout à fait décidé. Si Harry Erskine et John Singing Rock avaient déjà détruit Misquamacus dans le passé, ils pourraient certainement le refaire, d'une façon ou d'une autre.

— Je t'avertis, dit-il. Quitte le corps de mon fils. Si tu ne le laisses pas tranquille maintenant, je promets de te mettre en pièces.

Toby tourna sa tête à demi vers le lit où Susan était allongée et dormait. Il la regarda un instant, puis il leva un bras et le tendit dans sa direction. Très doucement, il prononça une incantation :

— Esprit du serpent, esprit de l'orage, esprit des nuages, obéissez-moi.

Brusquement, dans un fracas assourdissant, les fenêtres de la chambre à coucher implosèrent, faisant pleuvoir dans toute la pièce des étoiles de verre. Un vent strident s'engouffra et souffla dans la chambre, un vent aussi froid et mordant que de la glace sèche. Neil fut heurté de côté ; il se cogna contre sa table de chevet et se meurtrit l'épaule contre le bord de son armoire.

Toby resta immobile, insensible à la bourrasque glacée. Il tendit à nouveau son bras vers le lit. Sous le regard horrifié de Neil, les draps se soulevèrent et se tordirent comme une corde, puis ils s'entortillèrent autour du corps de Susan. Malgré l'ouragan, il l'entendit crier, puis hurler : « Neil ! Neil ! » Il la vit se débattre contre les draps de lit. Mais ce vent terrifiant semblait avoir ôté à Neil toute son énergie ; la distance du mur jusqu'au lit avait augmenté d'une façon inconcevable... ce n'était plus des mètres, mais des kilomètres qu'il avait à parcourir !

Neil leva son bras pour protéger ses yeux et aperçut le visage de Toby, figé en un sourire grotesque et cruel ; ses lèvres étaient retroussées, découvrant ses dents. Il y eut un éclair à crever les tympans, suivi d'une vibration sourde qui souleva le plancher et fit perdre son équilibre à Neil. Il heurta à nouveau la cloison.

Susan cria plus fort... un cri de douleur et de terreur. A la lueur de l'éclair tremblotant et grésillant, Neil la vit, cambrée sur le lit, les yeux écarquillés ; ses mains cherchaient à repousser et à arracher les draps. Puis le vent violent déchira sa chemise de nuit en coton, ornée de fleurs ; il la mit en pièces. Les lambeaux de tissu s'envolèrent en tourbillonnant dans la pièce.

— *Susan !* hurla Neil. Il voulut s'élancer vers le lit. Mais les rafales de vent le rejetèrent en arrière. Des éclats de verre volèrent du sol et le blessèrent aux mains et au visage.

Les draps avaient revêtu une masse compacte qui pesait sur le corps de Susan et se tordait entre ses cuisses nues... comme une corde épaisse et animée. A présent Susan était hystérique... elle poussait un cri sans fin qui transperçait la clameur de l'orage et du vent, en une note stridente presque insupportable. Mais les draps la retenaient prisonnière sur le lit, forçant ses épaules contre le matelas et écartant ses jambes.

— Toby ! hurla Neil vers Toby. C'est ta mère ! C'est ta mère !

Le garçon tourna simplement la tête et lui sourit, puis il leva à nouveau son bras vers le lit.

— *Toby!* rugit Neil.

Les draps se frayaient un chemin entre les cuisses de Susan et la pénétraient, en un mouvement saccadé, hideux ; on aurait dit l'arrière-train d'un chien en rut. Un instant, Neil sentit qu'il allait s'évanouir, puis il ouvrit les yeux à nouveau. Cela continuait, c'était réel. Susan, sa femme, était violée sous ses yeux... par ses draps de lit.

Susan poussa un cri suraigu. Il vit du sang pourpre tacher lentement le drap de lin tordu entre ses jambes. Elle commença à se contracter nerveusement et à trembler comme si elle avait une crise d'épilepsie. Les draps de lit poursuivaient leur mouvement saccadé et fébrile. Il y eut un nouvel éclair aveuglant ; le chambranle des fenêtres fracassées vola dans la pièce. Puis, brusquement, ce fut l'obscurité, une obscurité totale ; le vent retomba et mourut sur un sifflement frémissant.

Neil se releva lentement. Peu à peu, par la fenêtre brisée, la lueur de la lune commença à briller de nouveau, douce et blanche au début, puis avec la même intensité et la même clarté qu'auparavant. Il s'approcha en titubant du lit, où Susan était allongée ; les draps froissés recouvraient son ventre. Elle gémissait et marmonnait entre ses dents.

Il la prit dans ses bras, caressa ses cheveux, embrassa son front glacé.

Il bredouilla :

— Susan, ô mon Dieu, pardonne-moi. Susan, pardonne-moi.

Elle ouvrit les yeux et vit que c'était lui. Ensuite elle se mit à sangloter d'une façon incontrôlable. Il la serra contre lui, s'efforçant de la calmer, puis il se tourna vers Toby. Celui-ci était toujours debout, au pied du lit ; ses yeux brillaient d'une lueur amusée et remplie de haine.

— Espèce de salaud, dit Neil entre ses dents.

L'expression de Toby ne changea pas.

— Ce n'est pas pire que ce que les tuniques bleues ont

fait à nos filles, autrefois, dit-il de sa voix lointaine. Et c'est beaucoup moins grave que ce qu'ils ont fait à Tall Bull, à Summit Springs.

— Nom de dieu, Susan *n'était pas* à Summit Springs. Elle n'a jamais vu un seul Indien de toute sa vie, à part ceux, en très petit nombre, qui viennent ici, pour le travail saisonnier d'été. Tu ne peux pas nous punir, génération après génération, pour ce qui a été commis dans le passé ! C'est terminé tout ça, c'est trop tard.

Toby secoua lentement la tête.

— Pour tous ces Indiens qui ont été dépouillés de leurs terres et pour tous ceux qui ont été tués, ce ne sera jamais terminé. Ils vivent dans des réserves à présent, mais ils se souviennent de ce qu'on leur a fait, et ils n'oublieront jamais.

Neil serrait Susan contre lui.

— Certains d'entre eux ont déjà oublié, rétorqua-t-il. Et la plupart d'entre eux ne se souviennent même pas de ce que le jour des étoiles sombres signifie.

— Cela n'a aucune importance, fit Misquamacus. Leur vie de proscrits — dans leur propre pays — suffit pour leur rappeler ce qui s'est passé. Et aucun d'entre eux n'a jamais oublié Misquamacus. Le nom de Misquamacus est un secret indien qui est resté dans leurs cœurs, non divulgué, durant plus de cent ans. A présent il va être révélé à l'homme blanc, et l'homme blanc regrettera amèrement de connaître un secret indien !

Le visage de Toby parut se transformer ; la lueur hostile dans ses yeux commença à décroître, comme la mèche brûlée d'une lampe à pétrole. Un instant, il leva ses petites mains, puis il s'affaissa vers le sol. Neil, rapidement mais doucement, allongea Susan sur le lit, puis marcha sur des débris de verre pour se baisser et le prendre dans ses bras. Le visage de Toby était blême, sa respiration était lourde, mais Misquamacus ne lui avait apparemment fait aucun mal.

— Toby, chuchota Neil. Oh, mon Dieu, pauvre enfant.

Il recoucha le garçon dans son lit et ramena les couvertures sur lui. Puis il retourna auprès de Susan. A présent, elle avait cessé de sangloter. Allongée, elle fixait sur lui un regard choqué et vitreux.

— Que s'est-il passé ? demanda-t-elle d'une voix tourmentée. Je ne comprends pas ce qui s'est passé.

Neil baissa les yeux vers les draps tachés de sang. Dans un accès de rage et de frustration, il les arracha du lit et essaya de les déchirer, de ses mains nues. Il n'y réussit pas très bien. Les draps étaient en pur coton, avec un double ourlet. Finalement, essoufflé, il les jeta dans un coin, à travers la pièce.

— Neil, il y avait un homme, dit Susan d'une voix mal assurée. Un homme de grande taille, portant des colliers et des plumes. Il n'avait pas d'autre vêtement sur lui.

Neil s'assit sur le lit, à côté d'elle, et la prit dans ses bras.

— Il n'y avait rien. Tu as fait un cauchemar, c'est tout.

— Mais il semblait si réel. Je pouvais même le sentir. Il était enduit d'une sorte d'huile. Il s'est mis sur moi. Neil, j'ai essayé de l'en empêcher. *Il était sur moi !*

— Susan, la calma-t-il, il ne s'est rien passé. C'était seulement un cauchemar, je t'assure.

Fronçant les sourcils, toujours hébétée, elle fit glisser sa main sur son ventre, entre ses cuisses, puis elle leva ses doigts vers son visage. Ils étaient foncés et gluants de sang. Elle lança à Neil un regard d'horreur et de désespoir. Ses yeux le suppliaient de lui expliquer cela, de la rassurer, de lui dire que ce qui s'était passé n'était qu'un rêve bizarre... et aussi de le lui prouver.

— J'ai mal, dit-elle dans un souffle. Je suis blessée... dans mon ventre... j'ai mal.

Neil appuya sa main sur ses yeux, épuisé.

— Je vais appeler le docteur Crowder, lui dit-il. Détends-toi, chérie, repose-toi. Ne bouge surtout pas. Cela ne peut pas être très grave.

Il traversa la pièce, jetant un bref regard vers Toby. Son fils était profondément endormi ; sa respiration était régulière et paisible, ses joues avaient repris des couleurs. Neil referma la porte de la chambre à coucher après lui, et descendit au rez-de-chaussée aussi doucement qu'il le pouvait. Il décrocha le combiné et forma le numéro du docteur Crowder.

*
**

Arrivé près de la porte de la cuisine, le docteur Crowder noua la ceinture de son pardessus et mit son chapeau. Neil lui tendit sa trousse de cuir usée, aussi fidèle qu'un vieil épagneul, puis il lui adressa un bref sourire harassé.

— Merci d'être venu, lui dit Neil. J'ai l'impression que nous vous avons pris quelques heures de sommeil, ces derniers temps.

Le docteur Crowder eut une grimace fatiguée et résignée.

— Est-ce très grave? demanda Neil. Je veux dire, cela n'empêchera pas Susan d'avoir d'autres enfants, n'est-ce pas?

Le docteur Crowder secoua la tête.

— Les tissus vaginaux sont lacérés, c'est tout. C'est le genre de lésions que nous associons d'ordinaire à des cas de viol.

— Susan vous a-t-elle dit ce qui s'était passé?

Le docteur Crowder détourna les yeux.

— Apparemment elle ne le sait pas très bien. Elle semble croire que vous avez eu une sorte de dispute.

Neil fut stupéfait.

— Une dispute? De quoi parlez-vous? Nous ne nous sommes pas disputés! Que veut-elle dire par « dispute »?

— Ma foi, il ne m'appartient pas d'interpréter ses paroles, dit le docteur Crowder, mais vous devez admettre que la chambre était plutôt dévastée.

Neil le regarda fixement.

— Vous voulez savoir ce qui a fait ça? La foudre. C'est la foudre qui a mis la chambre dans cet état.

Le vieux docteur évita de croiser son regard.

— Je vois, dit-il d'un ton pesant.

Neil le saisit par l'épaule.

— Docteur... vous ne me croyez pas, c'est cela?

Le docteur Crowder ne répondit pas.

— Vous pensez que je suis fou, dit Neil. Vous pensez que j'ai mis le feu à ma maison, la nuit dernière, et vous pensez que j'ai violé ma propre femme, cette nuit. C'est cela, hein? Vous pensez que je suis bon pour l'asile d'aliénés!

Le docteur Crowder essaya de se dégager, mais Neil le prit par les deux bras et l'obligea à se retourner, pour le regarder en face.

— Vous pensez que je suis en train de sombrer dans la folie, n'est-ce pas? Vous voyez ma chambre à coucher complètement dévastée et, immédiatement, vous en déduisez que je me suis battu avec Susan. Vous voyez du sang sur les draps et vous pensez que je l'ai violentée. Pas un seul instant vous ne pensez que je pourrais dire la vérité, n'est-ce pas?

— La vérité? demanda le docteur Crowder d'une voix mal assurée. Quelle vérité?

— La vérité, c'est que Toby est possédé par le plus grand homme-médecine Peau-Rouge qui ait jamais existé. La vérité, c'est qu'il a invoqué la foudre pour dévaster la chambre, et un vent qui vous empêchait de rester debout. La vérité, c'est qu'il a ordonné aux propres draps de Susan de la violer, pour se venger de la façon dont les hommes blancs violaient des femmes indiennes.

Le docteur Crowder pouvait seulement le regarder fixement. Il y eut un long silence embarrassé. La pendule en bois de pin, au mur de la cuisine, marqua trois heures et se mit à carillonner.

Finalement, le vieux docteur ouvrit la porte de la cuisine et dit :

— Regardez au-dehors, Neil. Que voyez-vous?

Neil refusa de regarder, tout d'abord, puis il lança un regard de côté et aperçut la nuit sombre et paisible.

— Je vois la cour de ma maison, dit-il d'une voix enrouée.

— C'est exact, acquiesça le docteur Crowder. Et est-ce qu'il pleut dehors? Neil secoua la tête.

— Est-ce qu'il neige? Y a-t-il du tonnerre? Des éclairs? Y a-t-il le moindre souffle de vent?

— C'est une nuit plutôt chaude, répondit Neil.

— C'est exact, lui dit le docteur Crowder. Une nuit plutôt chaude et paisible. Pas d'éclairs, pas de vent. Pas même une petite brise. Et vous voudriez me faire croire que votre chambre à coucher a été dévastée par un orage ?

— *C'était de la magie!* hurla Neil. *Cet orage a été produit par une incantation magique!*

Le docteur Crowder eut l'air embarrassé. Pourtant il prit la main de Neil et la serra, puis il dit :

— Je repasserai dans la matinée pour voir comment va Susan. Elle dort maintenant. Un léger sédatif. Je crois qu'il serait plus sage que vous dormiez un peu, vous aussi. Je le pense vraiment, Neil. Vous travaillez certainement trop.

Neil était sur le point de faire un nouvel éclat, puis il réussit à se dominer, hocha la tête et dit :

— Entendu, docteur. J'essaierai. Je vous verrai demain matin.

Il referma la porte de la cuisine, après le départ du docteur Crowder, et tira vers lui l'une des chaises de la cuisine. Il resta assis, devant la table, presque dix minutes, tandis que tous les événements de cette nuit de cauchemar repassaient et tournoyaient dans sa tête. Avec une netteté étrange, il revoyait sans cesse les mouvements saccadés, sexuels, des draps de Susan, et l'expression de triomphe maléfique sur le visage de Toby.

Au bout d'un moment, il se leva pour se faire une tasse de café. Il aperçut le reflet de son visage sur la vitre obscure de la fenêtre, et trouva qu'il avait l'air épuisé… lessivé. Il remplit la cafetière électrique et alla prendre dans le placard le café instantané.

La pendule sonna la demie. Il traversa la cuisine jusqu'à l'évier pour poser sa tasse sur l'égouttoir. A cet instant, il réalisa avec horreur que quelqu'un — ou quelque chose — le regardait fixement. Il se retourna vivement, terrifié, et aperçut un visage blême pressé contre la vitre de la fenêtre.

6.

— J'espère que je ne vous ai pas trop effrayé, dit Harry Erskine.

Neil, encore sous le choc, lui adressa un sourire incertain.

— J'étais juste énervé, c'est tout. Et je ne vous attendais pas avant le matin.

Harry remua son café, puis posa la cuillère sur la soucoupe.

— Ma journée était terminée, et ma petite amie a attrapé la varicelle ; aussi j'ai pris le premier avion qui décollait. A part moi, il y avait cinquante-cinq rabbis à bord ; c'est pourquoi j'ai estimé que le vol se passerait sans histoire.

— Vous avez loué une voiture à l'aéroport ?

— Elle est garée au fond de votre cour. Une Pinto jaune avec un embrayage qui patine. Mais que pouvez-vous espérer, pour quatre dollars par jour ?

Harry était un homme de trente-cinq ans, aux épaules voûtées ; il avait un penchant évident pour les costumes indéfroissables et les chemises que l'on fait sécher au-dessus de la baignoire. Il aurait pu avoir l'air distingué, sans ses traits faciaux qui semblaient ne pas aller les uns avec les autres. Son nez était un peu trop gros, ses yeux un peu trop enfoncés, son menton raisonnablement volontaire mais trop charnu. Ses cheveux gris souris commençaient à s'éclaircir ; ses joues avaient la pâleur permanente de la Dixième avenue.

— Vous voulez manger quelque chose? demanda Neil. Je peux vous préparer des œufs.

— Hon-hon. Laissons cela jusqu'à demain matin. Vous en avez assez fait pour cette nuit, sans, en plus, vous lancer dans la grande cuisine.

Neil s'assit devant la table.

— Vous dites que vous êtes devin? demanda-t-il à Harry. Je n'aurais jamais cru que l'on pouvait gagner sa vie de cette façon.

— Et vous avez entièrement raison, répondit Harry. Je travaille en *free-lance* pour mon ancienne maison de pub, ce qui me permet de joindre les deux bouts. Mais je préfère être mon propre patron, vous savez, et je me défends en tant que devin. Je dis la bonne aventure aux vieilles dames, en leur tirant les cartes du tarot, et je serre très fort les mains des jeunes femmes et leur dis ce que je vois dans leurs paumes. D'ordinaire, je leur prédis un dîner avec moi, dans un restaurant italien bon marché, suivi d'un dernier verre avant de se coucher, à mon appartement.

— Vous ne semblez pas prendre cela très au sérieux.

Harry le regarda.

— Je prends Misquamacus au sérieux. Ce que je fais pour vivre, ce sont des bêtises. Mais Misquamacus, et les esprits qu'il peut évoquer, c'est une autre affaire.

Neil se versa une tasse de café et but à petites gorgées.

— Il y a une chose que je ne comprends pas : si vous avez déjà détruit Misquamacus dans le passé, comment peut-il revenir une nouvelle fois?

— Pour les détails, vous devrez interroger John Singing Rock, répondit Harry. Mais voici comment je vois les choses : un manitou est indestructible, comme un esprit. Il vit éternellement, et même le plus grand des dieux ne peut le détruire. Tout ce que vous pouvez espérer faire, lorsque vous affrontez un manitou réincarné comme Misquamacus, c'est de rompre les charmes qui le lient à sa forme physique. La première fois que nous avons eu affaire à Misquamacus, il s'était réincarné dans le corps d'une jeune femme que je connaissais. En fait, il est né une seconde fois, comme un fœtus. Mais nous avons réussi à utiliser la force électrique d'un ordinateur pour le détruire[1]. Du

1. *Manitou* v. note p. 111

moins, c'est l'explication la plus simple que je peux vous donner sur ce qui s'est passé.

— Et maintenant ? demanda Neil. Que va-t-il faire à Toby ?

Harry secoua la tête.

— Je ne sais vraiment pas. J'en ai parlé à Singing Rock ; il devait consulter certains anciens de sa tribu, des hommes-médecine. Voyez-vous, indépendamment de ce que Misquamacus a décidé de *faire*, il a apparemment tiré certaines leçons de notre dernière rencontre. La dernière fois, il s'était réincarné depuis le XVIIe siècle ; c'était certainement son premier bond dans le temps. Il était seul, et il a été pris au dépourvu. Lorsque nous avons trouvé le moyen de nous débarrasser de lui, le combat n'a pas été trop inégal. Mais cette fois... eh bien, Dieu seul le sait. Apparemment, il s'est trouvé un tas d'amis, et il a découvert la façon de se réincarner, sans être obligé de se développer comme un fœtus.

— Il est en train de se développer dans l'esprit de Toby, dit Neil. Je m'en rends parfaitement compte. Je regarde Toby, et ce n'est absolument pas Toby.

— Misquamacus est quelqu'un de très puissant, reprit Harry. Il est également acharné et veut se venger. Si je ne savais pas qu'il va revenir et qu'il me trouvera, d'une façon ou d'une autre, je me serais arrangé pour rester à l'écart de ce qui se passe ici, autant que cela soit humainement possible. Ne prenez pas cela pour vous, bien sûr.

Neil finit de boire son café et alla mettre leurs tasses dans l'évier. Il dit :

— Je tiens à vous remercier, en tout cas. Vous avez pris la peine de venir jusqu'ici. Je connais un tas de gens qui ne se seraient pas dérangés. A commencer par la moitié de cette foutue ville.

— Ils vous mènent la vie dure ?

— Ils me prennent pour un fou. Et cette nuit, après cette histoire avec les draps, ils pensent même que j'ai violenté Susan. Si je n'agis pas très vite, ils vont me faire enfermer, ou me chasser d'ici. Même Susan ne me croit pas.

Harry sortit de la poche de sa veste un paquet de fils dentaires, parfumés à la menthe, et en détacha un.

— Vous en voulez? demanda-t-il.

— Non merci.

— Dans mon esprit, cela m'aide à ne plus fumer, expliqua Harry, en glissant le fil dentaire entre ses gencives et en lui imprimant un mouvement de va-et-vient. Et cela doit faire également des miracles, en principe, en ce qui concerne les factures du dentiste.

— Voulez-vous voir Toby? demanda Neil.

— Bien sûr. Il est en haut, en ce moment?

— Il dort. Je suppose que Misquamacus réserve ses forces pour plus tard

— Et votre femme?

— Le docteur lui a donné un sédatif. Elle ne se réveillera pas.

Harry jeta son fil dentaire dans le cendrier et se leva.

— C'est bon, dit-il avec un pâle sourire. Je me sens un peu comme saint George s'apprêtant à jauger le dragon, en vue d'un nouveau match.

Neil ouvrit la porte donnant sur l'escalier et le précéda jusqu'au palier. En haut, tout était sombre et tranquille ; le tic-tac de l'horloge de parquet était le seul bruit qui parvenait à leurs oreilles.

— Vous voulez bien me montrer d'abord l'armoire? chuchota Harry. Celle d'où est sorti l'homme en bois?

— Bien sûr, dit Neil, en suivant le couloir. Elle se trouve dans cette chambre.

Il ouvrit la porte de la chambre de Toby. Il avait cloué une plaque d'isorel sur la fenêtre. La pièce était plongée dans l'obscurité ; elle sentait toujours la cendre et la fumée. Harry jeta un regard prudent dans la chambre, puis s'avança et alla jusqu'à l'armoire en noyer.

— C'est cette armoire?

Neil aquiesça de la tête.

Harry l'ouvrit et regarda à l'intérieur.

— Nous avons eu quelque chose de semblable, la dernière fois, mais c'était loin d'être aussi dramatique. Misquamacus s'est manifesté à nous... sa tête a surgi d'une table massive en merisier... c'était réellement terrifiant.

Il referma la porte de l'armoire.

— Misquamacus est un Indien des bois, vous savez, de

Manhattan à l'origine ; dans d'autres vies, il habitait près de la Miskatonic River, et dans certaines des forêts au fin fond du Massachusetts. C'était un Algonquin, et un Wampanoag ; il a sans doute fait partie d'une dizaine d'autres tribus. Singing Rock en sait beaucoup plus sur lui. Après l'avoir réexpédié dans l'autre monde, Singing Rock a fait des recherches très approfondies concernant Misquamacus.

Neil passa sa main dans ses cheveux.

— Je me demande vraiment ce que j'aurais fait si je ne vous avais pas trouvé, dit-il.

— Ne vendez pas la peau de l'ours avant de l'avoir tué, l'averti Harry. D'après ce que j'ai vu de Misquamacus la dernière fois, l'enfer pourrait être une alternative beaucoup plus agréable.

Ils sortirent de la chambre de Toby et s'avancèrent silencieusement dans le couloir, jusqu'à la chambre à coucher principale. Neil leva son doigt vers ses lèvres et ouvrit doucement la porte, faisant signe à Harry de le suivre.

Toby et Susan dormaient profondément. La lune avait disparu à présent ; la chambre était envahie par les ombres. Le cadran lumineux de la pendulette de chevet, qui égrenait son tic-tac dans le coin, indiquait trois heures et demie.

— C'est votre fils ? demanda Harry, se baissant à côté du lit de Toby. Il effleura la joue empourprée du garçon, puis caressa ses cheveux ébouriffés. Toby s'agita légèrement, sa petite main s'entrouvrit, mais sa respiration resta calme et unie.

— L'ennui, c'est que nous avons affaire à une guerre, chuchota Harry. Il ne s'agit pas simplement d'un être maléfique qui cherche à se réincarner. C'est la nation peau-rouge tout entière qui lutte pour se venger de la nation blanche. C'est une véritable guerre.

Il se releva, les yeux toujours baissés vers Toby.

— Et le plus triste, dans les guerres, c'est que ce sont toujours les personnes innocentes qui en pâtissent le plus.

Neil observait Harry avec lassitude.

— Vous voulez dormir un peu ? lui demanda-t-il. Il y a

un grand divan dans la pièce de devant, et je peux vous trouver des couvertures.

— Oui, bien sûr, répondit Harry. Avez-vous déjà essayé de dormir dans un avion qui transporte cinquante-cinq rabbis? Durant tout le vol, ils n'ont pas arrêté de jacasser et de dire qu'ils allaient bientôt voir Carole Doda. Parfois je suis très content que ma mère soit catholique.

Contournant le lit, Neil alla s'assurer que Susan était bien au chaud et à son aise. Il se pencha sur elle et l'écouta respirer régulièrement, un moment, mais il ne l'embrassa pas, et ne la toucha pas. Il avait l'impression de lui avoir fait défaut, en quelque sorte, de n'avoir pas su la protéger comme un mari était tenu de le faire. Apparemment, la seule façon de réparer ce qui s'était produit, était de détruire Misquamacus, de délivrer sa maison et sa famille de la terrible malédiction qui semblait s'être abattue sur eux.

Harry l'attendait près de la porte; sa silhouette se découpait sur la lumière émanant du couloir. Il dit :

— Ça va? Je crois qu'un peu de sommeil ne vous ferait pas de mal non plus.

Neil jeta un dernier regard vers la chambre à coucher, puis hocha la tête.

— A dire vrai, je me sens désorienté.

Il était sur le point de refermer la porte lorsqu'il entendit Toby s'agiter dans son lit. Le garçon poussait des petits cris plaintifs et geignait; un moment, il parut se débattre avec ses draps. Harry se retourna et leva un sourcil interrogateur, mais Neil dit :

— Je pense que tout va bien. Son sommeil a été plutôt agité, depuis que ces rêves ont commencé.

Harry émit un petit grognement nerveux et garda un œil sur le corps de Toby endormi, jusqu'à ce que Neil ait refermé la porte. Ce fut seulement alors qu'ils se trouvaient à mi-chemin dans le couloir que tous deux sentirent une onde étrangement froide dans l'air, comme si une vague avait soudainement ondoyé sous le tapis. L'horloge au fond du couloir cessa brusquement de tictaquer; il y eut une odeur âcre dans l'air, comme celle d'un court-circuit.

Harry annonça d'une voix caverneuse :

— Il sait que je suis là.

— Comment peut-il le savoir? demanda Neil.

— Il le sait, c'est tout. C'est ce qu'il attendait.

Neil regarda Harry ; son visage était creusé par la fatigue et l'anxiété.

— J'espère simplement que nous trouverons la force nécessaire pour combattre cette créature, dit-il d'une voix rauque. Je le souhaite de tout mon cœur.

*
**

Le dimanche après-midi — un après-midi sec et venteux, avec des tourbillons de poussière et des journaux tournoyant dans le ciel, au gré des bourrasques — Harry, Neil et Toby firent le tour de Bodega, pour rendre visite aux compagnons de classe de Toby, chez eux. Toby était resté silencieux et pâle toute la matinée, mais il n'avait fait aucune objection lorsque Neil l'avait poussé vers la Pinto délabrée, lui demandant d'indiquer à Harry les maisons où habitaient ses amis. Aujourd'hui il était Toby ; il n'y avait aucun signe de la personnalité maléfique de Misquamacus, même s'il se montrait apathique et distrait, contrairement à son habitude. Si Neil n'avait pas su ce qui n'allait pas chez lui, il aurait pu en déduire que Toby couvait une bonne grippe.

— Singing Rock a dit qu'il était très important pour nous de jeter un coup d'œil au camp adverse, fit remarquer Harry, fumant une Camel Light durant la moitié du parcours et jetant le mégot par la vitre baissée. Il a dit que nous devions trouver des noms, des indices, tout ce qui peut nous apprendre qui sont ces vingt-deux hommes-médecine. Certains d'entre eux, même les plus illustres, ont leurs points faibles ; nous pouvons nous en servir pour les détruire.

— Vous pensez que les camarades de classe de Toby vont vraiment nous dire tout cela?

Harry secoua la tête.

— Non, bien sûr. Mais nous devons faire tout notre possible. Même si nous ne trouvons qu'un seul nom, ce sera toujours quelque chose.

— Ici, dit Toby d'une voix terne. C'est la maison d'Andy Beaver, juste à droite.

Ils se garèrent devant une petite maison en planches, avec une véranda immense et une cour remplie de mauvaises herbes et des poules qui se déplaçaient d'un air important. Henry Beaver, en bleu de travail et bretelles, était assis dans un fauteuil, sur la véranda ; il lisait l'édition du dimanche du *San Francisco Examiner*. Andy faisait des bonds dans l'herbe, armé d'un revolver en plastique, et jouait à l'explorateur.

Harry descendit de la voiture et s'adossa à celle-ci.

— Comment allez-vous ? lança-t-il à M. Beaver.

Henry Beaver replia son journal, le laissa tomber à côté de lui, puis croisa ses bras sur son énorme ventre.

— Comment allez-vous, vous-même ? répondit-il.

Neil descendit de voiture à son tour, plus précautionneusement.

— Bonjour, Henry, dit-il avec un sourire gauche.

Henry Beaver ne lui retourna pas son sourire.

— On chasse toujours les fantômes, Neil Fenner ? demanda-t-il. Vous en avez attrapé ?

Harry referma la portière de la Pinto et traversa la cour jusqu'à la balustrade de la véranda de M. Beaver. Il posa ses bras sur la barre en bois, puis cala son menton sur ses bras. Il regarda M. Beaver d'un air très sérieux. M. Beaver, indécis et troublé, décocha un regard à Neil, en quête d'une sorte d'explication. Neil resta impassible.

— Monsieur Beaver, commença Harry, d'un ton bénin, j'arrive de New York — j'ai pris l'avion, hier soir — parce que j'ai appris les ennuis de M. Fenner, ici, à Bodega.

Henry Beaver le regarda de haut en bas.

— Vous n'êtes pas du FBI, hein ? voulut-il savoir.

Harry secoua la tête.

— Je suis un enquêteur d'un genre particulier. Je m'occupe de tout ce qui a trait aux spectres et aux apparitions. Je suis un occultiste, si vous voyez ce que je veux dire.

— Pas vraiment, répliqua Henry Beaver d'un air méfiant. C'est quelque chose qui a un rapport avec des tests pour les yeux, n'est-ce pas ?

— Vous voulez parler d'un oculiste, dit Harry d'une voix mielleuse, tel un représentant de commerce faisant son boniment. En fait, vous avez presque raison. Je fais des enquêtes sur des choses étranges que des gens ont vues ; j'essaie de déterminer la part de vérité dans leurs affirmations. Vous me suivez?

— Vous voulez dire des fantômes, des trucs comme cela?

— Eh bien, oui, si vous tenez à présenter les choses de cette façon.

Henry Beaver secoua lentement la tête et ramassa son journal.

— Je regrette, monsieur, mais personne n'a aperçu de fantômes dans le coin, à l'exception de Neil Fenner, ici présent. (Le visage inexpressif, il désigna Neil d'un mouvement de la tête.) La vérité, c'est que nous ne croyons pas à ce genre de stupidités par ici, point final.

Cette déclaration ne découragea pas Harry. Il monta les marches de la véranda et s'assit au bout de la chaise longue de M. Beaver.

— Monsieur Beaver, dit-il, vous ne devriez pas être aussi emporté. Voyez-vous, la vérité dans cette affaire, c'est que des enfants d'âge scolaire, dans toute la Californie, et particulièrement dans ces régions, ont vu des apparitions tout à fait dignes de foi. Et les personnes pour qui je travaille seraient très désireuses de recueillir des informations de première main.

— Quelles personnes? demanda Henry Beaver. Il ne semblait toujours pas convaincu.

— L'association américaine de Recherches occultes.

Henry Beaver renifla.

— Ah oui? Et alors?

— Et alors, il est fort possible que votre fils Andy ait vu quelque chose et qu'il ne vous en ait pas parlé, reprit Harry. Il a très bien pu apercevoir un fantôme ou un genre de spectre, et ne pas avoir eu l'idée de vous le dire. Peut-être a-t-il pensé que vous vous moqueriez de lui. Peut-être a-t-il seulement oublié de vous en parler.

— Andy? dit M. Beaver, en regardant furtivement de côté. (Il était de plus en plus perdu.)

— Exactement, Andy, dit Harry. Et le côté agréable de toutes ces enquêtes, c'est que nous sommes prêts à verser cent dollars pour chaque observation authentifiée d'un phénomène surnaturel.

Il sortit son portefeuille en cuir usé et prit un billet de dix dollars, qu'il agita sous le nez de M. Beaver. Neil eut l'impression que c'était tout l'argent qui lui restait.

— Vous voyez ce billet? sourit Harry. Vous pouvez l'avoir — celui-ci et neuf autres, identiques — si Andy a vu un fantôme et si son observation est authentifiée.

Les yeux d'Henry Beaver suivaient le mouvement du billet. Puis, le regard toujours collé sur le billet, il appela, du coin de la bouche :

— Andy! Arrive tout de suite ici, fiston!

Andy Beaver, les joues empourprées et les cheveux ébouriffés, apparut, faisant le tour de la maison. Il tenait toujours son revolver en plastique dans sa main. Il fronça les sourcils vers Harry, puis vers son père. Henry Beaver lui fit signe d'approcher et dit :

— Ce monsieur voudrait te poser quelques questions, mon garçon. Tu peux y aller... réponds-lui de la meilleure façon que tu pourras.

Andy lorgna au-dehors, vers la Pinto.

— Bonjour, monsieur Fenner, lança-t-il, et il fit un salut de la main à Toby.

Harry le surveillait attentivement, prêt à déceler le moindre signal ou un geste particulier de la main. Apparemment, c'était seulement un écolier disant bonjour à un autre écolier.

Harry passa son bras autour des épaules d'Andy, et l'emmena vers un coin tranquille de la véranda. Il se percha sur la balustrade ; Andy attendait, la tête levée vers lui, les mains enfoncées dans les poches de ses jeans, ses yeux plissés contre le soleil.

— Toby m'a dit que tu faisais des cauchemars, déclara Harry. Que tu rêvais de sang et de massacre.

Andy détourna les yeux, sans répondre.

— Il a dit que tu faisais des cauchemars, concernant Allen et le jour où les Wappos ont attaqué par surprise Dunbar et les autres colons, là-bas, à Conn Creek.

Andy se tourna vers lui, toujours sans rien dire.

Harry poursuivit :

— Toby m'a dit que tu faisais partie des vingt-deux.

Les yeux d'Andy se posèrent sur Harry, avec un regard étrangement lumineux. Ils étaient d'un bleu pâle ; comme il le regardait fixement, ils semblèrent s'élargir et d'assombrir. Harry avait du mal à imaginer que c'étaient les yeux d'un petit garçon, âgé de huit ou neuf ans. Ils paraissaient contenir un savoir infini, une connaissance inouïe, comme détachés de ce monde par leur malveillance.

— Tu es Harry Erskine, dit Andy. Nous t'attendions depuis longtemps.

— Toi et Misquamacus? demanda Harry, s'efforçant de paraître calme.

Une poule grimpa sur la véranda, tendit sa tête d'un air interrogateur puis repartit à petits pas.

— Tu ne découvriras rien, grogna Andy. Je sais pourquoi tu es venu, mais tu ne découvriras rien. Le jour est fixé, et tu ne peux pas l'empêcher.

— Le jour des étoiles sombres?

— Le jour où la bouche viendra du ciel.

Harry prit une cigarette et l'alluma avec le Dunhill gravé que John Singing Rock lui avait envoyé pour Thanksgiving. Il souffla la fumée, du coin de la bouche, et regarda Andy attentivement. Il essayait de déceler quelle sorte de personnalité peau-rouge se dissimulait dans le cerveau du petit garçon. Son esprit n'était certainement pas aussi éblouissant que celui de Misquamacus, à en juger par ses précédentes rencontres avec le plus grand de tous les faiseurs de prodiges. Mais il était digne, puissant et fier. Harry était sûr et certain qu'il était tout à fait capable, à lui tout seul, de les anéantir tous... lui, Neil Fenner, Singing Rock et la moitié de Bodega.

— Vous allez invoquer Ossadagowah? demanda Harry.

Andy ne répondit pas, mais continua de le regarder fixement.

— D'après ce que je sais, ce serait plutôt dangereux pour tous ceux se trouvant à proximité, y compris pour des Indiens, fit observer Harry. Ossadagowah n'est-il pas ce puissant démon que personne ne peut renvoyer vers les étoiles? Le démon qui repart vers le Dehors, seulement s'il en a envie?

— Tu crois savoir beaucoup de choses, homme blanc, répondit Andy d'une voix rauque, mais ta connaissance ressemble à un grain de sable dans le désert. Elle ne t'aidera pas, et elle n'aidera pas non plus ton ami, ce traître de Singing Rock.

Harry haussa les épaules.

— Qui sait? Nous avons déjà battu Misquamacus.

— Vous n'avez remporté aucune victoire. Ce que vous avez fait a seulement servi à lui donner plus de force que jamais. Cette fois, il reviendra avec tous ses pouvoirs intacts, et vous comprendrez, avant de mourir, ce que signifie vraiment une puissante médecine.

Harry fuma un moment, en silence. Puis il dit :

— Entendu. Tu viens de me prévenir. Le jour des étoiles sombres est imminent, et vous allez nous rentrer dedans. Du moins, c'est ce que vous vous imaginez.

Andy lui fit un petit sourire, plutôt déplaisant. Puis il tourna légèrement la tête, de telle sorte qu'il regardait dans la direction de la Pinto en location. Il croisa ses bras sur sa poitrine et répéta trois fois :

— An-hut-ko, an-hut-ko, an-hut-ko.

Harry se retourna. De la fumée commençait à apparaître de sous le capot de la Pinto, et sortait des custodes des roues arrière. Il cria à tue-tête :

— *Neil! Faites sortir Toby de cette voiture*!

Neil, tétanisé et surpris, poussa aussitôt le siège avant pliable et arracha Toby de la banquette arrière.

— *Courez! Fichez le camp!* hurla Harry.

Henry Beaver s'était extirpé de sa chaise longue et regardait Harry avec stupeur. Ensuite, il y eut un fort crépitement; des flammes commencèrent à monter du radiateur de la Pinto et des orifices d'aération.

— Votre foutue bagnole a pris feu! dit M. Beaver, d'un ton incrédule. Vous n'allez pas laisser brûler votre foutue bagnole, juste devant ma maison!

Il y eut une explosion assourdie, au sein des flammes qui ondoyaient. Des débris de la voiture volèrent lentement dans les airs, laissant une traînée de feu et de fumée. Harry, qui se tenait sur la véranda, fut heurté au bras par un ressort de la banquette ; un long morceau de pare-chocs vola à travers la cour et atterrit sur le toit de M. Beaver.

Tous les cinq restaient figés sur place, regardant les vestiges de la voiture en train de se consumer. Un couple de voisins arriva de l'autre côté de la rue et regarda également. Au bout d'un moment, un homme survint avec un tuyau d'arrosage de jardin et éteignit les dernières flammèches.

Neil, serrant la main de Toby dans la sienne, rejoignit Harry sur la véranda, les yeux écarquillés et secoué. Toby semblait presque indifférent. Même lorsqu'il s'approcha d'Andy, il ne montra aucun signe de surexcitation enfantine et ne manifesta aucun désir de parler de l'explosion.

— Que s'est-il passé ? demanda Neil. Qu'est-ce que cela signifie ?

Harry se frotta les yeux, puis décocha un regard sarcastique à Andy.

— Rien, dit-il, grimaçant un sourire. C'était seulement l'une de ces petites punaises dont Ford n'a pas encore réussi à se débarrasser tout à fait.

— Mais cette satanée bagnole...

— Neil, dit Harry d'un ton sérieux. Laissons tomber tout cela, d'accord ? Je pense que nous devons en parler ailleurs, en privé.

Andy, qui paraissait quelque peu abasourdi, demanda :

— La voiture a explosé ? Nom d'un chien... cette voiture a vraiment explosé ?

Harry tapota les cheveux d'Andy.

— Eh oui, fiston, dit-il. Elle a explosé. C'est seulement un petit truc que j'utilise pour attirer l'attention des gens.

Henry Beaver, grattant son maillot de corps, survint et dit :

— Vous n'allez pas laisser cette épave ici, j'espère ? Et mes cent dollars ?

Harry soupira.

— Je suis désolé, monsieur Beaver. Ce que votre fils a vu est très loin d'être une manifestation surnaturelle authentique. En fait, je serais presque tenté de dire que c'est lui qui *me* doit de l'argent, tellement cette manifestation était loin d'être authentique.

— Il *vous* doit de l'argent? fit M. Beaver, d'un ton incertain.

— Bien sûr. Mais nous pouvons facilement régler cette question, je pense. Vous faites enlever cette épave pour moi, et nous oublierons toute cette affaire.

Ils restaient immobiles — formant un groupe tendu et silencieux — personne ne riait. Andy leva les yeux et regarda Harry. Derrière son expression enfantine, il y avait des profondeurs de mystères très anciens et cachés. Toby leva les yeux à son tour ; ils étaient encore plus cruels. Les yeux de Misquamacus... celui qui pouvait invoquer les démons qui n'ont pas de forme humaine.

— Neil, je pense que nous ferions mieux de partir, dit Harry.

***

Lorsqu'ils furent de retour — ils avaient pris un taxi — à la maison de Neil, sur les collines du Pacifique, une note les attendait sur la table de cuisine, calée entre le poivrier et la salière. Neil la lut rapidement, puis froissa le morceau de papier et le jeta à la poubelle.

— Elle est retournée chez sa mère? demanda doucement Harry, en prenant un biscuit dans le bocal posé sur le buffet et en mordant dedans.

— Quelque chose comme cela. Elle va passer quelques jours chez le docteur Crowder et sa femme qui se mêle de ce qui ne la regarde pas.

— Et elle nous a préparé un excellent repas avant de partir, je suppose? fit remarquer Harry.

— N'êtes-vous jamais sérieux? lança Neil d'un ton sec. Mon fils est en train de devenir fou, habité par l'esprit d'un Peau-Rouge, ma femme me plaque, et tout ce que vous trouvez à faire, c'est de débiter des plaisanteries vaseuses.

Harry grimaça en manière d'excuse.

— Dites-moi donc ce que vous pouvez faire d'autre, lorsque vous êtes confronté à une extermination presque certaine.

— Ce qui veut dire?

Harry prit un autre biscuit et commença à le mâchonner.

— Cela veut dire que nous n'avons pas la moindre chance de nous en tirer. Vous avez vu la voiture exploser? Vous savez qui a fait ça?

— Non. Était-ce Toby?

— Hon-hon. C'était Andy. Il a simplement croisé les bras, prononcé quelques mots, et cette foutue bagnole s'est embrasée comme une torche.

— Je ne comprends pas, dit Neil. Il aurait pu faire du mal à Toby, et si Toby est habité par Misquamacus...

— Je ne crois pas que cela aurait fait une différence si vous aviez laissé Toby assis sur la banquette arrière. Misquamacus maîtrise le feu, comme il maîtrise le bois et l'eau. Je ne voulais prendre aucun risque, c'est tout.

Neil laissa échapper un long soupir découragé.

— Peut-être devrais-je téléphoner à Susan? suggéra-t-il.

Harry secoua la tête.

— Elle est probablement plus en sécurité, là où elle se trouve en ce moment. C'est nous — vous, moi et Singing Rock — qui allons devoir soutenir le plus fort de l'attaque. Comme je l'ai dit, je ne pense pas que nous ayons une très grande chance de nous en sortir. Misquamacus est décidé à nous avoir, cette fois... nous et quelques centaines de milliers d'autres personnes de race blanche, et il ne flanchera pas.

Il y eut un long silence. Puis Neil demanda calmement :

— Harry?

— Qu'y a-t-il?

— Eh bien, c'est une idée qui m'est venue, la nuit dernière, lorsque ces draps ont agressé Susan.

Harry ne regarda pas dans sa direction, à dessein, et termina ses biscuits, puis il sortit son paquet de Camel Light.

Neil poursuivit :

— A mon avis, l'une des raisons pour lesquelles Misquamacus a choisi Toby et les autres enfants de sa classe, c'est parce qu'il voulait faire sa réapparition — lui et les hommes-médecine — dans le corps de personnes dont la communauté, en temps ordinaire, ne se méfie pas et n'a aucune raison de se protéger. Je m'explique... s'il avait choisi vingt-deux forçats de Folsom, nous aurions pu facilement les éliminer, sans aucune hésitation.

Il y eut un nouveau silence, puis Neil dit :

— La nuit dernière, j'ai songé très sérieusement à prendre mon fusil de chasse et à faire sauter la tête de Toby.

Harry alluma une cigarette et considéra Neil avec attention, à travers la fumée montant vers le plafond.

— Bien sûr que vous avez songé à cela, dit-il.

— Vous n'êtes pas choqué ?

— Pourquoi le serais-je ? Des quantités de pères ont envoyé leurs fils à la mort pour protéger leurs pays respectifs. Pourquoi seriez-vous différent ?

— C'est mon seul enfant Harry.

Harry se leva et marcha jusqu'à la porte de la cuisine. Elle était ouverte. Le vent était un peu retombé, à présent ; le soleil brillait dans un ciel brumeux. Quatre ou cinq oiseaux prenaient un bain de poussière, juste devant la porte de la cave.

— En l'occurrence, dit Harry, il est heureux pour vous que vos sentiments vous aient empêché d'aller prendre votre fusil. Tout objet manufacturé, qu'il s'agisse d'un pot de terre, d'un couteau, d'un arc, d'une flèche ou d'un fusil calibre 12, abrite en lui une sorte de manitou. Cette table a un manitou, cette porte a un manitou, bien qu'il s'agisse évidemment d'esprits très inférieurs, et inoffensifs. Mais les ennuis commencent lorsque vous essayez de braquer une arme sur un puissant faiseur de prodiges comme Misquamacus. Il peut, en fait, commander au manitou qui se trouve à l'intérieur de votre arme, peut-être même au manitou de la balle que vous tirez, et il peut tourner contre vous votre propre arme.

— Vous plaisantez, hein ? fit Neil. Vous voulez dire que nous ne pouvons pas nous servir d'armes à feu contre ces hommes-médecine ?

— En aucun cas. A moins de vouloir provoquer notre propre massacre en dix secondes pile, sans même une pause pour les spots publicitaires.

— Seigneur, souffla Neil. Je n'aurais jamais pensé à cela.

Harry se détourna de la porte.

— C'est ainsi, dit-il. Notre culture est européenne, fondamentalement, et nous avons des idées européennes, concernant la religion et la spiritualité. Ce qui fait de nous des étrangers dans ce pays ; nous n'avons pas une réelle compréhension des esprits qui vivent dans le sol, les rochers et l'eau. Les Indiens ont passé des milliers d'années à apprendre à les connaître, à les comprendre. Ils savent comment les évoquer, et ils savent comment les contrôler. Dans ce domaine, nous pataugeons littéralement, Neil, sans aucune aide spirituelle à appeler en renfort. Toutes les chances sont contre nous. Ils vont...

A ce moment, Toby entra dans la cuisine avec son gant de base-ball. Harry changea du sujet, au milieu de sa phrase, et poursuivit avec faconde :

— ...m'envoyer une nouvelle voiture de location, dans la matinée, dès l'ouverture de leurs bureaux.

Toby ne fit pas attention à lui et demanda à son père :

— Je peux aller jouer dans la cour, p'pa ?

— Bien sûr, du moment que tu ne t'éloignes pas.

— Maman va revenir aujourd'hui ?

— Peut-être, répondit Neil en haussant les épaules. Lorsque nous aurons réglé tous nos problèmes.

— Papa..., commença Toby.

Neil leva les yeux. Un bref instant, il avait entendu Toby parler comme il avait l'habitude, de le faire. Toby, le petit garçon. Même Harry se retourna, puis il regarda de nouveau vers Neil et haussa un sourcil interrogateur.

— Qu'y a-t-il, Toby ? demanda doucement Neil.

Toby cligna des yeux, comme s'il avait pensé à quelque chose, puis l'avait oublié. Son regard se voila à nouveau.

— Rien du tout, p'pa.

Il sortit dans la cour pour jouer avec sa balle. Harry s'assit devant la table, un moment, et finit de fumer sa cigarette.

Le jour commença lentement à s'assombrir.

*
**

Le matin suivant, Harry accompagna Neil comme celui-ci emmenait Toby à l'école. Ils étaient assis côte à côte sur la banquette avant de la camionnette ; ils ne disaient rien. Le temps était lourd et à nouveau menaçant ; le ciel avait la couleur d'un fruit talé. Harry fumait beaucoup trop ; Neil était pâle et avait les traits tirés, il conduisait mal.

Toby, lui, était serein, assis avec les mains croisées sur ses genoux ; il ne souriait pas et était calme.

La camionnette tourna dans la cour d'école, soulevant un nuage de poussière, et s'arrêta. Harry descendit et aida Toby à sauter à terre.

Le car jaune de l'école était déjà parqué près du grillage, prêt à emmener les enfants au lac Berryessa. Neil s'était réveillé de bonne heure pour préparer des sandwiches au beurre de cacahouète pour Toby. Ils s'étaient arrêtés à l'épicerie, en cours de route, pour lui acheter un Milky Way et un paquet de Fritos.

— Amuse-toi bien, lui dit Harry. Et ne tombe pas dans le lac.

Toby le regarda gravement. Puis il se détourna et traversa la cour jusqu'à l'angle du mur où ses camarades de classe commençaient à se rassembler. Harry reconnut les cheveux roux d'Andy Beaver, et un ou deux autres enfants que Toby lui avait montrés lorsqu'ils avaient parcouru Bodega, le jour précédent. Harry fit un petit signe de la main à Andy ; le garçon se détourna et l'ignora.

Mme Novato sortit de l'école et commença à compter ses élèves. Harry s'apprêtait à remonter dans la camionnette, lorsqu'il changea d'idée. Il dit à Neil :

— Vous pouvez m'attendre une minute ?

Et il traversa la cour, se dirigeant vers l'endroit où se trouvait Mme Novato.

— Bonjour, dit-il d'une voix amicale.

— Bonjour, répondit distraitement Mme Novato.

Harry toussa.

— Je me demandais..., commença-t-il.

— Oui ? fit Mme Novato. Daniel... ne change pas de place, tu veux bien ? Je t'ai déjà compté cinq fois.

— Je m'appelle Harry Erskine et je suis un ami de Neil Fenner.

— Je vois.

Harry s'éclaircit le gosier à nouveau.

— Je me demandais la chose suivante, m'dame : pourriez-vous me faire une faveur si jamais il arrivait quelque chose d'étrange à vos élèves?

Mme Novato s'arrêta de compter, son doigt restant pointé devant elle.

— Quelque chose *d'étrange?* Qu'essayez-vous d'insinuer par là?

Harry lui adressa un sourire prudent.

— Je n'insinue rien du tout. Mais M. Fenner se fait beaucoup de souci, au sujet des cauchemars que vos enfants ont faits. Il est également préoccupé par certains faits, très singuliers, qui se sont produits chez lui. C'est pourquoi, eh bien...

Mme Novato inspira patiemment, avec tout le calme d'une maîtresse d'école.

— Monsieur Erskine, dit-elle, j'ai déjà permis à M. Fenner de se livrer à quelques recherches, pour calmer ses craintes... beaucoup plus que je ne l'aurais dû. Plusieurs parents se sont plaints au directeur, parce que j'avais autorisé les enfants à dessiner leurs cauchemars, à l'école. Et j'ai bien failli perdre mon poste. En dehors de cela, d'après ce que j'ai entendu dire, il semblerait que M. Fenner souffre en ce moment de... d'un surmenage.

M. Saperstein passa à côté d'eux et Mme Novato lui lança :

— Bonjour, monsieur Saperstein.

— D'accord, dit Harry. Je devine ce que vous ressentez. Mais vous pourriez toujours me faire cette faveur.

— Monsieur Erskine, je peux vous assurer qu'il ne s'est jamais rien produit d'étrange dans cette classe, et que la situation ne risque guère de changer. A présent, je vous en prie. J'ai suffisamment à faire pour le moment — à compter les enfants que je dois emmener au lac Berryessa, pour cette excursion — sans m'occuper, en plus, de phénomènes « étranges ».

— Bien sûr, je vous comprends parfaitement, dit Harry. Mais je serai avec M. Fenner, si jamais vous voulez me téléphoner.

— Je *ne veux pas* vous téléphoner.

— Mais vous pourriez en avoir envie.

Mme Novato ferma les yeux et chercha patience et force d'âme sous ses paupières. Puis elle répondit :

— C'est entendu, monsieur Erskine. Si jamais je désirais vous appeler — ce qui ne se produira pas — je saurai où ne pas le faire.

— Parfait, sourit Harry. A présent, faites une belle promenade, d'accord?

Harry revint vers la camionnette et monta, claquant la portière après lui.

— Alors? s'informa Neil.

— Je lui ai seulement demandé de nous avertir si jamais il arrivait quelque chose, répondit Harry. Mais je ne pense pas qu'elle le fera. Elle est remplie de préjugés... la bureaucratie de l'enseignement... en dehors de cela, elle est mariée.

— Qu'est-ce que cela a à voir?

— Pas grand-chose, reconnut Harry. Mais, tout simplement, mon charme personnel n'opère pas très bien sur des femmes mariées de l'âge de Mme Novato. Elles sont trop vieilles pour être intéressées par le sexe et trop jeunes pour avoir des époux qui ne peuvent plus arquer.

Neil mit le moteur en marche. Cependant, avant de desserrer le frein à main, il lança un dernier regard à Toby, à travers le pare-brise recouvert d'une fine pellicule de poussière. Son fils était là-bas, tenant à la main son panier de provisions, ses cheveux blonds aussi mal peignés que d'habitude, avec son blouson bleu et ses shorts en serge bleue. Les autres enfants étaient groupés autour de lui ; de toute évidence, il était en train de leur parler, longuement et sérieusement.

— J'ai un pressentiment pour aujourd'hui, dit Neil.

— Vous croyez que c'est le grand jour? demanda Harry.

— Je ne sais pas. Mais il y a une tension dans l'air. Vous ne sentez rien? C'est comme si un orage était imminent.

Harry haussa les épaules.

— Difficile à dire. Mais, de toute façon, nous ne pouvons pas faire grand-chose avant l'arrivée de Singing Rock. Il a dit qu'il serait là à l'heure du déjeuner.

— Et dire que ces gosses s'en vont, seuls, avec ces esprits qui les habitent, tous ces manitous. J'ai très peur, vous savez. A votre avis, qu'ai-je ressenti ce matin, en donnant à Toby son déjeuner et en me demandant s'il s'agissait vraiment de mon fils... ou bien si j'avais devant moi une sorte de fantôme surgi du passé ? Je reste là, à faire des choses quotidiennes, comme de préparer des sandwiches, et si cela se trouve, il ne reviendra peut-être jamais de cette excursion.

Harry posa une main sur son épaule.

— Cessez de vous faire des reproches et de vous sentir coupable, voulez vous ? Vous n'êtes pas responsable de ce qui se passe, même si c'est *votre* ancêtre qui a amené Misquamacus ici. Je veux dire... comment pourriez-vous empêcher cela ? Nous ne pouvons absolument rien faire jusqu'à ce que les hommes-médecine se montrent. Nous ne pouvons pas tuer les enfants ; nous ne pouvons pas les emmener loin d'ici. En dehors du fait que Misquamacus nous en empêcherait, la police nous arrêterait probablement, pour kidnapping, et le fait de nous retrouver en cabane ne servirait à personne.

Neil ne répondit pas. Il desserra le frein à main et manœuvra la camionnette pour sortir de la cour de l'école de Bodega. Il ne regarda même pas dans le rétroviseur pour voir Toby et ses camarades de classe qui montaient dans le bus, sous la houlette de Mme Novato. Harry se retourna sur son siège. Il nota à quel point les enfants étaient solennels et sérieux. Une sensation de tension écœurante commença à lui nouer l'estomac. Il savait très bien ce que Neil voulait dire... en parlant d'un orage imminent. C'était peut-être dû à l'humidité inhabituelle, ou au vent léger mais incommodant. Mais c'était peut-être, aussi, le commencement du jour des étoiles sombres.

*
**

Ils allèrent chercher John Singing Rock à la gare routière. C'était un homme d'une cinquantaine d'années, au visage plissé par les rides entrecroisées d'un Indien du Sud Dakota, mais son regard était vif et lumineux. Il traversa le parking de béton pour venir à leur rencontre, du pas souple d'un homme qui avait vingt ans de moins. La dernière fois que Harry l'avait vu, ses cheveux étaient courts, coiffés en arrière et enduits de gomina ; et il portait un costume en mohair sans faux pli. De toute évidence, la mode avait soufflé, en même temps que les vents, sur les plaines du Middle West : à présent, il avait les cheveux longs, maintenus en place par de la Gillette Dry Look, et portait une veste sport couleur poils de chameau et des pantalons rouge vif.

Il posa sa valise sur le sol en béton et tendit les bras. Harry l'étreignit ; durant un moment, ils restèrent ainsi, enlacés, tandis que les autres passagers du car leur lançaient des regards curieux.

Harry recula, sans lâcher la main de Singing Rock.

— On dirait que vous faites vos emplettes chez Gucci, sourit-il. Et qu'avez-vous fait à vos cheveux ?

Singing Rock effleura ses favoris grisonnants.

— J'ai dû renoncer à ce truc graisseux pour gosse, dit-il. Cela laissait des marques sur mon teepee.

Harry éclata de rire et serra affectueusement le bras de Singing Rock.

— Je suis content de vous voir, dit-il. Dommage que je passe rarement par le Sud Dakota, autrement, je vous rendrais visite sacrément plus souvent !

— Est-ce M. Fenner ? demanda Singing Rock.

Harry hocha la tête et les présenta. Neil serra la main de Singing Rock avec une certaine hésitation, mais ce dernier tendit son autre main et la plaça sur celle de Neil, déclarant avec chaleur :

— Vous vous demandez pourquoi je n'ai pas des os fichés dans le nez, et des plumes à ma casquette ?

Neil se sentit embarrassé.

— Je crois bien que c'est la première fois que je rencontre un homme-médecine. J'ignore vraiment à quoi je m'attendais.

Harry prit la valise de Singing Rock et les trois hommes se dirigèrent vers la camionnette de Neil.

— Je préférerais de beaucoup porter le costume traditionnel, déclara Singing Rock. A quoi bon être un homme-médecine si vous n'en avez pas l'air? Mais ces costumes sont très rares, de nos jours. Il faut des années pour les compléter, et lorsqu'ils sont terminés, ce sont des œuvres d'art. A notre époque, on ne peut vraiment pas se promener, habillé d'une œuvre d'art. Vous risqueriez de renverser du ketchup dessus.

Harry aida Singing Rock à grimper dans la camionnette, puis ils partirent, se dirigeant vers la maison de Neil. Le ciel était toujours étrangement sombre ; il donnait l'impression que des nuages porteurs de pluie étaient en train de se former.

— Neil a le pressentiment que le jour des étoiles sombres pourrait bien se produire aujourd'hui même, dit Harry. Ou très bientôt, en tout cas.

— Une raison particulière? demanda Singing Rock.

— Je ne sais pas, lui dit Neil. Mais j'ai la sensation que quelqu'un essaie de m'avertir.

— Comme lorsque Dunbar vous a averti, au sujet de Misquamacus?

— Harry vous en a parlé?

— Harry m'a tout raconté. Le détail le plus infime peut être d'une importance vitale.

Neil freina pour s'arrêter à un croisement, attendit qu'un groupe de femmes soit passé, puis tourna à gauche.

— Ce n'est pas tout à fait la même sensation, dit-il. Lorsque Dunbar est apparu pour la première fois, j'ai entendu sa voix, appelant au secours. Toby l'a entendue, également. Et nous l'avons vu tous les deux, ou plutôt son fantôme. Un homme de grande taille, avec une barbe légèrement rousse et un long cache-poussière blanc. Mais aujourd'hui, cette impression... n'est qu'une impression. Je n'ai plus entendu la voix de Dunbar depuis la nuit dernière. C'est beaucoup plus général.

— Vous êtes quelqu'un de peu commun, pour un homme blanc, monsieur Fenner, dit Singing Rock, si je puis me permettre.

— Que voulez-vous dire? demanda Neil.

— Vous étiez prêt à croire au surnaturel avant même de tenter de trouver des explications rationnelles à ce que vous aviez vu. La plupart des hommes blancs songent d'abord à des explications rationnelles, et croient au surnaturel seulement lorsqu'ils n'ont pas d'autre alternative. Même alors, il est fréquent qu'ils n'y croient pas.

— Comment pourrais-je ne pas y croire? J'ai parlé à Dunbar. Je me trouvais à dix ou douze pas de son fantôme, et personne au monde ne peut me dire que j'ai rêvé.

— Et vous avez vu également Misquamacus, sous la forme d'un homme en bois?

— C'est exact.

Singing Rock jeta un coup d'œil à Harry. En voyant son expression, Harry comprit qu'il était très troublé par ce qu'il entendait.

— Je ne voudrais pas vous alarmer outre mesure, monsieur Fenner, reprit Singing Rock, mais j'estime que vous devez savoir quelque chose.

— Appelez-moi Neil, je vous en prie.

— Entendu, Neil. Voici ce que vous devez savoir : chaque manitou, selon la croyance indienne, se réincarne sept fois ; à chaque fois qu'il vit, meurt et renaît, sa force et son savoir augmentent. A la fin de sa septième vie passée sur cette terre, il possède suffisamment de sagesse pour rejoindre les dieux dans le Grand Dehors, dans ce que les Micmacs appelaient Wajok, la demeure des Grands Anciens.

— Je vois, dit Neil, prenant à droite et s'engageant sur la route poudreuse qui montait et sinuait parmi les collines, vers sa maison. Mais quel rapport cela a-t-il avec Misquamacus?

— A peu près tout. La dernière fois qu'Harry et moi avons affronté Misquamacus, il se trouvait dans sa quatrième, ou plus vraisemblablement, dans sa cinquième réincarnation. Je peux faire cette estimation, en raison de la très grande distance temporelle qu'il a franchie en un seul bond... de 1650 à nos jours. Il faut être un homme-médecine très puissant pour réussir cela. A présent, d'après ce que vous nous avez raconté de votre visite à Calistoga — les photos que vous a montrées Billy Ritchie — Misquamacus a vécu à nouveau dans les années 1830, ce qui représenterait donc sa sixième réincarnation.

Neil essuya la poussière sur sa bouche, du revers de la main. La maison était en vue maintenant, et il conduisait plus lentement.

— Voulez-vous dire que cette réincarnation-ci serait la dernière ?

— C'est ce que je pense, répondit Singing Rock en hochant la tête. Il est sur le point de partir pour Wajok, pour y prendre la place qui lui est due. Cela veut dire qu'il est immensément puissant, immensément fort, et pratiquement imbattable par n'importe quel autre homme-médecine. Il a été obligé de renaître physiquement, la dernière fois que nous l'avons affronté, comme un fœtus humain ; à présent, il se développe dans l'esprit de votre fils. Ne me demandez pas comment il fait. Cela dépasse ma propre médecine. Mais il le fait et, avant même d'avoir achevé son développement, il a fait la démonstration d'une magie qu'aucun faiseur de prodiges d'aujourd'hui ne pourrait même approcher. La création de cet homme en bois, Neil, exige des pouvoirs occultes qui seraient capables de provoquer des tremblements de terre. Et il l'a fait *avant* d'émerger de l'esprit de votre fils, *avant* même d'être prêt à nous exterminer avec tout ce qu'il a à sa disposition. Et il ne fait aucun doute que Misquamacus a l'intention d'appeler Ossadagowah... lorsqu'il le fera, nous connaîtrons les pires ennuis.

Neil gara la camionnette à l'extérieur de la cour et ôta la clé de contact.

— Allons-nous mourir ? demanda-t-il calmement à Singing Rock.

Singing Rock soupira.

— C'est une prédiction que je n'ai guère envie de faire, répondit-il. Mais rappelez-vous que c'est la septième et *dernière* réincarnation de Misquamacus. Ensuite, il ne lui sera plus possible d'assouvir sa vengeance sur les Blancs, à moins que son manitou ne soit appelé sur cette terre par d'autres hommes-médecine. Et lorsque vous considérez l'état général de la magie indienne dans l'Amérique d'aujourd'hui, je dirai que c'est plus qu'improbable.

Ils descendirent de la camionnette et Neil les précéda dans la cour, pour les faire entrer dans la cuisine. Il montra à Singing Rock où se trouvait la salle de bains, pour lui permettre de se rafraîchir. Harry porta sa valise dans le salon.

— Singing Rock boit-il de l'alcool? demanda Neil, sortant du réfrigérateur un pack de six boîtes de Coors.

— Je ne pense pas. Mais il acceptera très volontiers une tasse de café.

Singing Rock revint, suspendit sa veste au dossier de sa chaise et retroussa les manches de sa chemise. Ses bras étaient puissants et musclés, ornés de tatouages et de cicatrices aux motifs compliqués. Comme il prenait place devant la table en pin, Neil eut le sentiment qu'il était enfin aidé par un professionnel, par quelqu'un de compétent.

— Je veux tout voir, dit Singing Rock. Les dessins des enfants, l'armoire au premier étage, les draps qui ont agressé votre femme. Je veux aussi que vous racontiez tout, une nouvelle fois, avec le plus de détails possible, tout ce que vous vous rappellerez. Si nous voulons venir à bout de ces hommes-médecine, nous devons connaître le plus de choses possible sur eux.

Neil tendit la main vers l'un des rayonnages du haut et en ramena la liasse des dessins exécutés par les camarades de classe de Toby. Singing Rock les examina tous, soigneusement, étudiant chaque personnage, comparant méticuleusement les dessins entre eux.

Comme il examinait les dessins, il demanda à Neil de lui parler de la première apparition de celui qu'ils connaissaient sous le nom de « Dunbar », et de lui dire tout ce que Billy Ritchie lui avait appris sur Bloody Fenner et sur ce qui s'était passé à Conn Creek, au cours de cette effroyable journée.

Au début, Neil fut nerveux, puis, au fur et à mesure qu'il buvait sa bière et parlait, il découvrit qu'il était à même de se confier à Singing Rock, et de tout lui dire sur les jours d'épouvante et d'horreur qu'il avait vécus. Singing Rock le regardait de temps à autre ; les yeux de l'Indien étaient compréhensifs et emplis d'une sagesse, comme Neil n'en avait jamais vu chez personne d'autre. Harry, qui avait déjà entendu tout cela, était assis au bout de la table, fumant sa cigarette et buvant sa boîte de bière.

Finalement, lorsque Neil eut achevé son récit, Singing Rock disposa les dessins sur la table de cuisine... vingt-deux représentations aux couleurs criardes du même et effroyable événement.

— Je pense que ce qui s'est passé est tout à fait clair, leur dit-il. Les hommes-médecine devaient puiser dans la force résultant d'une victoire indienne, pour les aider dans leur réincarnation. C'est difficile d'expliquer cela avec précision, mais ils se sont servis du massacre de Las Posadas comme d'un point de focalisation pour leur renaissance, exactement comme un politicien tente de revenir sur la scène publique en rappelant aux gens ce qu'il a accompli dans le passé. Misquamacus voulait parler du massacre lorsqu'il a fait allusion à une « entrée ». Il ne voulait pas que vous perturbiez les vibrations historiques qu'il avait mises en place, sous la conduite d'Allen Fenner. Comme vous êtes un Fenner vous-même, vous étiez, plus que quiconque, susceptible de tout bouleverser.

— Mais pourquoi Dunbar est-il apparu ? demanda Neil. Assurément, Misquamacus ne tenait aucunement à ce qu'il soit dans les parages ?

Singing Rock secoua lentement la tête.

— Je ne peux vous répondre avec certitude. Mais l'explication la plus vraisemblable est la suivante : toute cette activité spirituelle, en liaison avec le massacre au cours duquel Dunbar a trouvé la mort, a eu pour effet de déranger son manitou, et il a commencé à faire ces apparitions spectrales. Vous devez vous rappeler que ceci est l'événement psychique le plus puissant qui se soit jamais produit dans l'Amérique moderne, et cela a entraîné un bouleversement considérable de l'éther, comme vous ne sauriez l'imaginer. A votre avis, pourquoi êtes-vous à même de percevoir toute cette tension ? Les plans spirituels sont en crise ; ils ont été plongés dans le chaos. Et cela n'a rien d'étonnant que certaines ombres du passé se retournent dans leurs tombes.

— En fait, ce qu'il nous faudrait, intervint Harry, ce sont les fantômes des soldats de la Septième Cavalerie. Vous ne pourriez pas les ressusciter ?

Singing Rock sourit.

— Si je le faisais, vous le regretteriez certainement. La Septième Cavalerie a été infiniment plus néfaste que les Indiens, la plupart du temps.

Neil regarda les dessins des écoliers, par-dessus l'épaule de Singing Rock.

— Ces mots ont-ils une signification pour vous? demanda-t-il. Pour moi, cela n'a aucun sens.

Singing Rock prit deux ou trois des dessins.

— Ils ont été écrits en différents dialectes, déclara-t-il, mais ils se réfèrent tous, apparemment, au jour des étoiles sombres, d'une manière ou d'une autre. *Ta-La-Ha-Lu-Si* était le nom que les Indiens patwins donnaient à la vallée de Napa. Cela signifie simplement « beau pays ». *Kaimus* était le nom wappo pour la ville de Yountville, qui est située à mi-chemin dans la vallée, comme vous le savez, bien sûr. Par contre, ces mots ici et là, *Sokwet, aweaoo* et *pados* sont tous des mots algonquins.

— Et que veut dire « sokwet » pour un Algonquin? demanda Harry. En le prononçant, on a l'impression d'attraper une double pneumonie.

— *Sokwet* est le mot algonquin pour « éclipse ». Il semble être associé, sur ce dessin, au mot *wata*, qui signifie « étoile ». C'est pourquoi je pense que nous pouvons en déduire, assez logiquement, que l'un de ces enfants voulait parler du jour des étoiles sombres. Le mot *Oweaoo* veut dire « cercle », et *pados* signifie « bateau », mais, comme ils ont été écrits séparément, ils ne nous aident pas vraiment. Nous découvrirons peut-être plus tard ce qu'ils signifient.

— Bien sûr, dit Harry. Sur le tard.

— Ces dessins sont extrêmement intéressants par eux-mêmes, poursuivit Singing Rock. Lorsque vous les regardez pour la première fois, vous jureriez qu'ils ont été exécutés par des enfants.

— C'est normal, dit Neil. Ils *ont été* exécutés par des enfants.

Singing Rock secoua la tête.

— Le style est primitif, par certains côtés, mais il n'est pas enfantin. Regardez celui-ci, par exemple. On trouve des sculptures et des dessins semblables chez les Wabanakis et les Etchemis. Celui-là montre les Indiens revêtus de costumes arapahos. Et celui-ci est iroquois, manifestement.

Neil examina rapidement les dessins, les sourcils froncés.

— Vous voulez dire que ce sont les hommes-médecine à l'intérieur des enfants qui ont créé ces dessins ? Et non les enfants eux-mêmes ?

— Pas tout à fait, répondit Singing Rock. Ces dessins ont été exécutés il y a quelques jours, alors que les hommes-médecine n'avaient pas une emprise totale sur les esprits des enfants. Néanmoins, leurs caractéristiques tribales transparaissent dans ces dessins ; c'est très net. Je peux identifier un Sioux, un Micmac, un Hopi, un Apache, un Shoshoni, un Modoc... et c'est la même chose avec ceux que vous avez à la main.

— Cela nous aide-t-il ? demanda Neil.

— Énormément ! Cela signifie que je peux dire qui sont certains de ces hommes-médecine. Chaque tribu possède ses propres héros-médecine mythiques. Les Wabanakis, par exemple, avaient Neem, celui qui apporte la foudre. Les Apaches vénéraient un hommes-médecine appelé Sans Nom ; on dit qu'il portait en guise de coiffure un serpent à sonnette vivant. Misquamacus aura certainement fait appel aux meilleurs hommes-médecine de chaque tribu. C'est pourquoi il ne devrait pas être trop difficile de dresser la liste de l'équipe que nous allons affronter.

— Singing Rock voit la lutte éternelle entre les hommes blancs et les hommes rouges comme une sorte de partie de football occulte, fit remarquer Harry.

Neil s'assit.

— Il y a une chose que je ne saisis pas très bien : que sont exactement ces démons, ces créatures qu'ils vont appeler pour nous détruire ? Je veux dire, à quoi *ressemblent-ils,*

A ce moment, comme sous l'effet du destin, le téléphone se mit à sonner dans la pièce du devant.

— Excusez-moi, dit Neil, et il alla répondre.

Singing Rock et Harry attendirent pendant que Neil parlait au téléphone. Harry écrasa sa cigarette et but le restant de sa bière. Puis Neil revint dans la pièce, le visage empourpré par l'inquiétude.

— Ça ne va pas? demanda Harry. On dirait que vous avez vu un fantôme.

— C'était M. Saperstein, de l'école, dit Neil. Il a entendu ce que vous disiez à Mme Novato, dans la cour, et il a pensé que vous aimeriez savoir.

— Savoir? Savoir quoi?

Neil le regarda et Harry comprit qu'il était au bord de l'évanouissement.

— Vous feriez mieux de vous asseoir, lui conseilla Singing Rock. Neil secoua la tête.

— M. Saperstein veut que nous allions là-bas, tout de suite. La semaine dernière, il a pris des photos de Toby et du reste de la classe, alors qu'ils dansaient dans la cour de récréation. Il vient de faire développer ces photographies; il a dit qu'il y avait quelque chose sur ces clichés qui l'a presque rendu fou.

7

M. Saperstein les fit entrer dans son bureau, situé au dos des bâtiments scolaires. A l'origine, c'était une dépendance. La pièce exiguë, aménagée en bureau, était encombrée de partitions musicales, de livres sur des compositeurs et de violoncelles aux cordes cassées. Harry, Neil et Singing Rock eurent toutes les peines du monde à se serrer à l'intérieur, M. Saperstein dut déplacer un étui à trompette cabossé et un buste de Beethoven au nez ébréché pour permettre à Harry de s'asseoir.

— Je suis désolé d'avoir surpris votre conversation avec Mme Novato, commença M. Saperstein, en s'excusant. Je passais juste à ce moment et je n'ai pu m'empêcher d'entendre ce que vous disiez. Je crains de m'être toujours mêlé de ce qui ne me regardait pas.

— Et c'est heureux pour nous! dit Singing Rock avec franchise. La situation est critique.

M. Saperstein ouvrit le tiroir de son bureau et en sortit une chemise en carton.

— Je dois d'abord vous expliquer que je suis un passionné de photographie, dit-il. La plupart du temps, j'ai toujours sur moi mon appareil photo. C'était tout à fait naturel de ma part de photographier les enfants dans la cour de l'école. L'année dernière, j'ai organisé une petite exposition de photos à Sonoma, et elle a remporté un franc succès.

— Pourrions-nous voir ces photos? intervint Harry avec une certaine impatience.

M. Saperstein leva une main.

— Vous devez savoir une chose : je suis entré dans la salle de classe de Mme Novato, et elle m'a dit qu'elle était intriguée par le comportement de ses enfants. Ils dansaient d'une façon étrange, dans la cour. J'ai regardé par la fenêtre, moi aussi, et elle avait raison. Ils tournaient en rond, traînant les pieds et se tenant tous par les épaules. J'ai pensé que c'était peut-être une danse grecque, vous savez, comme dans *Zorba le Grec*.

— Les photos, monsieur Saperstein? soupira Harry.

— Oh oui, bien sûr. (Le professeur de musique ouvrit la chemise.) Mais avant de les regarder, vous devez comprendre que tout ce que j'ai vu dans cette cour d'école, c'étaient des enfants. Absolument rien d'autre.

Une par une, M. Saperstein fit passer les épreuves grand format, en noir et blanc. Il y en avait cinq en tout ; chaque photographie montrait la cour de récréation, vue depuis la fenêtre de la salle de classe de Mme Novato, et les enfants dansant en cercle et traînant les pieds. Sur la première photographie, Neil repéra Toby, Andy, Daniel Soscol et Debbie Spurr. Mais il y avait quelque chose en plus. Au centre du cercle formé par les enfants, en grande partie cachée par leurs corps, une sorte de brume blanchâtre était apparemment en train de se former. Cela ressemblait à une colonne de fumée.

Sur la photographie suivante, la brume avait pris de l'ampleur et s'élevait au-dessus de la tête des enfants. Elle commençait à prendre la forme de replis tentaculaires. Sur le troisième cliché, ces replis se tordaient et arrivaient presque à la hauteur des branches inférieures de l'érable, situé en bordure de la cour de l'école.

La quatrième et la cinquième photographie étaient les plus alarmantes. Elles montraient une bête, entourée de dizaines de bras qui se lovaient et ondoyaient. Cela ressemblait à une sorte de calmar gazeux ; il flottait dans l'air, au-dessus des enfants. Cela n'avait pas de visage, ni de forme. Pourtant, son apparence était terrifiante et maléfique, comme si elle avait été engendrée par un mal très ancien. Cela semblait corrompu et malsain, chargé de tous les maux de l'esprit et de l'âme.

— Qu'est-ce que c'est? demanda Neil. S'agit-il d'une sorte d'illusion photographique?

— Aucun truquage, monsieur Fenner, répondit M. Saperstein. Ces clichés ont été développés par Charlie Keynes, qui travaille au journal. C'est lui qui tire toutes mes photos. Il m'a juré ses grands dieux que ces photos étaient venues de cette façon.

— La pellicule a sans doute été exposée à la lumière, vous savez. Ces photos sont peut-être voilées? suggéra Harry.

— Il n'y a aucun voile, dit M. Saperstein en secouant la tête. N'importe quel amateur pourrait vous le dire.

— Vous avez raison, monsieur Saperstein, annonça Singing Rock calmement. Ces photographies ne sont pas truquées.

— Comment pouvez-vous le savoir? demanda Neil. Ce doit être facile de prendre un aérographe et de...

Singing Rock sourit, puis le fit taire d'un léger geste de la main.

— Aucun aérographe au monde n'aurait pu exécuter ce qui se trouve sur cette photographie, Neil, parce qu'aucun artiste au monde ne sait à quoi ressemble cette créature, ni ce que c'est. Cette créature est l'un des êtres sans forme qui gardent le seuil entre ce monde et celui du Dehors. Ce sont les messagers de l'éther, où demeurent les Grands Anciens, depuis plus de siècles que je ne saurais en compter.

« Cette chose est un héraut — appelons-le ainsi — le messager de Pala-kai, le démon du sang, de Nashuna, le démon des ténèbres, et de Quul, le démon de la folie. Ces trois démons sont eux-mêmes les serviteurs de Rhenau, le démon du mal, et de Coyote, le démon de la corruption. Au-dessus d'eux, cependant, et gardé par une meute de créatures appelées les Tueurs-Yeux, se trouve Ossadagowah, le fils de Sadogowah, le démon que l'on peut évoquer, mais qu'il est impossible de faire repartir, sauf s'il le désire.

— Alors quelle est cette chose? demanda Harry. Seulement un joueur de seconde division?

— En comparaison, oui, dit Singing Rock. Il s'appelle Sak, ce qui signifie simplement « le passé ». C'est une bête qui a existé sur cette planète durant des millions d'années incalculables ; du moins c'est ce que disaient les Algonquins. Sa fonction a toujours été d'encourager les humains à appeler les anciens dieux, afin que ceux-ci les dévorent, comme autant de sacrifices, sans oublier sa récompense... quelle que soit la récompense qu'une bête comme Sak puisse vouloir.

— Un stylo à bille en or ? demanda Harry. Qui sait ce que veulent des démons ?

Neil n'avait pas le cœur à rire. Il gardait les yeux fixés sur les photographies de Toby, et le visage de Misquamacus apparaissait nettement sur chacune d'elles.

Singing Rock se leva.

— Sak désire beaucoup plus que cela ; malheureusement pour nous, il l'obtiendra dans peu de temps. Lorsque j'ai parlé de cette affaire aux anciens de ma tribu, ils m'ont dit qu'un certain nombre de rites essentiels devait être accompli, avant que le jour des étoiles sombres puisse poindre. L'*avant-dernier* rite étant l'invocation à Sak, afin que celui-ci prépare la voie à Ossadagowah... après cela, les vingt-deux hommes-médecine n'avaient plus qu'à unir leurs forces, au nom des esprits choisis par eux... les esprits des arbres, de l'eau ou des rochers. D'après ce que nous savons de Misquamacus, je dirai que leur choix s'est probablement porté sur les esprits des arbres.

— Vous pensez qu'ils l'ont déjà fait ? demanda Harry.

Singing Rock acquiesça de la tête.

— C'est une quasi-certitude. Si vous attendez de moi que je fasse une conjecture, je dirai qu'ils ont probablement accompli ce rite vendredi dernier, avant d'être obligés de rentrer chez eux pour le week-end. Ce matin, lorsqu'ils sont partis pour cette excursion au lac, ils étaient prêts pour le jour. Le jour des étoiles sombres, le jour où la bouche viendra du ciel.

— Vous voulez dire que ce pourrait être aujourd'hui ? demanda Neil, terrifié.

Singing Rock regarda l'heure à sa montre.

— Il est presque midi. Le jour des étoiles sombres doit commencer à midi et se poursuivre jusqu'au lendemain midi. Ce seront vingt-quatre heures de chaos, de tueries et de tortures... le jour où la nation indienne se vengera de centaines d'années de traîtrise, de massacres et de viols... en un gigantesque carnage.

M. Saperstein récupéra ses photographies et les contempla avec effarement. Puis il demanda à Singing Rock :

— Ce que vous dites... est-ce vrai ? Ou s'agit-il seulement de contes ?

Singing Rock montra du doigt la forme brumeuse et tentaculaire de Sak.

— Est-*ce* vrai ? Ou bien *cette chose* est-elle seulement un conte ?

M. Saperstein ôta ses lunettes.

— C'est incroyable. Je ne comprends pas pourquoi je ne l'ai pas vue sur le moment. Cette chose est énorme.

— Nous connaissons ce phénomène depuis longtemps, M. Saperstein, fit remarquer Harry. Les démons et les esprits peuvent être photographiés à l'aide de certains objectifs et fixés sur la pellicule, alors qu'ils sont pratiquement invisibles à l'œil nu. Cela s'est déjà produit.

— J'ai cru que je devenais fou, dit M. Saperstein. J'ai sorti ces photographies de l'enveloppe, je les ai regardées, et j'étais sûr et certain de devenir fou.

— C'est ce que j'ai cru, moi aussi, dit doucement Neil. (Il tendit sa main à M. Saperstein.) Bienvenu au club.

— Nous disposons de moins de temps que je ne le pensais, annonça Singing Rock. Si le jour des étoiles sombres commence aujourd'hui, à midi, cela veut dire qu'Ossadagowah et les autres démons seront évoqués lorsque Nepauz-had, la déesse de la lune, apparaîtra.

M. Saperstein ouvrit un autre tiroir de son bureau et farfouilla un instant, tel un rat cherchant des œufs dans un fenil. Il finit par en sortir un calendrier marron en mauvais état. Il lécha son pouce et tourna les pages, jusqu'à ce qu'il trouve ce qu'il cherchait.

— Cette nuit, la lune se lèvera à 10 h 02, déclara-t-il. Je suppose que c'est ce que vous vouliez dire.

— Merci, monsieur Saperstein, c'est bien cela, dit Singing Rock. Et cela signifie que nous avons moins de dix heures pour nous préparer. Tout à fait en dehors de cela, nous ne savons même pas où sont les enfants.

— Ils sont allés au lac Berryessa, dit le professeur de musique. L'excursion organisée par l'école.

— Ils étaient *censés* aller au lac Berryessa, le reprit Singing Rock. Mais rappelez-vous que la légende parle de vingt-deux hommes-médecine.

— Et alors? Je ne vois pas le rapport? dit Harry.

— Vraiment, vous ne le voyez pas? répliqua Singing Rock. Il y a seulement vingt et un enfants dans la classe; par conséquent, le vingt-deuxième homme-médecine devra se réincarner dans l'un des adultes se trouvant à bord de ce car.

— Mais il n'y a que Mme Novato et le chauffeur, dit M. Saperstein, épouvanté. Vous ne pensez tout de même pas que Mme Novato...?

— Cette idée ne me serait même pas venue à l'esprit, dit Harry. Elle ne convient vraiment pas. Trop ordinaire, même pour un homme-médecine moyen de 1830.

— Qui est le conducteur du car scolaire? demanda Singing Rock.

— Eh bien, d'habitude, c'est Jack Billets, de Valley Ford, répondit M. Saperstein. Mais je crois qu'il était en congé de maladie, ces derniers temps. J'ignore qui ils ont pris aujourd'hui. Je n'ai pas vu le chauffeur.

Neil décrocha le téléphone de M. Saperstein et demanda la standardiste.

— Amy? C'est vous? Écoutez, c'est très urgent. Avez-vous le numéro de téléphone de Jack Billets? Oui, à Valley Ford. Bien sûr. Vous pouvez me mettre en communication avec lui?

Il attendit un petit moment, puis ils entendirent une voix qui parlait faiblement à l'autre bout de la ligne.

— Jack? demanda Neil. Ici, Neil Fenner. Oui. Salut. Dites, j'ai appris que vous étiez malade. C'est cela. Eh bien, j'espère que vous vous rétablirez très vite. Mais écoutez-moi, Jack, savez-vous qui conduit le car aujourd'hui, pour cette excursion au lac Berryessa? C'est extrêmement important, vous savez.

La voix ténue répondit, puis Neil dit :

— Merci, Jack. Je vous dois un verre pour ce renseignement. Entendu, très bien. Merci infiniment.

Il reposa le combiné, puis regarda tour à tour Harry et Singing Rock, avant de pousser un long soupir.

— Le chauffeur est un vieux marin à la retraite, qui traîne toujours sur les quais, à Bodega Bay. Un type qui s'appelle Doughty. Je l'ai vu vendredi ; il a fait tout ce qu'il a pu pour me persuader de laisser tomber toutes ces histoires que je faisais à propos des enfants. Il a prétendu que Susan lui avait demandé de me parler. A présent, je sais que c'était sacrément plus que Susan. C'était Misquamacus.

Neil se tapota la tête du doigt et déclara d'un ton sec :

— Tout juste, c'était Misquamacus, *là-dedans !*

Neil alla jusqu'à la fenêtre et regarda au-delà de la cour de l'école, vers les collines vertes et vallonnées après le grillage, scrutant la brume grisâtre qui flottait au loin au-dessus de l'océan. Il déclara doucement :

— Maintenant, tout devient beaucoup plus clair. C'est Doughty qui m'a suggéré de rendre visite à Billy Ritchie, et c'est comme cela que j'ai entendu parler de Misquamacus pour la première fois. Si je n'avais pas appris l'existence de Misquamacus... si je n'avais pas cru au jour des étoiles sombres... je ne vous aurais pas appelé — vous ou Singing Rock — pour vous demander de m'aider.

Singing Rock, depuis sa chaise dans le coin du bureau, sourit et hocha la tête.

— Vous commencez à comprendre à quel point l'esprit de Misquamacus est tortueux, n'est-ce pas ? Il voulait que nous soyons tous les deux ici, en Californie, Harry et moi, afin de pouvoir prendre sa revanche sur nous, avant de s'occuper de tout autre homme blanc ou mercenaire indien. Nous faire venir par des moyens occultes aurait exigé une trop grande énergie, une trop grande magie. C'est pourquoi il a poussé Doughty à vous parler de Billy Ritchie, la seule personne dans le coin à même de vous dire la vérité.

Neil appuya avec lassitude sa tête contre la vitre.

— Une fois que cela a été terminé, il a fait en sorte que Billy Ritchie soit tué.

— Harry m'a raconté ce qui s'était passé, dit Singing Rock. Autrefois c'était une méthode favorite pour provoquer une mort rapide, la foudre-qui-voit. Elle frappe tel un missile téléguidé occulte. Misquamacus s'en est déjà servi pour se débarrasser de deux amis intimes de Harry[1].

— Et cela explique une autre chose, poursuivit Neil. L'apparition du fantôme de Dunbar dans la baie. Il est apparu parce que Doughty était là. Il voulait me prévenir, comme il n'a pas arrêté de le faire, partout ailleurs.

Singing Rock regarda l'heure à nouveau.

— Voici ce que nous devons faire en premier : découvrir où se trouve le car scolaire. Ensuite, avant qu'il commence à faire nuit, nous devons rassembler tous les enfants, d'une manière ou d'une autre, pour que je puisse tracer un cercle-médecine autour d'eux. L'un des anciens de ma tribu m'a appris un sortilège qui, m'a-t-il dit, avait tenu Coyote à distance des filles de Nez Busqué. Cela devrait limiter leur action quelque temps. Ce n'est pas l'idéal, mais c'est toujours mieux que de recevoir leur première attaque en pleine poitrine.

— Est-ce que je peux faire quelque chose? demanda M. Saperstein. J'aimerais vous aider. Je ne comprends pas tout à fait ce qui se passe, mais si vous êtes d'accord, je suis à votre entière disposition. Demandez-moi ce que vous voudrez.

— Pourquoi n'appelleriez-vous pas la police de la route? suggéra Harry. Dites-leur que certains de vos écoliers sont partis en excursion au lac Berryessa, pour la journée, et qu'une mère vient de vous téléphoner, pour vous dire que son fils avait emmené ses somnifères avec son casse-croûte, en pensant que c'était des bonbons.

Singing Rock se leva.

— Cela devrait suffire. Si vous voulez nous contacter, monsieur Saperstein, nous serons chez Neil Fenner. Et merci par avance.

Le professeur de musique eut un sourire nerveux et gêné.

— Je dirai que tout le plaisir est pour moi. C'est un tel soulagement de découvrir que vous ne perdez pas la raison!

— Monsieur Saperstein, dit Singing Rock, en posant

1. Lire *Manitou*.

une main noueuse sur le bras du professeur de musique, il se pourrait bien qu'au cours des prochaines vingt-quatre heures, vous regrettiez d'avoir toute votre raison.

*
**

Singing Rock travailla jusqu'au milieu de l'après-midi, installé dans la cuisine. Les rideaux étaient tirés pour empêcher la lumière de le distraire ; une lampe de bureau était posée sur ses papiers et ses objets magiques. Tandis que Harry et Neil arpentaient nerveusement la véranda, attendant que M. Saperstein les appelle pour leur donner des nouvelles de la police de la route, l'homme-médecine du Sud Dakota dressa la liste des ennemis qu'ils allaient affronter, et prépara le plus grand nombre possible de charmes, destinés à gêner ces ennemis et à faire obstacle à leurs menées. Il sortit notamment de sa valise des os, des écheveaux de cheveux et des pots en terre cuite contenant des poudres.

Un peu après trois heures, alors que le ciel était bas, chargé de nuages gris et métalliques, il sortit par la porte de la cuisine et s'étira.

— Vous avez terminé ? lui demanda Harry. Vous êtes prêt ?

Singing Rock haussa les épaules.

— Aussi prêt que je pourrai jamais l'être.

— J'ignorais que les Indiens étaient aussi pessimistes, rétorqua Harry. Pas étonnant que vous ayez perdu l'Ouest.

— Nous sommes devenus pessimistes lorsque nous avons perdu l'Ouest, lui rappela Singing Rock.

Harry alluma une nouvelle cigarette et toussa.

— Je me demande parfois si vous avez choisi le bon camp. Avec votre manière de penser, vous et Misquamacus feriez un fameux tandem.

Singing Rock redressa légèrement la tête et posa sur Harry des yeux brillants au regard pénétrant.

— Un jour, dans l'une de mes prochaines vies, j'espère bien être encore plus puissant que Misquamacus, dit-il.

Harry haussa un sourcil.

— Seriez-vous en train de me dire que *vous aussi*, vous vous êtes déjà réincarné?

Singing Rock sourit.

— Cela avait coutume d'amuser les Indiens — avant qu'ils commencent à réaliser la dureté de cœur des hommes blancs — de voir à quel point les hommes blancs savaient vivre et à quel point ils comprenaient si peu la vie.

— Vous êtes d'une humeur bien philosophique.

Singing Rock approcha une chaise décolorée par les intempéries et posa un pied botté sur la balustrade de la véranda.

— C'est possible, dit-il d'un ton tranquille. Mais je suis convaincu que, cette nuit, nous serons à nouveau confrontés à Misquamacus... et, cette fois, il sera prêt à nous accueillir.

Harry alla jusqu'au bord de la véranda et posa ses mains sur la barre d'appui. Il se sentait mal à l'aise ; tout semblait visqueux et brûlant. Même ici, au-dehors, il avait l'impression d'être enfermé dans un placard, complètement privé d'air. La fumée de sa cigarette flottait paresseusement, en de petites bouffées bleues.

— Ma foi, déclara-t-il, je suppose que c'est un grand honneur de venir en premier sur la liste des personnes à éliminer, du plus grand homme-médecine peau-rouge qui aît jamais existé. Dites donc, si cela se trouve, je ne mangerai jamais plus de chocolat aux noisettes.

— Avez-vous découvert qui sont la plupart de ces hommes-médecine? demanda Neil.

— Oui, répondit Singing Rock. Ils appartiennent à des époques très anciennes — avant que les hommes blancs aient atteint nos rivages — ils ont connu ces jours où la magie indienne était à son apogée. En ce temps-là, les dieux étaient censés demeurer en Amérique ; ces hommes-médecine faisaient leur apprentissage de shamans et de faiseurs de prodiges, sous la conduite des dieux eux-mêmes. Leur pouvoir est inestimable. Ensemble, avec Misquamacus à leur tête, ils peuvent tout dévaster.

— Vous avez un plan? demanda Neil.

— Bien sûr, s'interposa Harry. Nous allons leur offrir de la verroterie et de l'eau de feu, exactement comme nous le faisions au bon vieux temps. Ensuite, pendant qu'ils seront occupés à mettre leurs colliers de perles et à boire leur eau de feu, nous volerons leur cercle-médecine sacré et nous construirons dessus un centre commercial.

Singing Rock sortit un paquet de tabac à chiquer et sourit.

— Je suis désolé, Harry. Mais ça ne marchera pas une seconde fois.

Neil se mordit la lèvre.

—Écoutez, dit-il, c'est mon fils qui est là-bas. Mon fils et tous les amis de mon fils. Que va-t-il leur arriver?

D'un coup de dent mesuré, Singing Rock prit une chique et la mâchonna d'un mouvement régulier, un moment. Puis il cracha dans la poussière.

— Je voulais vous en parler, dit-il de sa voix grave et sérieuse. Vous devez comprendre la chose suivante : si jamais Misquamacus réussit à émerger de l'esprit de Toby et à revêtir une forme physique, la perte d'énergie que subira Toby lui sera presque certainement fatale.

Neil eut l'impression qu'on lui enfonçait un couteau dans le dos.

— *Quoi?* dit-il faiblement.

Singing Rock leva les deux mains.

— Je vous le dis parce que vous devez vous attendre au pire. Une fois que les hommes-médecine se seront servis de ces enfants pour se réincarner, il y a très peu de chances pour qu'ils les laissent en vie.

— Alors, à quoi cela sert-il? demanda Neil. (Son visage était livide.) A quoi bon essayer de le sauver?

— Il n'y a pas que les enfants, dit Harry. Si nous n'intervenons pas, cet État sera ravagé et rayé de la carte. Mais il y a encore autre chose, n'est-ce pas, Singing Rock?

Singing Rock hésita, puis acquiesça de la tête.

— Je pense que vous avez le droit de savoir... le meilleur comme le pire. Si par chance — une chance infime — nous *réussissons* à vaincre ces hommes-médecine, et à les renvoyer vers le Dehors, les enfants nous seront restitués, sains et saufs. C'est très difficile d'expliquer à un homme blanc pourquoi il doit en être ainsi, mais il y a dans la magie peau-rouge un principe naturel, éternel, d'équilibre et de compensation. Une sorte de Loi de Newton de l'occulte.

Neil se détourna et marcha jusqu'à l'extrémité de la véranda. Harry jeta un coup d'œil à Singing Rock, avec une expression qui suggérait qu'il ferait peut-être mieux de le rejoindre, pour essayer de le rassurer, mais l'homme-médecine secoua la tête.

— Laissez-le tranquille. S'il désire nous aider, il doit regarder la vérité en face.

Neil entendit les paroles de Singing Rock ; pourtant il ne se retourna pas. Il regardait fixement la petite cour : jusqu'à la semaine dernière, cela avait été son foyer, modeste mais heureux. Des larmes lui vinrent aux yeux comme il remarquait que Toby avait laissé dehors son bulldozer Tonka, à côté de l'appentis à bois. En temps normal, cela l'aurait ennuyé ; si jamais la pluie se mettait à tomber, le jouet se rouillerait. A présent, cela n'avait plus aucune importance. Toby ne jouerait plus jamais avec le bulldozer. Il pouvait très bien rester là.

Le téléphone sonna, dans l'une des pièces de la maison. Neil songea que c'était probablement M. Saperstein ; il ne parvint pas à trouver l'énergie nécessaire pour bouger de l'endroit où il se trouvait. Il entendit Harry entrer dans la maison et claquer la porte de la cuisine. Ses sens étaient comme engourdis. Il ne souhaitait qu'une chose... trouver un lit, n'importe où, et dormir.

Du coin de l'œil, cependant, il était certain d'apercevoir quelque chose qui tremblotait sur l'herbe, au-delà de la clôture. Il regarda plus attentivement, et mit sa main en abat-jour, pour protéger son visage de la lumière mate et brutale qui filtrait entre les nuages épais. Il y avait quelque chose là-bas qui bougeait et battait, comme un drapeau pâle et transparent. Puis cela devint plus net, un instantané apparaissant sur du papier uni. C'était la silhouette de Dunbar, avec son chapeau à larges bords et son long manteau, son ceinturon de revolver passé autour de ses hanches.

— Singing Rock! dit Neil, en retenant son souffle.

Singing Rock leva les yeux, puis regarda rapidement vers l'endroit que Neil désignait du doigt.

— C'est Dunbar ! dit Neil. C'est lui... l'homme au long cache-poussière blanc !

L'homme-médecine se mit debout. A cet instant, Dunbar ôta son chapeau et l'agita au-dessus de sa tête... une fois. Puis, progressivement, comme la brume matinale montant de l'océan, il se dissipa et disparut.

— Vous l'avez vu ? demanda Neil, presque frénétique. Vous l'avez vu, là-bas ?

— Oui, je l'ai vu, répondit Singing Rock.

— Merci, mon Dieu. Oh, merci, mon Dieu ! Je commençais à croire que je l'avais imaginé.

— J'ignore si ses avertissements peuvent nous aider en quoi que ce soit, reprit Singing Rock. Il me donne l'impression d'être seulement un esprit perturbé, se manifestant faiblement à la frange de toute cette activité astrale.

Neil gardait les yeux fixés sur la déclivité herbue où Dunbar avait disparu.

— Je n'en suis pas aussi sûr, dit-il doucement. Je suis persuadé qu'il est venu à mon aide lorsque l'homme en bois m'a attaqué, et je suis persuadé qu'à présent, il essaie de m'aider à nouveau. Toutes les fois qu'il apparaît, je me sens réconforté.

Singing Rock regarda brièvement vers les collines, au-delà de la clôture.

— Ne vous fiez pas trop aux esprits, dit-il. Certains d'entre eux sont extrêmement perfides. Dans le Sud Dakota, nous avons des histoires à propos de démons qui revêtaient la forme de chiens fidèles et conduisaient les chasseurs vers la rivière ou bien vers des précipices.

— Dunbar n'est pas comme cela, affirma Neil.

La porte de la cuisine s'ouvrit et Harry sortit sur la véranda. Il tenait à la main un morceau déchiré d'enveloppe marron.

— Ils les ont trouvés ? demanda Neil. Vous ont-ils dit si Toby allait bien ?

Harry lorgna vers les notes qu'il avait griffonnées sur l'enveloppe.

— Ils les ont trouvés. Le car est là-haut, au bord du lac Berryessa, où il était censé se trouver. Une voiture de la police de la route l'a repéré, garé sur le pont de Pope Creek.

— Garé sur le pont? Mais que fait-il à cet endroit? demanda Neil. Ont-ils dit où étaient les enfants?

Harry hocha la tête.

— Les enfants sont à l'intérieur du car. Lorsque les policiers ont voulu s'approcher pour voir ce qui n'allait pas, leur voiture a pris feu et a explosé. L'un des policiers a été grièvement brûlé.

— Oh, mon Dieu, dit Neil. Cela a commencé.

— Et comment! Cela a commencé, répéta Harry. C'était certainement l'œuvre de Maître Andy Beaver. L'incendiaire de voitures.

— Le garçon qui s'appelle Andy Beaver héberge l'homme-médecine paiute, Feu Brisé. Du moins, je le pense. C'est le seul enfant qui ait parlé du jour des étoiles sombres comme du jour où la bouche viendra du ciel ; c'est une expression qu'employaient uniquement les Paiutes. Et, bien sûr, il a le talent de Feu Brisé pour incendier des choses à distance.

— Feu Brisé? demanda Harry. Était-il puissant?

Singing Rock posa une main sur l'épaule de Harry.

— L'un des plus puissants, je le crains. Je lui connais seulement deux faiblesses : il était incapable d'apaiser les démons du choléra et de la maladie, et il n'avait aucune aptitude à sauver les âmes des membres de sa tribu qui étaient partis vers le Grand Dehors, parce qu'ils avaient bu trop de whisky ou avaient été écrasés par le cheval de fer. En d'autres termes, il maîtrisait parfaitement tout fait occulte, excepté ceux qui résultaient de l'action des Blancs... comme de propager des maladies, construire des voies de chemin de fer ou distiller de l'alcool.

— Au nom du ciel, intervint Neil, ne restons pas là à discuter de la situation. Il faut aller tout de suite au lac Berryessa.

— Neil a raison, déclara Harry. Si les policiers commencent à s'énerver, ils vont sortir leurs armes, et ce ne sera drôle pour personne. Spécialement pour eux.

— Entendu, dit Singing Rock, en dodelinant la tête. Vous pouvez m'apporter ma valise, Harry? Oh, Neil... si vous avez de la bière ou des boissons non alcoolisées, des biscuits, de la charcuterie, vous feriez bien de les prendre avec vous. Cela va être la nuit la plus dure que vous ayez jamais connue.

— Souhaitons seulement que ce ne soit pas la *dernière*, dit Harry, en poussant la porte de la cuisine.

*
**

A l'intérieur des terres, comme ils traversaient la Vallée de la Lune, à bord de la camionnette de Neil, l'après-midi était chaud et brumeux. Ils atteignirent les collines arrondies et cultivées se trouvant entre les comtés de Sonomà et de Napa, passèrent à la hauteur des fermes à flanc de coteau, avec leurs champs labourés et le bétail couleur du tan, puis suivirent la pente qui conduisait vers les vastes étendues au sud de la Napa Valley. Ils apercevaient devant eux les contours accidentés des montagnes Vaca, bleutées et couvertes de forêts. Le lac Berryessa se trouvait tout en haut, au-delà de ces cimes. Une grande nappe d'eau, de forme rectangulaire, à la surface ridée, qui faisait douze milles de long et deux de large.

Singing Rock, mâchonnant sa chique avec constance, leur apprit :

— Dans certaines régions de la Nouvelle-Angleterre, les Indiens avaient un nom pour ce genre de montagnes arrondies : *uncanoonucks*, ce qui veut dire, tout simplement, « seins de femme ».

Harry, brinquebalé sur son siège, comme Neil mettait les gaz et que la camionnette filait sur l'asphalte, commenta :

— Et quel nom avaient-ils pour ces hommes-médecine qui tentent de vous distraire en vous racontant des anecdotes triviales sur le folklore indien?

Son coude posé négligemment sur le rebord de la portière du camion, Singing Rock se tourna vers Harry et sourit :

— Le même nom qu'ils donnaient aux devins irascibles au visage pâle.

Neil se pencha et tourna le bouton de la radio de la camionnette. Il chercha parmi les différentes stations, passant rapidement sur des fragments de country music, des bribes de sermon et des éclats de rire hystériques. Il dit :

— Ils diffuseront peut-être un bulletin spécial, concernant le car scolaire. La nouvelle doit être connue, à présent.

— Dans combien de temps arriverons-nous au lac? demanda Singing Rock.

— Comptons une vingtaine de minutes, au maximum, répondit Neil.

Maintenant ils filaient sur la grand-route traversant Napa. Neil changea de voie pour prendre la route secondaire qui passait par la ville et conduisait vers l'est, s'élevant vers les montagnes.

— J'espère que nous n'arriverons pas trop tard, ajouta-t-il. S'il est déjà arrivé quelque chose à Toby, je vous assure que...

Harry chercha à le rassurer.

— Vous avez entendu ce que Singing Rock a dit. Il ne se passera rien avant l'apparition de la déesse de la lune. Il est... voyons... quatre heures. Nous avons encore six heures devant nous.

Ils traversèrent les faubourgs de Napa, empruntant Lincoln Avenue. Le trafic était très dense ; les voitures roulaient pare-chocs contre pare-chocs, à une allure mortelle, ne dépassant pas vingt milles à l'heure. Neil ne pouvait rien faire, sinon rouler au pas et attendre qu'ils soient sortis de la ville. A chaque feu rouge, il restait figé sur son siège, à se mordre la lèvre et à tambouriner des doigts sur le volant.

— Avance, mon salaud, mais avance donc! murmura-t-il entre ses dents, comme ils sortaient enfin de la ville, roulant derrière une Matador délabrée.

Il appuya sur l'accélérateur et ils filèrent à nouveau, suivant l'avenue bordée d'eucalyptus qui conduisait vers les montagnes.

A deux ou trois milles à l'est de Napa, la route commençait à monter sérieusement, tournant et serpentant entre des arbustes rabougris et des rochers. Les pneus de la camionnette crissaient et chuintaient, comme Neil gardait le pied au plancher et négociait à toute allure les virages, les uns après les autres. Ils passèrent à la hauteur de prairies d'herbes sèches, de clôtures et d'aires de stationnement poudreuses. Ils franchirent des ponts et des ponceaux. Tout là-haut, au-dessus d'eux, le ciel devenait plus lourd et plus sombre, se couvrant de nuages noirs comme de l'encre. Un éclair brilla momentanément dans le lointain ; des feuilles mortes furent chassées sur la route, comme le vent se levait, à l'approche de l'orage.

— Un putain d'orage *menace*... voilà qui arrange tout ! dit Harry. Nous sommes vraiment gâtés !

Singing Rock leva une main pour le faire taire.

— Nous approchons. Nous sommes très près, maintenant. J'ai besoin de toute ma concentration.

Ils abordèrent un virage incurvé ; la route redescendait et le lac apparut enfin. Ses eaux étaient presque noires, encore plus sombres que les nuages bas, amoncelés au-dessus de la nappe liquide. Sous l'effet de la brise, des vagues se soulevaient en un poudroiement d'écume blanche, ressemblant aux plumes éparses d'un oiseau touché par la balle d'un chasseur. Elles avaient une apparence sinistre et troublée, et semblaient abriter des profondeurs insondables qui attendaient les morts et les noyés.

— Le pont de Pope Creek se trouve après ce tournant, annonça Neil, longeant la rive rocailleuse du lac. Les autres ruisseaux — de Hardin, Maxwell et Burton — se jettent tous dans celui-ci. Ils forment une véritable anse.

Ils négocièrent le virage et se retrouvèrent devant un barrage routier : une demi-douzaine de voitures de la police de la route, avec leurs gyrophares rouges qui clignotaient, un contingent de la police de Napa, et une barrière de chevaux de frise rouge et blanc.

Un policier portant des lunettes d'aviateur fit signe à Neil de se ranger sur le bas-côté de la route.

— Désolé, mon vieux. Vous allez devoir faire demi-tour et rebrousser chemin. Cette route va être fermée un bon bout de temps.

— Mon fils se trouve dans ce car, dit Neil. Je suis Neil Fenner. Il s'appelle Toby Fenner.

— Vous pouvez le prouver ? demanda le policier.

Neil lui tendit son permis de conduire. Le policier

l'examina attentivement, hocha la tête, et le lui rendit. Puis il montra du doigt l'aire de stationnement rudimentaire qui se trouvait juste avant le pont lui-même.

— Garez votre véhicule là-bas, s'il vous plaît, à l'écart de la route. Ensuite allez à pied de l'autre côté et faites-vous connaître de cet officier qui a un mégaphone à la main.

— Ils vont bien, jusqu'à présent? demanda Neil. Je veux dire, les enfants?

Le policier tira sur la visière de sa casquette.

— Autant que nous le sachions, monsieur. Mais personne ne peut s'approcher à moins de vingt mètres du car, et nous n'obtenons aucune réponse, malgré nos appels lancés par mégaphone. Deux de nos hommes ont été grièvement blessés.

— Je sais, lui dit Neil.

Quittant la route, Neil parqua la camionnette à l'endroit que lui avait indiqué le policier. Puis ils descendirent, tous les trois, et étudièrent les lieux que Misquamacus avait choisis pour être son champ de bataille.

La crique était encaissée et large ; le pont enjambant la rivière faisait quatre-vingt-dix mètres de long. C'était un pont à deux voies, s'étendant en ligne droite, avec un garde-fou de fils de fer entrecroisés de chaque côté. Un panneau indiquait qu'il était interdit de plonger dans le ruisseau depuis le pont, mais Neil se souvenait avoir vu des gosses sauter dans l'eau depuis la balustrade, simplement histoire de rire. Cela représentait une chute de quinze mètres, mais le ruisseau était suffisamment profond, et cela ne représentait aucun danger.

De l'autre côté du pont, il y avait une vaste étendue poudreuse où les touristes de passage parquaient leurs caravanes. La police de la route l'avait fait évacuer maintenant ; l'accès était interdit par les barrières. Un hélicoptère de la police s'était posé à cet endroit. Neil aperçut un officier de police d'âge respectable qui descendait de l'appareil.

Le car scolaire jaune se trouvait au milieu du pont. Il était garé en travers de la route, de telle sorte que seul un motocycliste aurait pu passer de l'un ou l'autre côté. Le véhicule était immobile et silencieux ; ses portières étaient fermées. Cependant, le fait le plus étrange était que ses glaces étaient entièrement blanches — d'un blanc intense — et qu'il était impossible de voir ce qui se passait à l'intérieur.

— Quel est ce truc sur les glaces? demanda Neil. Je ne distingue absolument rien.

Singing Rock mit sa main en abat-jour et regarda attentivement. Puis il hocha la tête.

— Exactement ce que je pensais. C'est de la glace.

— De la *glace?* Avec cette chaleur?

— C'est une quasi-certitude. Ils ont dû ouvrir à l'intérieur du car une porte donnant sur le Dehors, et le monde du Dehors est plus froid que tout ce que vous pourriez imaginer.

— S'il y fait plus froid que dans mon appartement par une nuit de février, alors c'est qu'il y fait *vraiment* froid, dit Harry.

Neil mit sa main en abat-jour, à son tour, et examina le car plus attentivement. En dehors des volutes de gel et de glace sur les vitres, les volets d'aération sur le toit étaient recouverts d'une croûte de glace, et même la route à deux voies scintillait de cristaux de glace, sur trois ou quatre mètres à la ronde.

— Ils doivent être morts, chuchota-t-il. Aucun être humain ne pourrait survivre à un froid aussi intense.

— Non, ils ne sont pas morts, lui assura Singing Rock. Ils sont plongés dans une sorte de transe, parce qu'ils préparent la porte par où viendront leurs dieux et leurs démons. Si vous pouviez regarder à l'intérieur du car, en ce moment, vous les verriez sans doute assis sur leurs sièges, complètement immobiles, et tout doit être plongé dans une obscurité glacée. Vous auriez l'impression qu'ils sont morts, mais ils sont toujours vivants. C'est ce qu'ils doivent accomplir, avant que Nepauz-had apparaisse, afin de permettre à Nashuna, à Pa-la-kai à Ossadagowah de se manifester.

— Ne serait-il pas préférable d'aller trouver cet officier supérieur et de lui dire ce que nous savons?

Harry alluma une cigarette et haussa les épaules.

— A mon avis, il ne nous croira pas un seul instant. Je propose que nous fassions ce que nous avons à faire sans rien dire à personne.

— Mais ce n'est pas possible ! Ils prévoient peut-être de faire usage de leurs armes... dans ce cas, qu'arrivera-t-il ?

Singing Rock posa sa main sur l'épaule de Harry.

— Neil a raison, dit-il. Les conséquences pourraient être terribles si ces policiers commencent à tirer. Pour le moment, ils ignorent ce qu'ils ont sur les bras. Un car mystérieux, rempli de gosses, aux vitres gelées, et une voiture de patrouille qui a explosé. Ils se sont montrés prudents, jusqu'à maintenant. Mais lorsque les hommes-médecine commenceront à appeler le premier des démons, ce sera l'enfer par ici. Et nous risquons de nous faire tuer, comme tout un chacun. Ainsi qu'un chauffeur de taxi à New York me l'a dit un jour, les balles n'ont pas d'yeux.

Harry souffla de la fumée. Celle-ci parut rester en suspension là où il l'avait exhalée ; elle formait un nuage immobile dans l'air inanimé et humide. A présent, il faisait tellement sombre au-dessus du lac qu'il était impossible d'apercevoir les collines sur la rive opposée ; l'eau elle-même semblait se soulever et moutonner, comme sous l'effet d'une excitation malsaine.

— Entendu, admit-il. Mais si vous réussissez à convaincre ces policiers que vingt-deux hommes-médecine se trouvent dans ce car, c'est que vous êtes sacrément plus fort que moi, Singing Rock.

Les trois hommes traversèrent la route et se dirigèrent vers l'endroit où un groupe de sept ou huit policiers surveillaient le car et échangeaient des remarques entre eux. L'un d'eux avait étalé une carte sur le toit d'une voiture de patrouille, et semblait discuter de la possibilité de faire venir des hélicoptères de transport, de l'autre rive du lac, pour soulever le car du pont et l'emporter vers les collines.

— L'ennui, c'est que nous avons un facteur « froid » dont nous ignorons tout, était-il en train de dire, et nous n'avons également aucune idée de ce qui se passe à l'intérieur de ce véhicule. Nous devons tout mettre en œuvre pour que les enfants ne soient pas blessés inutilement.

Neil se présenta. Le capitaine de la police était un officier de l'ancienne école ; son uniforme semblait sortir tout droit du pressing, et ses chaussures, astiquées avec soin, avaient l'éclat du goudron que l'on vient de répandre. Son visage était rougeaud et tacheté de points noirs ; ses petits yeux avaient un regard vif, comme ceux d'un putois, sa moustache était impeccablement taillée et hérissée.

— Je suis le capitaine Myers, de la police de la route, dit-il en tendant la main. Ces deux messieurs sont également des parents ?

— J'aimerais que ce soit le cas, dit Harry, mais vous savez comment cela se passe. Ma fiancée a eu la varicelle.

Le capitaine se renfrogna.

— Nous nous efforçons d'éloigner de ce secteur les personnes qui n'ont aucune raison de se trouver là. Nous avons affaire à un problème très sérieux et délicat... il y a beaucoup de jeunes enfants dans ce car, et leurs vies sont en jeu. Nous n'avons vraiment pas besoin que des civils s'en mêlent.

De sa voix la plus calme et la plus digne possible, Singing Rock déclara :

— Capitaine Myers, nous croyons savoir ce qui se passe ici, et nous croyons être en mesure d'éviter un désastre, si vous nous laissez agir.

— Qui êtes-vous ? demanda le capitaine Myers.

— On m'appelle John Singing Rock. Je suis un homme-médecine, de la réserve de Pine Ridge, dans le Sud Dakota. Je suis sioux.

— Vous êtes un homme-médecine indien ? demanda le capitaine Myers d'un ton incrédule.

— C'est exact.

— Ma foi, dit le capitaine avec un sourire à peine dissimulé, toutes sortes de gens ont offert de m'aider, dans des affaires difficiles. Pompiers, lutteurs, gens de cirque, et j'en passe. Mais vous êtes le premier homme-médecine indien.

— Capitaine Myers, intervint Harry, il parle sérieusement. Ce qui se passe ici est en rapport direct avec la magie peau-rouge. Si vous tenez à ce que ces enfants s'en sortent vivants, sains et saufs, vous devez écoutez ce qu'il a à dire.

— Qui êtes-vous, son caddie? demanda le capitaine Myers.

— Non, m'sieu. Il se trouve que je suis l'une des rares personnes en vie à avoir jamais vu l'enfer que vous allez trouver dans ce car.

— Vous êtes l'une des rares personnes en vie à avoir jamais vu des enfants ? Qu'est-ce que vous me racontez là ?

— Pas des enfants, le reprit Singing Rock. Il ne s'agit absolument pas d'enfants. Mais des corps réincarnés de vingt-deux hommes-médecine peaux-rouges d'autrefois.

Le capitaine Myers observa un temps d'arrêt ; son regard se posa successivement sur Neil, Harry et Singing Rock.

— Sergent, dit-il d'un ton froid, je veux que ces trois hommes soient emmenés loin d'ici, sous bonne escorte. Je veux qu'ils foutent le camp ! Prenez également leurs noms et leurs adresses, afin que je puisse les faire coffrer pour avoir entravé l'action de la police à un moment critique et dangereux.

Son regard se posa à nouveau sur Singing Rock.

— J'ignore qui vous êtes, ou quelle est votre combine, mais je vous avertis que je le saurai. Alors je compte bien vous en faire voir de toutes les couleurs. Vingt-deux hommes-médecine peaux-rouges d'autrefois ! Même dans une maison de dingues, ils ne racontent pas des choses aussi folles !

— Je sais ce que vous ressentez, capitaine, dit Singing Rock d'un ton très sérieux. Cela semble insensé lorsque vous entendez cette histoire pour la première fois. Mais c'est l'absolue vérité. Cela est déjà arrivé à New York, et cela va recommencer ici. Les esprits, les manitous de tous ces anciens faiseurs de prodiges ont pris possession des enfants. En ce moment même, ils s'apprêtent à faire venir l'un des plus grands de leurs dieux de jadis.

Les yeux du capitaine Myers restèrent fixés sur Singing Rock, un long moment. Puis, sans un mot, il lui tourna le dos et étudia à nouveau sa carte.

— Êtes-vous entêté ou seulement têtu comme un âne ?

cria Harry. Vous n'avez pas entendu ce que cet homme vous a dit ?

— Si ! fit d'un ton cassant le capitaine Myers, en tournant brusquement la tête. Et cela me donne la nausée ! Chaque fois qu'il y a un meurtre, un kidnapping, ou qu'un policier est blessé en faisant son devoir, ces saloperies d'égouts s'entrouvrent et des types comme vous en sortent en rampant ! Des individus qui tentent de profiter de la souffrance humaine ou d'un crime sensationnel ! A présent, foutez le camp d'ici, avant que je vous fasse arrêter et coffrer ! Vous me faites perdre mon temps !

Harry regarda Singing Rock et eut un haussement d'épaules qui signifiait : eh bien, nous avons essayé ! Puis le sergent s'avança, un homme de grande taille aux avant-bras couverts de poils roux, et au ventre aussi énorme que celui d'un bébé hippopotame.

— Allons, les gars, dit-il. Demi-tour ! Remontez dans votre camionnette et filez d'ici.

Ainsi escortés, ils retraversèrent la route, vers la camionnette de Neil. A présent, le ciel était si sombre que le capitaine Myers réclama des projecteurs. Un nouvel hélicoptère de la police arrivait de l'ouest ; ses rotors vrombissaient doucement et ses lumières brillaient sur les nuages qui s'amoncelaient. Il y avait une forte odeur métallique dans l'air ; un éclair zébra le ciel, au-dessus des cimes lointaines des montagnes Vaca. Par moments, ils entendaient un grondement sourd et souterrain, comme si un tremblement de terre menaçait.

Soudain ils entendirent quelqu'un crier :

— Regardez ! Capitaine Myers ! *Regardez le car !*

Ils étaient presque arrivés à la camionnette. Ils se retournèrent, puis revinrent vers la route en courant. Au-delà des barrières de la police, à trente mètres de là, au milieu du pont, le car luisait faiblement d'une fluorescence verdâtre. Cela avait la même lueur macabre qu'un crâne peint sur une toile, sur le circuit d'un train fantôme ; cela vibrait doucement. Les pneus, la caisse, les glaces, tout était illuminé par cette étrange lueur.

Il y avait également un bruit... qui devenait de plus en plus fort. Ce bruit était si aigu qu'ils l'entendaient à peine, mais il contenait une plainte et un grincement tellement discordants que cela leur faisait mal aux dents et leur donnait l'impression que leurs os eux-mêmes vibraient à l'unisson.

Le bruit s'amplifia et devint tellement strident que Neil et Harry pressèrent leurs mains sur leurs oreilles. Seul Singing Rock demeurait impassible ; il regardait fixement le car auréolé de la lueur verdâtre, avec une expression stoïque et concentrée. Les policiers se mirent à couvert derrière leurs voitures et sortirent leurs revolvers. Le capitaine Myers cria dans son mégaphone, réclamant un tireur d'élite.

Bientôt, le bruit devint une plainte sans fin, torturée et perçante, toujours avec cette note stridente. Cela semblait anéantir toute pensée consciente. Harry entendait vaguement des gens crier et courir ; même sa vue semblait brouillée par ce bruit insupportable.

— Regardez ! cria un autre policier. La porte s'ouvre !

Un projecteur fut immédiatement braqué dans cette direction pour éclairer la partie avant du véhicule. Avec un sifflement à peine audible au sein de la plainte suraiguë et sans fin, les portières s'ouvrirent brusquement et se rabattirent. Les policiers levèrent leurs armes et visèrent soigneusement la sortie plongée dans l'ombre.

— Ne tirez pas ! cria un officier.

Alors ils virent qui se tenait là-bas. D'un pas mal assuré, Mme Novato descendit les marches du car. Sous les projecteurs, son visage était blanc.

Le capitaine Myers se redressa et cria dans son mégaphone :

— Madame Novato ? Madame Novato ? Venez par ici, je vous prie, madame Novato. Continuez de marcher et ne regardez pas derrière vous. Lorsque vous atteindrez la barrière, vous trouverez des policiers à cet endroit, pour vous protéger.

Il ignorait si elle l'avait entendu, avec ce hurlement suraigu ; aussi répéta-t-il son message, lentement et soigneusement. Mme Novato, avec sa jupe plissée blanche, son corsage vert et ses chaussures de sport, restait au même endroit, se balançant doucement. Elle ne réagit pas à son appel.

— Venez par ici, madame Novato! cria le capitaine Myers. Je vous en prie, venez par ici!

Comme elle demeurait à la même place, il se retourna et lança :

— Je veux deux volontaires pour aller là-bas et la ramener. Vite!

Deux policiers quittèrent leur abri, derrière les voitures de patrouille, et arrivèrent vers lui en courant. Le capitaine Myers leur donna rapidement quelques instructions. Comme il parlait, il s'interrompit brusquement et leva la tête. Mme Novato avait fait un pas incertain dans leur direction. Elle en fit un deuxième. Puis un autre. Ensuite elle bascula en avant et tomba face contre terre.

— Filez là-bas! ordonna le capitaine Myers.

Les deux policiers, armes au poing, contournèrent les voitures de patrouille et sprintèrent vers le car. Ils couraient en zigzag et baissaient la tête. Lorsqu'ils arrivèrent à la hauteur de Mme Novato, ils la prirent chacun par un bras et revinrent en courant. Les talons des chaussures de sport de la maîtresse d'école traînaient sur l'asphalte. Ils rejoignirent la protection des barrières, sans le moindre signe d'intérêt ou d'hostilité de la part des occupants du car pris dans la glace et auréolé de la lueur verdâtre.

Ils allongèrent Mme Novato sur un plaid. L'infirmier de la police s'agenouilla auprès d'elle et chercha à sentir son pouls et sa tension artérielle. Il approcha une lampe électrique de ses yeux, pour obtenir une réaction à la lumière. Son examen ne dura que quelques instants. Ils se releva et déclara d'un ton sobre :

— Elle est morte.

— Comment est-elle morte? demanda le capitaine Myers. D'après vos premières constatations?

L'infirmier, un jeune policier au teint pâle, avec une barbe naissante et un nez pointu, répondit :

— Voyez par vous-même. Sentez son abdomen.

Le capitaine Myers s'accroupit à côté du corps et palpa délicatement l'abdomen, du revers de la main.

— Il est sacrément froid, dit-il. Mais cela n'a rien d'anormal si tout ce foutu car est pris dans la glace.

— Appuyez un peu plus, dit l'infirmier d'une voix terne.

Le capitaine Myers le regarda avec une certaine irritation. Il n'aimait pas les gens au comportement bizarre.

Il voulut pincer la chair de l'estomac entre ses doigts, mais n'y parvint pas. Il leva à nouveau les yeux vers l'infirmier et déclara :

— Son estomac est dur comme de la pierre. On dirait un quartier de bœuf frigorifié.

L'infirmier se pencha et retroussa la robe plissée blanche de Mme Novato. Depuis les genoux jusqu'au ventre, ses cuisses étaient bleu pâle ; elles étaient aussi rigides et dures que du marbre. Ses poils pubiens étaient gelés et recouverts de givre blanc. Son bas-ventre était solidifié, mais le pire de tout... son vagin était gelé à tel point qu'il béait d'une façon obscène, laissant apparaître la chair striée de bleu de la vulve.

Le corps de Mme Novato, des cuisses jusqu'aux seins, avait été soumis à un froid si intense qu'il était entièrement congelé.

Le capitaine Myers, horrifié, ne put s'empêcher de la toucher à nouveau, de sentir cette chair qui aurait dû être douce et souple, et qui était devenue aussi froide et lisse qu'une colonne de pierre.

Il se releva, puis déclara d'une voix sèche et mal assurée :

— Nous considérerons cela comme un homicide. Remettez ce corps aux gars de l'autopsie. Je veux que vous leur disiez qu'ils doivent découvrir comment cela a été fait, même s'ils y passent toute la nuit, la journée de demain, et la nuit suivante. Vous m'avez compris ?

— Oui, capitaine.

Non loin de là, oubliés par le sergent qui était censé les reconduire jusqu'à leur camionnette, Harry, Neil et Singing Rock regardaient en silence et découvraient ce qui était arrivé à Mme Novato.

Puis Neil se détourna et chuchota :

— Mon Dieu, oh, mon Dieu.

— Comment cela est-il arrivé, Singing Rock ? demanda doucement Harry.

Singing Rock regarda un autre infirmier qui arrivait avec une civière. Ce dernier recouvrit le corps de Mme Novato d'une couverture rouge.

— Ils l'ont donnée à Sak, répondit-il. L'antique gardien du seuil. Ce démon de fumée que vous avez vu sur les photos prises par M. Saperstein. Je suppose qu'une femme était l'une des récompenses qu'il réclamait. Il l'a violée, comme vous vous en êtes sans doute rendu compte. La seule différence avec tout autre viol, c'est qu'elle a dû connaître d'incroyables horreurs mentales pendant que cela se produisait, et que la forme gazeuse de Sak est probablement de trois mille degrés en dessous du point de congélation.

8.

Peu à peu, policiers et infirmiers reprirent leurs postes et le sergent — bien que blême et encore sous le choc — revint vers les trois hommes pour les conduire jusqu'à la camionnette.

— Que pensez-vous de cela, sergent? demanda Harry. Vous aviez déjà vu une pareille chose?

Le sergent ouvrit la portière de la camionnette et lui fit signe de monter.

— Dans ce boulot, j'ai vu des centaines de macchabées, dit-il d'une voix rauque. Un de plus ne change rien.

Singing Rock le regarda avec attention. Puis il dit :

— Je sais combien il est facile de devenir *blasé*, sergent, mais permettez-moi de vous donner un bon conseil. Cette nuit, pour une fois, ne soyez pas blasé. Attendez-vous à n'importe quelle attaque, même la plus incroyable. Et faites très attention.

Le sergent essuya la sueur sur son front avec son avant-bras velu.

— Vous parlez comme si vous étiez au courant de ce qui se passe ici, dit-il.

— C'est exact, rétorqua Singing Rock.

— Alors, c'est bien *la preuve* que vous êtes cinglé, reprit le sergent. Toute personne qui pense savoir pourquoi un car se met à briller comme un sapin de Noël, et pourquoi une femme se retrouve congelée en plein mois de septembre, est *forcément* en train de perdre la boule.

— Nom d'un chien, pourquoi ne... commença Neil avec colère.

— *Neil!* l'interrompit Harry. Puis, d'un ton plus calme : — Cela ne servirait à rien.

Neil jeta un dernier regard vers le car scolaire : il était toujours immobile, au milieu du pont, avec ses vitres recouvertes de glace. Il avait du mal à croire que Toby se trouvait à l'intérieur, participant à quelque rite innommable et inconcevable. Il avait du mal à croire que Toby avait appelé Sak, ce démon qui ressemblait à un calmar, et que son fils lui avait vraiment offert Mme Novato en sacrifice. Et pourtant il se trouvait là, par une nuit sombre et terrifiante, assis dans sa camionnette, sur la rive du lac Berryessa, en compagnie d'un Indien et d'un devin sarcastique venu de New York, et il savait que ce devait être vrai.

Il mit le moteur en marche et ils repartirent sur la route, dans l'autre sens.

Singing Rock tripotait les amulettes passées autour de son cou.

— Je pense que nous devons attendre le moment propice... lorsqu'il fera nuit, dit-il. Alors nous reviendrons et nous verrons s'il nous est possible de tracer un cercle-médecine.

— Comment ferez-vous pour tracer un cercle alors que le car est garé sur le pont de cette façon?

— Cela sera très difficile. C'est pour cette raison que Misquamacus a choisi de s'arrêter à cet endroit. Personne ne peut s'en approcher sans qu'il le sache, et personne ne peut disposer autour du car les objets magiques, nécessaires pour l'emprisonner d'une manière permanente dans ce cercle.

— Que va-t-il se passer maintenant? demanda Neil.

Singing Rock se frotta les yeux.

— Je ne sais pas trop. Je pense que nous devons voir comment la situation évolue, et agir en conséquence.

Ils roulèrent en silence, un moment, suivant la route qui s'assombrissait. Puis, au bout de quelques minutes, Harry dit :

— Il y a une petite chose qui me tracasse. Quelque

chose que nous n'avons pas cherché à vérifier. J'y ai songé la nuit dernière, puis cela m'est sorti de l'esprit. Je pense que si nous avons deux ou trois heures à tuer, nous devrions aller y jeter un coup d'œil.

— De quoi s'agit-il? demanda Singing Rock.

— C'est quelque chose que Toby a dit à Neil, au tout début, lorsque Misquamacus s'est fait connaître pour la première fois. Il a parlé de *la prophétie qui est toujours enterrée et inscrite sur le séquoia de pierre.* Eh bien, nous n'avons jamais pris la peine de vérifier ce qu'était au juste cette prophétie, ni l'endroit où elle était enterrée ni quoi que ce soit.

Neil atteignit l'embranchement de la Route 128, et prit à droite, vers Chiles Valley.

— Dans mon idée, Misquamacus voulait parler de l'un de ces arbres là-bas, de la Forêt Pétrifiée de Calistoga, fit-il remarquer. Je n'y suis jamais allé, mais j'ai entendu dire qu'il y avait un gigantesque séquoia pétrifié, qui était toujours à demi enterré, à flanc de coteau.

Harry se tourna vers Singing Rock.

— Vous voulez que nous allions voir ça de plus près? Je pense que nous devrions le faire. S'il y a quelque chose d'écrit sur cet arbre que nous ignorons, et que Misquamacus nous réserve une mauvaise surprise, nous risquons de le regretter jusqu'à la fin de notre vie, c'est-à-dire dans cinq ou dix minutes, avec un peu de chance.

— Ça ira pour l'essence? demanda Singing Rock à Neil.

— Pas de problème. Allons là-bas. Même si nous ne trouvons rien, cela m'occupera l'esprit... et m'empêchera de penser à Toby.

***

Le parc de la Forêt Pétrifiée était fermé lorsqu'ils arrivèrent. Il était seulement un peu plus de cinq heures ; pourtant, le ciel était d'un noir inquiétant, et les grondements sourds d'un orage imminent devenaient de plus en plus forts. Ils parquèrent la camionnette devant la porte d'entrée, puis Harry fit le tour pour aller jusqu'au bureau et à la boutique de souvenirs, où une lumière était toujours allumée. Il frappa à la fenêtre et déclama :

— Laissez-moi entrer.

Une jolie brune en salopette marron vint vers la porte et la déverrouilla.

— Je regrette, monsieur, dit-elle, mais nous sommes fermés. Rassurez-vous, nous serons de nouveau ouverts, demain, si vous voulez repasser. Cet endroit vaut vraiment le déplacement.

— Écoutez, dit Harry, le directeur est-il là?

La jeune fille secoua la tête.

— Ce soir, il n'est pas là.

— Y a-t-il quelqu'un ici qui connaisse bien cet endroit, à part vous?

Elle secoua la tête, à nouveau.

— Il n'y a que le professeur Thoren. Mais ce n'est pas vraiment un spécialiste des arbres. Si j'étais vous, je reviendrais demain matin.

— Qui est le professeur Thoren? Que fait-il?

Elle fronça les sourcils.

— Je n'en suis pas très sûre. Je suis seulement chargée de surveiller cet endroit lorsque le directeur est absent. En ce moment, il est là-haut, à l'Arbre-Tunnel.

— L'Arbre-Tunnel? Qu'est-ce que c'est?

Elle sourit.

— Pourquoi ne pas repasser pour le voir par vous-même lorsque le parc sera ouvert? C'est vraiment impressionnant. Il s'agit d'un séquoia fossilisé, long de presque cent mètres, couché sur le côté, si vous voyez ce que je veux dire. Il est profondément enfoui sous les rochers. Au début de ce siècle, on a creusé un tunnel, le long de ce tronc, afin que les visiteurs puissent le voir. C'est super!

— Et le professeur Thoren se trouve là-bas, en ce moment?

La jeune femme acquiesça de la tête.

— Il est là-bas depuis un an, ou un peu plus. Il essaie de déchiffrer des inscriptions indiennes.

Harry ouvrit de grands yeux.

— Je n'arrive pas à y croire. Il y a des *inscriptions indiennes sur cet arbre?* Vous ne me faites pas marcher?

— Mais c'est la vérité! On en a parlé dans tous les journaux locaux. Ils les ont découvertes, il y a deux ans environ, alors qu'ils prolongeaient le tunnel. Il s'agit seulement de signes. Ce qu'on appelle des idéogrammes.

— *Bien sûr,* dit Harry. Du temps de Misquamacus, ce devait être toujours caché sous les rochers.

— Je vous demande pardon? demanda la jeune fille.

— Il n'y a pas de quoi, rétorqua Harry.

Il se sentait ridiculement excité. Pour la première fois depuis qu'il s'était envolé de New York afin d'aider Neil, il avait l'impression de progresser. Ce n'était pas beaucoup, mais c'était quelque chose. C'était un pas en avant, au lieu d'une nouvelle retraite terrifiée devant Misquamacus.

— Je voudrais vous demander une faveur, dit-il. Oui, je sais que le parc est fermé, mais il faut absolument que je parle au professeur Thoren.

La jeune femme parut méfiante.

— Le connaissez-vous personnellement? Je veux dire, êtes-vous l'un de ses amis, ou quelque chose comme cela?

— Non, je ne le connais pas. Mais, mes amis et moi, nous devons voir à tout prix ces idéogrammes qu'il est en train d'étudier.

— Eh bien, je suis désolée. Vous devrez revenir demain matin.

Harry adressa à la jeune fille son expression la plus grave et la plus sincère, celle qu'il réservait à ses clientes d'un âge respectable lorsqu'elles menaçaient de lui verser une somme d'argent insuffisante.

— Vous devez me croire, dit-il, c'est la chose la plus importante de toute ma vie. Cela fait dix ans que je cherche à voir de tels idéogrammes. J'ai traversé l'Alaska. J'ai été jusqu'en Arizona. Partout. Dix ans d'efforts, de privations et de recherches acharnées. Et vous me dites de revenir demain matin?

La jeune femme le regardait, les sourcils froncés, compatissante mais incertaine.

— Eh bien, je pense que vous pourriez jeter un rapide coup d'œil, lui dit-elle. Mais vous devrez payer l'entrée, comme un visiteur normal.

— Entendu, dit Harry. Et je paierai aussi pour mes amis.

— Vos amis? s'informa-t-elle, mais il sortait déjà six dollars.

Après que la jeune femme lui eut remis — à contre-cœur — trois billets d'entrée, Harry revint rapidement vers la camionnette et frappa à la vitre. Neil et Singing Rock écoutaient les informations à la radio ; ils lui firent signe d'attendre un moment. Une fois le bulletin d'informations terminé, Singing Rock lui apprit :

— Ils ont essayé de s'approcher du car, avec une demi-douzaine d'hommes spécialement entraînés. Avant même de comprendre ce qui se passait, tous les six ont été abattus et tués. Ils sont toujours étendus sur la route.

— Cela semble désespéré, dit Neil. Comment diable pourrions-nous combattre quelque chose d'aussi puissant que cela?

— Je crois que j'ai découvert une piste, l'interrompit Harry. Il y a un certain professeur Thoren qui travaille ici. Il essaie de traduire des idéogrammes indiens qu'ils ont découverts sur un arbre pétrifié, il y a deux ans environ. Apparemment, tous les journaux ont parlé de cette découverte, en long et en large, mais je ne me souviens pas avoir lu d'articles à ce sujet. Rien d'étonnant à cela... c'était avant que je fasse la connaissance de Misquamacus. A cette époque, je ne m'intéressais pas beaucoup aux Indiens.

— Mais Misquamacus a dit que la prophétie était toujours cachée, fit remarquer Neil.

— Qu'en sait-il? fit Herry. Je ne pense pas qu'ils reçoivent le *San Francisco Examiner* dans le Grand Dehors. Et cette forêt pétrifiée n'a été découverte qu'en 1860, *après* sa dernière réincarnation.

— Comment le savez-vous? demanda Singing Rock.

Harry se retourna et tendit le doigt.

— C'est écrit en toutes lettres sur un panneau... celui

qui est fixé sur cet arbre, là-bas. Je croyais que les Indiens étaient renommés pour leur vue perçante.

Singing Rock émit un grognement amusé. Puis il descendit de la camionnette. Les trois hommes franchirent le tourniquet, à l'ombre d'un chêne séculaire, et entrèrent dans le parc lui-même.

Pour arriver à l'Arbre-Tunnel, ils furent obligés de suivre un sentier escarpé, de passer à la hauteur d'une prairie vallonnée et de longer le bord d'une crête. Tout était silencieux dans la forêt, à l'exception du bruissement des feuilles et de la course des écureuils qui détalaient. Le bruit de leurs pas semblait étonnamment fort sur le sol durci, jonché de feuilles. Neil avait pris la torche électrique de sa camionnette, mais le sous-bois était toujours sombre et empli de ténèbres sous le ciel nuageux.

A mi-chemin sur la crête, ils arrivèrent devant un énorme séquoia couché sur le sol, protégé par un fin grillage. Neil dirigea le faisceau de sa torche vers le tronc ; le bois brilla et scintilla. Comme tous les arbres pétrifiés de la forêt, il était imprégné de silice, provenant de la lave volcanique, qui l'avait changé progressivement en pierre. Le tronc massif, qui faisait plus de 1,20 m de diamètre et plus de cent mètres de longueur, disparaissait dans le flanc de la colline rocheuse. S'étendant parallèlement à l'arbre, un tunnel avait été creusé dans le calcaire et était étayé de madriers.

Ils aperçurent des lumières, provenant de l'intérieur du tunnel.

— Très bien, dit Harry. Je pense que je ferais mieux de marcher en tête.

Ils entrèrent dans le tunnel, baissant la tête, et marchèrent sur les planches qui recouvraient le sol, jusqu'à ce qu'ils arrivent au fond. Là, assis sur un pliant devant l'arbre pétrifié, avec tout un dispositif de projecteur, de caméras et un matériel à dessin, se trouvait un homme d'un certain âge, portant des jeans et une chemise de bûcheron. Il examinait attentivement l'écorce à l'aide de verres grossissants.

Harry s'arrêta à côté de lui et attendit. Le professeur

était tellement absorbé par ce qu'il faisait qu'il resta dans la même position, tête penchée, ses sourcils épais se rejoignant, telles des chenilles agressives, sa main velue s'apprêtant à tracer une ligne à l'encre de Chine sur son carnet à dessins.

Il faisait moite et chaud dans le tunnel ; Harry tira sur le col de sa chemise.

— Excusez-moi, dit-il. Vous êtes bien le professeur Thoren ?

Le corps du professeur tressaillit. Puis, très lentement il se redressa sur son pliant et se tourna vers eux. Ses yeux étaient tellement agrandis par les verres grossissants que Harry ressentit, un instant, un choc ridicule. Puis le professeur retira ses verres et les remplaça par une paire de lunettes normales.

— Avez-vous une idée de la concentration qui m'est nécessaire pour essayer de déchiffrer ces hiéroglyphes ? demanda-t-il avec un fort accent de la Nouvelle-Angleterre.

Harry sourit et haussa les épaules. Le professeur soupira.

— Non, de toute évidence, vous n'en avez aucune idée. Mais je puis vous assurer qu'en me dérangeant ainsi, vous m'avez fait perdre deux bonnes heures de travail assidu.

— Nous n'avions absolument pas l'intention de vous déranger, professeur, dit Singing Rock. Mais c'est très urgent. De nombreuses vies sont en jeu.

— *Urgent?* s'étonna le professeur Thoren. Comment la moindre chose ayant un rapport avec ces hiéroglyphes pourrait-elle être *urgente?* Ils sont ici depuis deux mille ans, ou même plus. Cet arbre est couché sur le sol depuis six millions d'années. Dans ce genre d'affaire, rien n'est jamais urgent. Comment cela se pourrait-il ?

— Je ne peux vous l'expliquer, professeur, poursuivit Singing Rock, et si je tentais de le faire, je pense que vous trouveriez la situation trop compliquée pour y comprendre quelque chose. Mais je vous certifie que nous sommes sérieux, sains d'esprit, et que nous devons savoir de toute urgence ce que dit cette prophétie.

Le professeur Thoren considéra attentivement Singing Rock.

— Vous êtes indien, n'est-ce pas? Dites-moi, cela n'a rien à voir avec les droits des Indiens, j'espère? Rien à voir avec cette histoire de Wounded Knee?

— J'étais à Wounded Knee, à donner des conseils et à aider les gens comme je le pouvais, répondit Singing Rock. Mais ce problème particulier n'a rien à voir avec Wounded Knee. Il s'agit de magie indienne.

Le professeur Thoren se leva de son siège et le replia. C'était un homme de grande taille, au visage épanoui ; il était obligé de se baisser pour se déplacer dans le tunnel.

— Qu'est-ce qui vous fait penser que ces hiéroglyphes sont une prophétie? demanda-t-il. Savez-vous quelque chose à leur sujet?

— Absolument rien, dit Singing Rock. Mais une légende indienne y fait allusion.

— Alors là, vous me surprenez, rétorqua le professeur Thoren. Je croyais connaître toutes les légendes indiennes existant en Amérique. Mais personne ne m'a jamais dit que ceci pouvait être une prophétie, et je commence tout juste à être convaincu moi-même que ce pourrait être une sorte de prédiction mystique. Ou bien vous savez quelque chose que j'ignore, ou alors vous avez une longueur d'avance sur moi.

— Disons que nous tenons ces informations de bonne source, déclara Harry, mal à son aise.

Il n'aimait pas beaucoup les tunnels, ils le rendaient claustrophobe, et il faisait des prières ardentes pour que le professeur Thoren se décide à dire ce qu'il avait à leur apprendre, pour qu'ils puissent s'en aller au plus vite.

Le professeur lui décocha un regard narquois.

— Des renseignements de bonne source? A vous entendre, on croirait que vous les avez obtenus de Gitche Manitou en personne!

— Pas tout à fait, rétorqua Harry. Mais vous brûlez. Vous savez combien ces manitous aiment papoter.

— Professeur Thoren, intervint Neil, j'ai un fils de huit ans. Il court un danger effroyable, en ce moment même, et ces hommes essaient de lui sauver la vie. Si vous acceptiez de coopérer... eh bien, je vous en serais très reconnaissant.

Le professeur Thoren examina leurs visages à la lueur de la lampe. Puis il déclara :

— Ma foi, j'ai entendu des choses encore plus folles. Que désirez-vous savoir?

Harry montra du doigt les hiéroglyphes gravés sur la surface dure comme de la pierre du séquoia géant.

— Savez-vous, en gros, ce que tout ceci veut dire? demanda-t-il au professeur.

Celui-ci effleura du doigt les alignements de hiéroglyphes. Il y avait des triangles, des courbes, des formes qui ressemblaient à des oiseaux, des cercles et des points.

— Oui, dit-il, je pense le savoir. Je l'ai traduit dans un anglais littéral. Ces hiéroglyphes ressemblent d'une façon remarquable aux inscriptions que l'on a trouvées sur de très anciens monolithes en Nouvelle-Angleterre et dans le Middle West. J'ignore qui les a gravés, pourquoi, ou même comment, car cet arbre pétrifié est aussi dur que tout ce que l'on peut trouver. Mais c'est certainement un message très important : quelqu'un s'est donné beaucoup de mal pour s'assurer qu'il serait préservé. Ces inscriptions se trouvent ici depuis deux mille ans, ou peut-être sacrément plus longtemps. Ils viennent tout droit d'un passé incroyablement reculé, d'une époque où ce pays tout entier était une terre indienne, de la côte est jusqu'à la côte ouest.

Il leva les yeux vers Singing Rock.

— Je n'éprouve aucune sympathie particulière pour les Indiens qui veulent changer les choses... qui voudraient qu'elles redeviennent ce qu'elles étaient autrefois, poursuivit-il. Mais je sais ce que vous ressentez probablement, concernant l'Amérique. Si elle avait été autrefois mon pays, je ressentirais la même chose.

Harry sortit son mouchoir et se tamponna le visage et le cou. Le tunnel semblait plus exigu et plus étouffant que jamais ; tout à fait en dehors de cela, il était presque six heures trente, et il ne restait plus beaucoup de temps avant le lever de la lune.

— Professeur Thoren? fit-il. La traduction?

— Ma foi, je ne sais pas dans quelle mesure cela vous aidera, fit-il en haussant les épaules. Néanmoins, la voici. Le premier hiéroglyphe ici est une sorte d'annonce, de préambule. On pourrait le traduire approximativement de la façon suivante : « A présent écoutez ceci » Mais la suite dit : « Lorsque le plus grand des chefs aura disparu, lorsque toutes les terres et les bêtes qui parcouraient ce pays auront été oubliées, après ces temps, donc, les magiciens devront attendre neuf cent quatre-vingt-dix-neuf lunes dans les ténèbres, au-dehors, jusqu'au jour des étoiles sombres, le jour où ils uniront leurs forces et appelleront Pa-la-kai et Nashuna et Coyote, le terrible destructeur. Ils invoqueront également Ossadagowah, fils de Sadogowah, et ceux du Dehors qui n'ont pas de forme humaine. »

Le professeur Thoren observa une pause et leva les yeux.

— Je ne pense pas que cela ait beaucoup de sens pour vous, jusqu'ici, fit-il observer. Mais je peux vous l'expliquer, si vous le désirez.

Harry, le visage blême et couvert de sueur, secoua la tête.

— Nous savons ce que cela veut dire, professeur. Poursuivez, je vous prie.

Le professeur Thoren fut sur le point de dire quelque chose, puis son visage afficha une expression résignée, et il se tourna à nouveau vers l'arbre pétrifié.

— Entendu. Ici, à la sixième ligne, les hiéroglyphes disent : « Les faiseurs de prodiges prendront leur dû, pour le vol de leurs terres et les bêtes qui parcouraient autrefois ce pays, etc., ils feront aussi apparaître dans ce but *ce qui dort sous la surface des eaux* et qui attend depuis des temps immémoriaux. »

Il leva les yeux.

— Il n'existe pas de mot dans la langue anglaise pour *ce qui dort sous la surface des eaux*, bien que cela soit représenté ici par un seul glyphe. Cela ne signifie pas un poisson, ni un monstre préhistorique, ou quelque chose d'approchant. Si vous traduisez toutes les nuances de ce caractère, cela veut dire, en fait « le grand et redouté dieu des temps anciens qui a été banni sous les flots et qui attend depuis ce jour, rêvant à son retour vers les rivages de la Terre ».

Le visage de Singing Rock était tendu.

— Y a-t-il autre chose? demanda-t-il.

Le professeur Thoren fronça les sourcils.

— Vous prenez cette histoire très au sérieux, n'est-ce pas? Vous ne plaisantez pas.

— Professeur, je vous en prie, insista Singing Rock. Pouvez-vous me dire s'il y a autre chose?

— Il y a encore une ligne, reprit le professeur. Elle dit à peu près ceci : « Ce qui dort sous la surface des eaux apparaîtra ce jour-là, sur l'ordre d'Ossadagowah, et le massacre de milliers d'êtres commencera. » Le mot qu'ils ont utilisé ici pour « massacre » peut vouloir dire « boucherie » ou « démembrement ». C'est un glyphe très ancien qui était souvent employé pour décrire des rituels de sacrifice.

Singing Rock demeura silencieux un moment. Il semblait chercher au plus profond de son être, pour retrouver quelque chose qu'il avait apprise, des années et des années auparavant, auprès des hommes-médecine qui l'avaient formé, lorsqu'il était jeune. Le professeur Thoren lança un regard scrutateur à Harry, mais Harry put seulement hausser les épaules.

— Professeur, dit finalement Singing Rock, je pense que nous devons nous en aller, à présent. Je suis très heureux que nous vous ayons trouvé ici, et je voudrais vous faire toutes mes excuses si je vous ai paru si brusque et exigeant. Votre aide nous a été très précieuse.

— Pas si vite! rétorqua le professeur Thoren. Ça ne se passera pas comme ça! Dites donc, vous arrivez ici, me prenez toute une année de recherches, et repartez, sans me donner quelque chose en échange!

— Oh, je suis désolé, dit Singing Rock, fouillant dans la poche de sa veste. Tenez, trente grammes de tabac à chiquer feront-ils l'affaire?

— Monsieur, dit le professeur Thoren avec une certaine impatience, je voulais parler d'une petite pollinisation culturelle. Je sais ce que *disent* ces hiéroglyphes, mais j'ignore ce qu'ils *signifient*. Je n'ai jamais entendu parler de quelque chose de semblable. Vous ne pouvez pas partir, sans me dire ce que vous savez à ce sujet.

— Professeur, répondit Singing Rock d'un ton solennel, je vais vous dire pourquoi vous ignorez ce que signifient ces hiéroglyphes : de toutes les légendes peaux-rouges, celle-ci est la plus redoutée et la plus secrète. C'est la légende se rapportant aux plus grands des anciens dieux. Elle est restée secrète et n'a jamais été révélée à l'homme blanc, durant des siècles, en raison de ce que l'homme blanc pourrait involontairement faire apparaître, s'il prononçait les incantations sacrées.

— Vous croyez à tout cela? demanda le professeur Thoren. Vous croyez réellement que, si vous prononciez les incantations requises, vous feriez apparaître une sorte d'ancien dieu?

Singing Rock le regarda, d'un air de défi. Puis, d'une voix lente et empreinte de dignité, il déclara :

— Oui, professeur, je crois à tout cela. Je crois aux dieux parce qu'ils sont venus à mon aide, lorsque j'étais faible et indécis. Je crois aux dieux parce qu'ils vivent toujours, respirent et me parlent, depuis les terres qui ont appartenu jadis à mon peuple. Je crois aux dieux parce qu'ils prendront soin de mon manitou lorsque je partirai vers le Grand Dehors.

— Très bien, dit le professeur Thoren, quelque peu abasourdi. Dans ce cas, quel est ce dieu, celui qui dort sous les eaux?

— Il existe de nombreuses histoires à son propos, répondit Singing Rock. On rapporte qu'il était nébuleux et n'avait pas de forme stable ; parfois sa dimension était telle qu'il s'élevait au-dessus de la Terre. Son visage était un nœud infernal de serpents ; ses mâchoires ressemblaient à un gouffre béant. Du moins, c'est ce que prétendent ces histoires.

— Il a l'air plutôt effrayant. Qui a réussi à le bannir et à le reléguer sous les eaux? Il s'agissait certainement d'un magicien très puissant.

— En effet, reconnut Singing Rock. Mais en ces

temps-là, presque tous les faiseurs de prodiges étaient incroyablement puissants. On raconte que beaucoup d'entre eux étaient capables de jongler avec des soleils miniatures, et qu'ils pouvaient traverser des fleuves sans l'aide d'un canoë. Cependant, celui qui a banni ce dieu en particulier, fut le plus grand de tous les faiseurs de prodiges. C'était Misquamacus, parfois connu sous le nom de Quamis, ou de Quanquus. Les histoires racontent que Misquamacus le chassa sous les eaux de la Terre et plaça un charme sur celles-ci, afin que le dieu ne puisse jamais plus franchir la porte liquide et revenir dans le monde des humains. Il lui était impossible de renvoyer le dieu vers le Grand Dehors, bien sûr. Les dieux de cette importance s'en retournent, seulement s'ils le désirent. Mais Misquamacus protégea ainsi les siens, leur permettant de prospérer et de se multiplier, sans être inquiétés par des sacrifices humains ou massacrés durant leur sommeil.

— Pourtant il est dit ici que l'on fera apparaître à nouveau ce dieu, fit remarquer le professeur Thoren. S'il massacrait les Peaux-Rouges aussi bien que les hommes blancs, pourquoi les faiseurs de prodiges agiraient-ils ainsi ?

— Un dieu qui est délivré d'un sortilège a une dette de reconnaissance envers ceux qui lui ont rendu sa liberté, dit Singing Rock. Cela fait partie de l'équilibre qui régit la magie indienne.

— Même si celui qui le délivre est la même personne qui l'avait banni à l'origine, à l'aide de ce sortilège? demanda Harry.

— Cela ne fait aucune différence, répondit Singing Rock en dodelinant la tête. Voyez-vous, le dieu n'aurait pas été banni s'il n'avait pas attaqué ou terrifié le peuple du faiseur de prodiges ; c'est pourquoi l'équilibre serait préservé.

— Cet ancien dieu a-t-il un nom ? demanda le professeur Thoren. Quelque chose qui me permettrait de le reconnaître ?

— La plupart des anciens dieux ont des centaines de noms, déclara Singing Rock. Les Indiens naticks de

Boston appelaient ce dieu Paukunnawaw, le Grand Ours, parce qu'il venait la nuit, tel un ours, et s'en repartait, après les avoir hideusement déchiquetés. Lorsque Cotton Mather s'entretint avec les Naticks, au XVIIe siècle, il leur demanda ce qu'ils savaient des étoiles. Ils lui montrèrent le ciel et dirent *Paukunnawaw*. Mather fut ravi parce qu'il pensa que les Indiens connaissaient — miraculeusement — le nom européen de la constellation de la Grande Ourse. Ce qu'il ne comprit pas, c'est qu'ils voulaient parler du dieu des temps anciens qui était venu des étoiles et les dévorait.

— Certains Indiens l'appelaient d'un nom assez long et imprononçable qui signifie « L'Être-Sans-Forme-des-Estuaires ». Mais je pense que le nom le plus répandu était Ka-tua-la-hu. C'est difficile de vous dire ce que cela veut dire exactement, de même que ces hiéroglyphes sont difficiles à traduire. Les Sioux prétendaient que cela signifiait « celui qui est tapi dans les lacs les plus profonds ».

— Je crois que je vais aller respirer un peu d'air frais, l'interrompit Harry. J'ai l'impression de participer à un séminaire qui se tiendrait dans le métro.

Neil tomba d'accord avec lui.

— Je vous accompagne.

Singing Rock tendit sa main vers le professeur Thoren.

— Je dois partir également. Cette nuit, nous avons un problème crucial à régler. Mais je tiens à ce que vous sachiez à quel point vous nous avez aidés. Lorsque cette affaire sera terminée, nous reviendrons, si cela nous est possible, et je vous raconterai tout ce que je sais sur Ka-tua-la-hu. Vous méritez de le savoir.

Le professeur Thoren grimaça.

— D'après ce que vous m'avez dit sur lui, je me demande si c'est bien prudent. Ils se serrèrent la main, puis Singing Rock fit demi-tour et repartit le long du tunnel éclairé, pour retrouver les ténèbres de la Forêt Pétrifiée.

— Eh bien? demanda Harry, comme il sortait du tunnel.

— C'est encore pire que ce que je pensais, répondit Singing Rock. Ka-tua-la-hu a toujours été le plus cruel et le plus sanguinaire de tous les anciens dieux. Il était tellement craint que son nom a survécu à la religion elle-même ; aujourd'hui encore, il n'est pas rare d'entendre certains des Indiens du littoral dire à quelqu'un qu'ils ont peur d'un « ka-tua ».

— Je ne comprends pas très bien, dit Neil. Vous voulez dire que Misquamacus va faire apparaître ce dieu ?

Singing Rock acquiesça de la tête.

— C'est pour cette raison qu'il a choisi cette région, en prévision du jour des étoiles sombres, en dehors de la force qu'il pouvait puiser dans l'ancienne victoire des Wappos sur les colons blancs. Le lac Berryessa est étendu et très profond ; c'est un endroit idéal pour faire apparaître Ka-tua-la-hu. Voyez-vous, lorsque Misquamacus l'a banni et relégué sous les eaux, il l'a banni sous *toutes* les eaux, et non en un endroit précis, afin de pouvoir le faire surgir de n'importe quel lac, réservoir, estuaire ou étendue d'eau, de son choix. Il a seulement besoin d'une étendue d'eau suffisamment grande pour recréer le démon le plus puissant et le plus effroyable qui ait jamais existé.

Harry renifla. Il y avait une chose dans ces bois sombres à laquelle il était allergique.

— Et pour Nashuna, Osso-bucco et tous les autres démons ? demanda-t-il.

— Dieux et démons doivent être appelés selon une hiérarchie très précise, lui apprit Singing Rock. Ils ont d'abord invoqué Sak, le gardien du seuil, et avec l'aide de Sak, ils vont appeler les démons inférieurs. Puis ils feront venir Ossadagowah. Afin d'assouvir une vengeance, quelle qu'elle soit, je pensais qu'Ossadagowah aurait largement suffi... il est plus que redoutable ! Mais, de toute évidence, Misquamacus est décidé à se servir d'Ossadagowah pour appeler Ka-tua-la-hu. Alors ce sera le temps de la dévastation.

— Nous ferions mieux de retourner là-bas, non ? suggéra Neil. Je veux dire, au lac, à proximité du car. Je sais que toute cette histoire est très importante, ces dieux et ces démons, mais Toby...

Harry passa son bras autour des épaules de Neil.

— Nous allons faire de notre mieux, Neil, et même un peu plus.

Ils redescendirent le long du sentier ténébreux de la Forêt Pétrifiée, suivirent une volée de marches grossières en rondins, et revinrent vers le tourniquet et la boutique de souvenirs. La jeune femme les attendait avec anxiété. Manifestement elle fut soulagée de voir qu'ils n'essayaient pas de filer avec, chacun, un arbre pétrifié sous le bras.

— Vous avez vu le professeur? demanda-t-elle.

— Bien sûr, dit Harry. Tout va bien.

— La forêt vous a plu?

Harry secoua la tête.

— Non. Elle m'a pétrifié.

*
**

Ils repartirent prudemment sur la route, jusqu'au lac Berryessa, mais ils n'avaient aucune crainte à avoir... la police de la route ne chercherait pas à les intercepter. Le pont de Pope Creek et ses alentours immédiats étaient livrés au chaos. A présent, des projecteurs illuminaient le pont de tous les côtés ; des voitures de patrouille, des voitures de journalistes et des half-tracks blindés de la Garde Nationale étaient garés un peu partout, encombrant la route. Des hélicoptères se posaient et repartaient en vrombissant, transportant des équipes de télévision et des gradés de la police. Il y avait un tintamarre continuel, l'écho des commentaires amplifiés qui provenaient de tout un système de haut-parleurs.

La nuit était toujours étouffante, mais elle était déjà très sombre, d'une façon inhabituelle. L'air était toujours traversé par les vibrations d'un orage imminent. Le long des collines, sur la rive opposée du lac Berryessa, au-delà des eaux sombres et agitées, des éclairs zébraient le ciel, ressemblant aux crocs d'un serpent venimeux.

Un policier leva sa main comme Harry, Neil et Singing Rock s'approchaient lentement du secteur du pont, à bord de leur camionnette.

— Je suis le père de l'un des enfants, dit Neil, et il montra à nouveau son permis de conduire.

— C'est bon, c'est bon, dit le policier. Garez-vous là-bas et ne bougez plus. Restez la tête baissée, surtout ! Nous vous préviendrons s'il y a du nouveau.

Neil parqua la camionnette et ils descendirent. Cette fois, Singing Rock emporta sa valise avec lui. Ils s'avancèrent sur le bas-côté de la route jusqu'à ce qu'ils arrivent au bord du ruisseau. Là, ils se tinrent contre le garde-fou et essayèrent de voir ce qui s'était passé, depuis que la police de la route les avait obligés à faire demi-tour.

Le car scolaire était toujours garé au milieu du pont. A présent, il était encore plus brillant que les lampes à arc disposées sur chaque rive du ruisseau. Il luisait d'une lumière blanche et sinistre, qui lui était propre, et laissait entendre une plainte continuelle, stridente, qui fit grincer les dents à Harry.

— Que se passe-t-il ? demanda Neil.

Singing Rock posa sa valise.

— Ils ont pratiquement achevé les préparatifs pour le seuil. Dès que la déesse de la lune apparaîtra, ils sortiront, sous leur forme véritable.

— Quelle heure est-il ? demanda Harry. J'ai l'impression que ma montre s'est arrêtée dans ce tunnel... la claustrophobie.

— Il reste environ une demi-heure, lui apprit Neil.

Singing Rock ouvrit sa valise et en sortit une petite cage sphérique, faite d'ossements incurvés et maintenus ensemble par des cheveux humains. Il la posa délicatement sur le faîte de l'un des pieds-droits de la clôture, puis suspendit tout autour des colliers de perles et des rubans.

— Serait-ce indiscret de vous demander ce que c'est ? fit Neil.

— Pas du tout, sourit Singing Rock. Un esprit est enfermé dans cette cage ; il est particulièrement sensible à la présence d'autres esprits. Un peu comme un canari que les mineurs emmènent au fond d'une galerie pour détecter la présence de méthane. Lorsque cette cage se mettra à cliqueter, nous saurons que les premiers démons sont attirés vers le pont.

Neil fixa la cage d'un air préoccupé.

— Un esprit? Quel genre d'esprit? Un esprit humain?

Singing Rock éclata de rire.

— Non. C'est l'esprit d'un loup. Je l'ai emprunté à l'un des anciens de ma tribu.

— Et que diriez-vous d'un cercle-médecine? fit Harry. Pouvez-vous faire quelque chose pour obliger les hommes-médecine à rester à l'intérieur de ce car? Comme vous l'avez fait, la première fois que Misquamacus est apparu[1]?

— Je ne pense pas que cela réussisse, répondit Singing Rock. En dehors du fait qu'il est physiquement difficile de s'approcher du car et de tracer un cercle, vos policiers essayeront de m'en empêcher... ainsi que Misquamacus. Je préfère garder toute mon énergie pour la bataille elle-même.

A présent il ne restait plus que dix minutes avant le lever de la lune. Non loin de là, juste après un essaim de journalistes et de cameramen de la NBC, le capitaine Myers de la police de la route avait fait installer son PC radio. De toute évidence, l'arrivée de deux inspecteurs généraux de la police et d'un colonel de la Garde Nationale l'avait relégué à un rang subalterne, mais il continuait avec obstination à se tenir informé du siège, envoyant ses hommes ici et là pour savoir ce que faisaient les militaires et le FBI.

Dans la nuit tendue et étouffante, sous la lueur intense, anormale, des projecteurs, le murmure confus de voix de militaires sortait du récepteur radio, comme les hommes de la Garde Nationale se déployaient sur les collines dominant le pont, ponctué de temps à autre par des commentaires concis sur l'aspect du car scolaire.

— Il brille toujours. La lueur n'augmente pas. Mais il brille toujours.

1. Cf. *Manitou*.

— J'ignore pourquoi ce foutu réservoir d'essence n'explose pas, à voir la façon dont brille le car.

— Il n'explose pas parce qu'il fait très froid là-bas. Tu ne comprends pas qu'il fait très froid là-bas ? C'est de la glace sur le garde-fou. Tu la vois ? C'est de la glace.

— Grosby et Margolies en position, *sir*. Nous voyons parfaitement la portière du car.

— Où est le half-track ? Je veux que ce half-track se mette en travers de la route. Personne ne doit entrer ou sortir, à moins que nous ne le disions.

— Tu crois que les gosses sont morts ?

— Qui sait ? Qui sait ce qui se passe là-bas ?

Singing Rock leva les yeux vers le ciel menaçant.

— Nous ne verrons pas Nepauz-had lorsqu'elle apparaîtra, dit-il calmement. Dans combien de temps, à présent ?

— Deux minutes, dit Neil.

Un hélicoptère de la Marine arriva du sud-ouest et décrivit plusieurs cercles autour du car, prenant des photographies de reconnaissance et essayant de voir ce qui se passait au-delà des vitres recouvertes par la glace. Le déplacement d'air provoqué par les rotors de l'hélicoptère les atteignit avec violence ; les rubans et les perles de Singing Rock remuèrent et battirent contre le grillage, comme les ailes d'oiseaux sinistres. Des nuages de poussière furent soulevés du lit du ruisseau, puis retombèrent progressivement comme l'hélicoptère s'inclinait sur le côté, repartait vers le sud-ouest et disparaissait.

— Plus qu'une minute, annonça Neil.

— Alors c'est maintenant, chuchota Singing Rock. C'est le moment... maintenant.

La plainte stridente provenant du car cessa brusquement. Les policiers et les soldats ne s'en rendirent pas compte au début, puis le brouhaha des voix, des deux côté du ruisseau, diminua progressivement et ce fut le silence. Tout le monde se tourna et regarda vers le car. C'était le silence total sous les projecteurs, comme si chacun se taisait et attendait que quelqu'un crie « moteur », comme pour le tournage d'une séquence cinématographique.

Une voix demanda dans l'émetteur radio :

— Hé, que se passe-t-il? Tout d'un coup, on se croirait dans un cimetière!

Dans un silence absolu, le car explosa. Une boule de feu à la lueur intense se détacha de la partie médiane du véhicule ; des débris de toutes sortes volèrent vers les ténèbres pour retomber sur la chaussée.

— Ils les ont tués! Ils ont tué tous les enfants! glapit un journaliste de la NBC. Le car vient d'exploser sous nos yeux! L'explosion a certainement tué tous ceux qui se trouvaient à l'intérieur!

Un cercle de feu continuait de flamboyer sur la chaussée jonchée de débris ; des nappes épaisses de fumée empêchaient de voir au-delà. Puis Singing Rock toucha le bras de Harry et dit : « Regardez. »

Au sein des flammes elles-mêmes, formant un cercle, venaient d'apparaître les hautes silhouettes des vingt-deux plus grands hommes-médecine peaux-rouges qui aient jamais existé. Ils étaient revêtus de leurs robes de cérémonie, en peau de daim et en cuir de bison, et de robes au tissage élaboré ; leurs coiffures étaient ornées de cornes, de plumes et de queues de couguars.

Parmi eux, portant une robe noire et rouge qui scintillait de fils d'or et d'argent, et une coiffure ornée des ailes déployées d'un aigle, tenant dans sa main un bâton magique aux sculptures compliquées, il y avait le plus grand des plus grands, le faiseur de prodiges dont le nom était encore chuchoté par les herbes et les arbres de l'immense continent américain. Ses pommettes hautes étaient peintes en bleu, jaune et blanc, les peintures de guerre des Iroquois ; ses yeux enfoncés brûlaient d'une lueur de fierté et d'un désir de vengeance légitime.

Neil, avec une sensation d'oppression et de peur, comprit que c'était l'être qui avait pris possession de son fils et l'avait submergé... l'être qui était venu à la vie sous la forme d'un homme en bois et qui avait tenté de le détruire. C'était Misquamacus.

— Gitche Manitou, protège-nous, psalmodia Singing Rock. Gitche Manitou, viens à notre aide. Gitche Manitou, vois comme notre désir de paix est juste. Guide nos mains.

Il s'apprêtait à lancer les poudres magiques devant eux, pour assurer leur protection, lorsque Harry le tira par la manche.

— Singing Rock... pour l'amour du ciel ! Regardez ce qu'ils font !

Une escouade de dix hommes de la Garde Nationale — des hommes jeunes aux visages inexpérimentés sous leurs casques kaki — venait de franchir la barricade des voitures de patrouille et des camions blindés. Ils se déployèrent sur la route et s'alignèrent, puis ils mirent un genou à terre et visèrent les hommes-médecine avec leurs fusils.

Singing Rock, au bord du désespoir, cria :

— Non ! Ne les laissez pas tirer ! *Ils ne doivent pas tirer !*

Mais l'ordre fut brutalement donné dans l'émetteur radio :

— En joue... *feu !*

9.

Le crépitement intense d'une fusillade retentit. Harry, Neil et Singing Rock savaient ce qui allait se produire... c'est pourquoi ils furent à même de suivre l'action fatale, durant la fraction de seconde qui succéda au tir. Misquamacus fit un geste devant lui, balayant l'air du bras... écartant les manitous de chacune des balles et les renvoyant vers l'endroit d'où elles provenaient.

Non préparés, non protégés, les dix jeunes hommes de la Garde Nationale furent foudroyés à l'endroit où ils étaient agenouillés... tués par leurs propres balles. Ils gisaient sur la chaussée, baignant dans des taches sombres de sang, recroquevillés et pelotonnés, tels des enfants endormis. Il y eut un silence stupéfait sur le pont et ses alentours ; même les journalistes de la télévision regardaient fixement la scène, sans rien dire. Le vent capricieux chassa l'odeur âcre de la poudre. L'écho des détonations retomba.

Singing Rock baissa la tête.

— Ils n'écoutent jamais, dit-il doucement. C'est toujours la même chose... ils n'écoutent pas. Ô dieux des anciens temps, protégez-nous.

A présent c'était trop tard. Un nouveau détachement de la Garde Nationale s'avança. Armés de fusils et de lance-rockets, ils arrivèrent à la hauteur des corps de leurs camarades tués et les dépassèrent. Ils mirent un genou à terre et levèrent leurs armes, tandis que des brancardiers accouraient avec des civières pour emporter les cadavres.

Au milieu du pont, Misquamacus écarta les bras. Il commença à réciter les paroles magiques pour appeler Nashuna, Pa-la-kai et Coyote. Sa voix était caverneuse ; elle grondait sourdement, comme le vent et les vibrations de l'orage qui agitaient les eaux du lac. Les autres hommes-médecine se retournèrent pour se faire face, puis ils écartèrent les bras, eux aussi, indifférents aux soldats alignés qui les visaient de leurs armes.

— Choisissez soigneusement votre cible, leur recommanda le colonel de la Garde Nationale. Ensuite tirez... feu à volonté jusqu'à ce que vous l'ayez touchée !

Il y eut un silence tendu. Puis :

— *Feu !*

Le second holocauste fut pire que le premier. Neil et Harry se jetèrent à terre, sur le bas-côté de la route poudreuse, comme le tir saccadé des armes automatiques retentissait et explosait au-dessus d'eux, dans toutes les directions. Le journaliste de la NBC à côté d'eux fut atteint au visage. Il fut projeté en arrière et tomba dans un flot de sang. Policiers, soldats et curieux se tordaient et s'écroulaient. Des balles firent voler en éclats des pare-brise de voiture et transpercèrent des réservoirs d'essence. Quatre voitures de la police de la route explosèrent et devinrent la proie des flammes. La lueur blafarde de l'incendie illumina la nuit ; l'air était imprégné de l'odeur rance de l'essence en train de brûler.

Le colonel de la Garde Nationale ne réalisait toujours pas que ses hommes avaient été tués par leurs propres balles, qui s'étaient retournées contre eux. Il ordonna à un troisième détachement de tireurs d'élite de s'avancer. Harry, à plat ventre et tête baissée, cria :

— Pour l'amour de Dieu, vous devez les prévenir, Singing Rock !

— Je ne peux faire qu'une seule chose, répondit Singing Rock. Je l'ai vu faire par un ancien de ma tribu, très puissant, et j'ai entendu dire que Crazy Horse pouvait le faire également.

— Ne prenez pas de risques inutiles ! lui lança Harry. Contentez-vous de dire à ces hommes de la Garde Nationale qu'ils sont en train de nous décimer !

Ils entendirent un nouvel ordre de tirer ; il y eut un nouveau crépitement d'armes automatiques. Instantanément, Singing Rock rejeta sa tête en arrière et écarta les bras.

Cela se produisit tellement vite que Harry ne vit pas vraiment ce qui se passait. Mais toutes les balles décrivirent une large courbe, à la hauteur de Misquamacus, et revinrent vers Singing Rock à la vitesse de l'éclair. Ce dernier écarta ses doigts ; les balles ricochèrent sur ses mains, dans une explosion de feu et de plomb brûlant, produisant un miaulement strident. Ensuite il n'y eut plus rien, sinon l'écho des détonations. Les balles avaient disparu.

Harry se releva. Singing Rock ne disait rien ; il était très pâle et des gouttes de sueur brillaient sur son front.

— Vous avez délibérément attiré ces balles vers vous, dit Harry d'une voix rauque. Espèce d'Indien stupide ! Et que serait-il arrivé si le charme de Crazy Horse n'avait pas marché ? Vous auriez explosé. Elles vous auraient envoyé vers les prairies de chasse éternelles, directement, sans même un arrêt pour le déjeuner.

Singing Rock ne regarda pas dans sa direction.

— Je dois me fier à mes sortilèges, répliqua-t-il d'une voix calme. Si je ne crois plus en ma magie, que me restera-t-il ?

Harry poussa un long soupir.

— Entendu. Mais la prochaine fois, pourquoi ne pas baisser la tête lorsque les balles commenceront à voler ? C'est d'accord ?

Singing Rock acquiesça de la tête. Ce n'était guère le moment de plaisanter. La nuit était traversée par la lueur éblouissante des projecteurs, rendue hideuse par le hululement des sirènes. Pourtant, dominant le vacarme, ils entendaient toujours la voix de Misquamacus, comme celui-ci achevait l'incantation, destinée à faire apparaître le premier des démons indiens. Ils sentaient sous leurs pieds le grondement du tonnerre ; les éclairs, qui avaient zébré le ciel au-dessus des collines lointaines, s'étaient rapprochés et scintillaient non loin de là.

— Écoutez-moi, dit Singing Rock. Ces hommes-médecine unissent leurs forces et sont en train d'appeler Nashuna, Pa-la-kai et Coyote. Les démons ne pourront pas résister à leur appel... ils sont trop puissants, unis de la sorte.

Neil essuya une tache de boue sur son visage et demanda :

— Qu'allons-nous faire s'ils font venir les démons? Comment pourrons-nous les combattre?

Singing Rock jeta un regard à la cage contenant l'esprit qu'il avait posée sur la clôture. Jusqu'à présent, elle était restée tranquille et ne montrait aucun signe d'activité. Il remit en ordre les rubans et les perles, et termina de répandre sur le sol des poudres qu'il avait apportées avec lui.

Puis il dit :

— Vous devez vous rappeler la chose suivante : presque tous les démons peuvent être apaisés. Certains d'entre eux désirent du sang, d'autres veulent des manitous. Si vous pouvez offrir à un démon ce dont il a besoin pour survivre et préserver sa force sur le Grand Dehors, vous réussissez d'habitude à le renvoyer là-bas.

— D'habitude? demanda Harry. Combien de fois ce « d'habitude »?

— Plus souvent que jamais, répliqua Singing Rock. Et, en ce moment, nous devons nous accrocher à tout ce que nous pouvons trouver.

Il y eut un coup de tonnerre assourdissant, et ils levèrent les yeux avec peur vers le ciel. Tout au long de l'étendue sombre du lac, d'énormes éclairs en chapelet grésillaient et crépitaient; l'air empestait l'électricité. Puis les ténèbres les recouvrirent à nouveau; les nuages épais roulèrent au-dessus des montagnes, occultant les étoiles, la lune et le ciel nocturne.

A présent Misquamacus criait à tue-tête :

— Nashuna, nous t'appelons! Nashuna, nous t'ordonnons d'apparaître! Nashuna, dieu des ténèbres, nous t'appelons!

Au-dessus du cercle formé par les hommes-médecine, à une quarantaine de mètres dans les airs, un nœud tourbillonnant de ténèbres apparut, plus sombre que les nuages. Harry discerna au sein de cette grappe menaçante, sans forme, des dizaines de points brillants, qui ressemblaient à des yeux rouges et luisants, maléfiques et voraces. Sous la masse nébuleuse, des tentacules noirs et fuligineux pendaient vers le sol. La cage à esprit, sur la clôture, commença à cliqueter et à s'agiter, comme si elle était importunée par un chien enragé.

De puissantes salves, tirées par des policiers et des soldats, retentirent, des deux côtés du pont. A nouveau, des hommes de la police de la route et des curieux furent fauchés par les balles meurtrières. Harry et Neil entendirent le colonel de la Garde Nationale crier dans l'émetteur radio et ordonner à ses hommes de cesser le feu, puis ils l'entendirent téléphoner à la base de l'Armée de l'Air, à Travis, et réclamer une intervention aérienne.

Cependant, toute l'attention de Singing Rock était concentrée sur Misquamacus, et sur la masse énorme de Nashuna, le démon des ténèbres. Il s'avança, dépassa la barricade formée par les voitures de police, et marcha jusqu'à l'extrémité du pont. Harry, de l'endroit où il était blotti, aurait juré que Misquamacus souriait... il vit l'éclat de ses dents. Singing Rock fut pris dans la lueur des projecteurs, un seul homme contre vingt-deux, affrontant les terrifiants pouvoirs des anciens dieux, et Misquamacus qui allait enfin assouvir sa vengeance.

Misquamacus leva un bras. Singing Rock fit halte. Il se trouvait seulement à dix ou quinze mètres du cercle formé par les faiseurs de prodiges.

De sa voix étrangement lointaine et sonore, Misquamacus le héla :

— Pourquoi me combats-tu, petit frère ? Pourquoi me défies-tu ainsi ?

Singing Rock ne répondit pas. Il se contenta de lever ses ossements-médecine au-dessus de sa tête et de les entrechoquer, selon un rythme compliqué. Puis il pointa un os vers le ciel, vers la masse sombre de Nashuna, et fit tournoyer le second dans son autre main.

Misquamacus comprit brusquement ce que Singing Rock était en train de faire. A son tour, il leva son bras vers Nashuna. Mais il avait quelques instants de retard.

L'incantation de Singing Rock était terminée. Il tendit brusquement son deuxième os vers Neem, celui qui apporte la foudre, l'un des faiseurs de prodiges les plus renommés de tous les temps.

Il y eut un grondement, un craquement, un hurlement strident comme si une falaise s'écroulait. Neem, un Indien puissamment bâti, portant une coiffure ornée de cornes de bison, croisa ses bras sur sa poitrine pour empêcher le charme de Singing de l'atteindre. Durant presque une minute, les deux hommes s'affrontèrent ainsi, sous le regard impuissant de Misquamacus. Des éclairs zigzaguaient et grésillaient autour d'eux, en une pluie d'étincelles qui arrosait la chaussée. De l'endroit où il se tenait, Harry voyait que Singing Rock était penché en avant et que son bras, toujours tendu vers la masse sinistre de Nashuna, tremblait sous l'effort prodigieux.

Brusquement, un cri horrible retentit. Neem, celui qui apporte la foudre, était tombé à genoux. A présent, Singing Rock se tenait pratiquement au-dessus de lui, pointant un ossement vers son corps et gardant l'autre tendu vers Nashuna. Les grondements étaient assourdissants ; Harry eut la certitude que le pont tout entier allait s'effondrer.

— Nashuna, démon des ténèbres, je te donne les ténèbres de cette créature pour tes réserves de nuit ! cria Singing Rock, d'une voix tendue et perçante. Prends ses ténèbres, c'est mon offrande, et repars vers le Grand Dehors !

Neem s'affaissa sur la route. Il essaya de ramper et de se traîner vers Singing Rock, mais il savait qu'il était vaincu. Singing Rock avait été trop rapide, trop direct, et il s'était servi de l'un des plus puissants charmes sacrificatoires. Agonisant, Celui qui apporte la foudre poussa un cri de douleur, tandis que quelque chose pelait la peau sur son corps, couche après couche transparente, et que ses muscles, ses membranes et ses os étaient mis à nu. Il roula sur le côté, telle une fleur disséquée ; ses ténèbres intérieures, les ombres secrètes de son corps, furent attirées vers l'os que Singing Rock pointait toujours vers lui, absorbées par lui et canalisées vers les replis de la gueule de Nashuna, passant par l'autre os brandi vers le démon.

Un nouveau coup de tonnerre retentit, et Nashuna disparut. Singing Rock s'écarta des restes épars de Neem l'homme-médecine, observant Misquamacus avec circonspection. Le visage de ce dernier ne reflétait aucune émotion, mais les bras étaient toujours levés, pour se protéger de la magie de Singing Rock.

— Tu m'as défié, dit Misquamacus. Et c'est la seconde fois que tu le fais. Pour cette raison, tu mourras, et ton manitou sera condamné à errer à jamais dans le Grand Dehors, en une éternelle souffrance du corps et de l'esprit. Moi, Misquamacus, je te promets cela!

Singing Rock ne dit rien, puis tourna brusquement le dos à Misquamacus et s'éloigna du pont. Il revint vers Harry et Neil, pour ranger ses os dans la valise, d'un geste professionnel, presque désinvolte. Ce fut seulement lorsqu'il se retourna pour regarder Harry que la tension qui crispait son visage fut pleinement évidente. Il était blanc et ses yeux semblaient avoir perdu toute expression.

— Comment avez-vous pu lui tourner le dos? demanda Neil. Pourquoi ne vous a-t-il pas foudroyé?

Singing Rock se tamponna le front avec son mouchoir.

— Il m'a laissé partir parce que nous avons fait de ceci une sorte de joute. Il y a des règles pour toute épreuve ; dans le cas présent, la règle veut que vous ne fassiez pas usage de votre médecine lorsque votre adversaire vous tourne le dos.

Le capitaine Myers quitta son abri, de derrière sa voiture de patrouille, et vint vers eux. Il dit d'un ton vif :

— Hé, les plaisantins, je croyais vous avoir dit de ne pas vous mêler de tout ceci. Je croyais vous avoir donné l'ordre explicite de filer d'ici.

— Il est heureux que vous ne l'ayez pas fait, rétorqua Harry. Autrement, vous seriez tous étendus sur le sol, à présent, ressemblant à des grenouilles coupées en morceaux.

— J'exige de savoir ce qui se passe ici, reprit le capitaine.

Singing Rock chercha dans sa valise.

— Ce qui se passe ici, c'est que je m'efforce de vous sauver la vie, dit-il d'un ton brusque. A présent, si vous savez où se trouve votre intérêt, vous allez cesser de vous mettre sur mon chemin et me laisser poursuivre mon travail.

— Mais que diable *avez-vous fait* là-bas ? demanda le capitaine Myers. Que voulaient dire toutes ces simagrées avec les os ?

— C'est extrêmement simple, répondit Singing Rock, en sortant deux sacs en cuir contenant des poudres. Nashuna est le démon des ténèbres, et les ténèbres équivalent pour lui à une transfusion sanguine. Chaque être possède des ténèbres intérieures, physiques et mentales. J'ai donné à Nashuna les ténèbres intérieures de Neem, cet homme-médecine étendu là-bas ; Nashuna a été satisfait et est parti. Je crains que vous ne soyez obligé de comprendre la chose suivante : pour Nashuna, les ténèbres intérieures d'un puissant homme-médecine sont infiniment plus précieuses que celles d'un capitaine de la police de la route. Pour parvenir au même résultat, il aurait sans doute été contraint de disséquer une bonne centaine de policiers.

— Écoutez-moi bien, espèce de transfuge d'un cirque itinérant, fit sèchement le capitaine Myers, je vous ordonne de quitter immédiatement ce secteur. Si vous tentez de revenir ici, je veillerai personnellement à ce que vous soyez abattu, sans sommation.

— Si vous m'obligez à partir, riposta Singing Rock, alors je peux vous assurer que vous ne serez plus là pour m'abattre.

Sur la clôture, la cage à esprit recommença à cliqueter et à s'agiter. Singing Rock se retourna pour l'écouter, puis il annonça :

— C'est Pa-la-kai. Misquamacus a appelé le démon du sang.

— Le démon du sang ? demanda le capitaine Myers. On dirait l'une de ces foutues bandes dessinées d'horreur.

Il y eut de nouveaux coups de tonnerre, accompagnés

d'éclairs aveuglants. Durant quelques secondes, Misquamacus et ses hommes-médecine se découpèrent sur ce qui ressemblait à des globes lumineux, à des soleils intensément brillants qui flottaient et tournoyaient au-dessus de leurs têtes. Harry, levant sa main pour protéger son visage, eut juste le temps de discerner les contours bleuâtres de *quelque chose* au sein de cette source lumineuse intense ; puis le pont et le ruisseau furent à nouveau plongés dans les ténèbres. Il ne vit plus que des points rouges et verts qui flottaient devant ses yeux.

Singing Rock s'avança de nouveau et se tint dans l'obscurité, face au pont où Misquamacus avait formé son cercle.

— Ô esprits du vent ! lança-t-il, je vous appelle à présent pour que vous m'aidiez. Ô esprits de l'orage, donnez-moi votre énergie. Je vous appelle, ouragans et trombes, pour que vous me donniez votre force.

— Qu'est-ce que cet idiot est en train de faire ! s'exclama le capitaine Myers. Il ne voit donc pas qu'il va se faire tuer ?

Harry retint le capitaine par le bras.

— Restez ici, capitaine. Donnez-lui une chance. Il sait mieux que vous ce qu'il risque.

Une légère brise commença à agiter l'herbe autour d'eux. Puis la brise se changea en un léger vent, qui sifflait à travers la clôture et la cage contenant l'esprit. En quelques secondes, le vent s'était levé et soufflait encore plus fort. Des nuages de poussière furent soulevés des bas-côtés de la route. En une minute, c'était devenu un vent de tempête dont le sifflement recouvrait leurs paroles.

Derrière Misquamacus, au centre de son cercle-médecine, les globes tournoyants de Pa-la-kai, le démon du sang, flamboyèrent à nouveau. Ils étaient plus brillants que le soleil, plus brillants que tout ce que Harry avait jamais vu auparavant. Finalement, il lui fut impossible de regarder plus longtemps. Les globes aveuglants flottèrent lentement les uns vers les autres, pour s'assembler et former un soleil unique, dont l'éclat était insoutenable.

Plissant les yeux contre la lumière intense, Harry observait Singing Rock avec inquiétude. Il se rendait compte que l'Indien était déjà fatigué, à opposer sa magie à celle de Misquamacus et des vingt autres hommes-médecine ; et n'importe lequel d'entre eux était plus expérimenté et plus puissant que Singing Rock, comme il ne le serait jamais, même après trois réincarnations. Tandis que le démon brillait et étincelait, se fondait lentement en une seule forme, suprêmement maléfique et invincible, la tête de Singing Rock s'inclina sur sa poitrine et il baissa les bras peu à peu.

Le vent de tempête, qui s'était levé avec une telle soudaineté, commença à faiblir.

— Allons, reprends-toi, nom d'un chien! chuchota Harry. Tu ne vas pas le laisser te battre maintenant. Tiens bon! Continue, continue!

Mais Singing Rock était épuisé. Il se laissa tomber sur un genou et porta les mains à sa tête, pour se concentrer sur le charme qu'il essayait d'opposer au démon. Pendant ce temps, Pa-la-kai, dans toute sa majesté vorace et son éclat insupportable, continuait de grossir et de se développer, toujours plus brillant, toujours plus destructeur. De sa gueule aveuglante sortait une cacophonie de hurlements effroyables et de cris sanguinaires. Il s'éleva à nouveau, très haut au-dessus de la tête de Singing Rock, pour prendre le sacrifice qui lui était dû.

Singing Rock leva les yeux. Harry put voir qu'il était pratiquement aveuglé par la lumière de Pa-la-kai. Neil, qui se tenait à côté de lui, dit :

— Il est fichu, Harry. Il est incapable de lutter contre cela. Il est fichu!

Singing Rock écarta les bras. A quelques pas de distance, à présent, Misquamacus se dressait au-dessus de lui, avec sa coiffure aux ailes d'aigle, immense, triomphant et frémissant de vengeance. Derrière Misquamacus, formant un demi-cercle silencieux, se tenaient les plus grands des faiseurs de prodiges peaux-rouges.

— Pa-la-kai! hurla Misquamacus. Je te donne le sang de ce traître! Je te donne chaque goutte qui coule dans ses veines, chaque goutte de son cœur ! C'est ton sacrifice, Pa-la-kai, maître de la mort ! C'est ta récomponse, Pa-la-kai, dieu du sang !

Singing Rock, au lieu de s'effondrer, se releva en chancelant. Il répandit sur le sol ses poudres-médecine, en un motif entrecroisé. Son regard était égaré ; ses traits étaient convulsés par l'effort. D'une voix de stentor, il appela :

— Ossadagowah ! Par le commandement des anciens dieux, par les paroles interdites de Sadogowah, par les mille morts et les mille vies, je t'ordonne d'apparaître !

Misquamacus se figea sur place, complètement pris au dépourvu. Il regarda Singing Rock avec incrédulité. En effet, ce dernier avait osé appeler le démon qu'aucun homme-médecine indien n'avait jamais osé appeler, la bête n'ayant pas de forme humaine que Misquamacus avait l'intention d'utiliser lui-même pour faire apparaître Ka-tua-la-hu, celui qui dort sous les eaux.

Bien qu'Ossadagowah fût dangereux pour tout être humain — indépendamment de tous les sacrifices qui pouvaient être placés devant lui — il était presque toujours enclin à favoriser ceux qui l'appelaient et le faisaient venir du Grand Dehors ; pour un certain temps, du moins, il ferait ce qu'ils lui demanderaient. Cette fois, lors de cette manifestation, il ferait ce que lui ordonnerait Singing Rock.

Singing Rock avait à peine fini de parler qu'une nuée étrangement froide commença à se former au-dessus du pont. Elle grandit et descendit lentement, pour recouvrir, telle une brume, les globes brillants de Pa-la-kai qui luisaient d'une vague opalescence. En quelques minutes, les feux de Pa-la-kai s'étaient éteints et avaient disparu. Il n'y eut plus rien au-dessus du pont, à l'exception de ce miasme du mal, blanc et glacé.

— Ossadagowah, très vénéré fils de Sadogowah, être affamé du Grand Dehors, je t'offre ces faiseurs de prodiges, cria Singing Rock. (A nouveau il répandit ses poudres sur le sol.) Je te donne leur sang, leurs cervelles et leurs esprits, pour que tu les broies entre tes dents. Je te donne leur essence pour que tu l'absorbes. Je te donne tout cela et t'adresse ma prière.

Le nuage blanc se lovait et se tordait, ressemblant à de gros asticots d'un blanc transparent. Il émit également un *bruit*, comme Harry n'en avait jamais entendu. C'était un gémissement lugubre et hideux, qui le glaça jusqu'aux os. Le son émis par un être qui est dépourvu de pitié et d'émotions, qui n'a pas d'âme. Harry comprit ce que Singing Rock avait risqué en appelant Ossadagowah. Il avait risqué sa propre vie, celles de tous ceux qui se trouvaient à proximité, et peut-être celles de milliers d'autres personnes. Seul un grand faiseur de prodiges était capable de renvoyer Ossadagowah vers le Grand Dehors, et il n'y avait que deux faiseurs de prodiges, actuellement en vie, qui étaient capables de le faire. Singing Rock, s'il était au meilleur de sa forme — ce qui n'était pas le cas, présentement — et Misquamacus...

Misquamacus le comprit également. Il comprit que Singing Rock l'avait dupé. Il resta immobile un instant, son visage levé vers les tentacules froids et s'agitant d'Ossadagowah, puis il glissa sa main sous son costume, vers sa poitrine. Il en ressortit une petite tablette de pierre grise, qu'il brandit vers Ossadagowah. En même temps, il commença à psalmodier un chant. Il chantait vite, d'une voix forte, et... Harry en eut l'impression... avec un certain désespoir.

Ossadagowah gémit à nouveau ; son gémissement fit trembler la terre sous leurs pieds. Sa masse nuageuse parut s'agrandir encore, et ses tentacules fouettèrent l'air. Puis, très progressivement, les replis de sa masse informe commencèrent à se refermer sur eux-mêmes et à se dissiper. En quelques instants, tout son être avait disparu.

A présent Misquamacus et Singing Rock étaient face à face, seuls. Pourtant le faiseur de prodiges tourna le dos à Singing Rock, un instant, et leva les bras pour s'adresser aux autres hommes-médecine. Ils s'entretinrent quelques instants ; leurs visages étaient sévères et vindicatifs. Puis, après avoir décidé de ce qu'ils allaient faire, ils se retournèrent et firent face à Singing Rock.

Misquamacus et Singing Rock se parlèrent un long moment. Harry essaya d'entendre ce qu'ils se disaient, mais ils parlaient d'une voix calme et sans émotion apparente ; lorsque, de temps à autre, il saisissait un mot, cela semblait appartenir à quelque langage indien. Il s'agissait peut-être d'un défi que se lançaient les hommes-médecine. Ou bien Misquamacus demandait à Singing Rock de quitter le camp des hommes blancs et de se battre aux côtés de ses frères de sang. Quoi qu'il en fût, Singing Rock secoua la tête à la fin de cet entretien et, sans rien ajouter, revint vers la barricade des voitures de police.

— Que se passe-t-il là-bas? demanda le capitaine Myers. Quelle est la situation?

Singing Rock s'agenouilla devant sa valise et rangea ses poudres et ses amulettes. Puis il se releva et son regard se posa successivement sur Harry, Neil et le capitaine Myers.

— Ce que vous venez de voir n'était qu'une escarmouche, dit-il. J'ai pris Misquamacus au dépourvu, et j'ai réussi à l'empêcher de lâcher ces démons sur le pays. Mais, comme vous pouvez le constater, il est à peine fatigué, et je suis épuisé. Il a vingt autres faiseurs de prodiges pour le soutenir, vingt autres faiseurs de prodiges pour appeler le plus redoutable des dieux des anciens temps. Il a dit que, même sans l'aide d'Ossadagowah, il ferait surgir Ka-tua-la-hu des eaux, et que cela signifierait notre fin à tous.

Le capitaine Myers se rebiffa avec colère.

— Qu'est-ce que vous racontez là? fit-il d'un ton cassant. Il s'agit seulement de nuages, d'illusions optiques et de trucs dans ce genre, et vous voudriez me faire croire que c'est dangereux? La seule chose qui est dangereuse dans le coin, mon vieux, c'est ce groupe de terroristes, là-bas, sur le pont.

— Des terroristes? s'enquit Singing Rock. Vous pensez réellement que ce sont des terroristes?

— Ils se sont emparés du car scolaire, ont kidnappé les gosses, et ont tout fait sauter. Ensuite ils ont massacré trente personnes. Quel autre nom voudriez-vous leur donner?

— Capitaine, dit Singing Rock, si tout cela est vrai, dans ce cas... où sont les corps des enfants?

— Volatilisés, je suppose, répondit le capitaine d'un ton maussade.

— Et où sont les armes de ces « terroristes »? En voyez-vous un seul qui ait une arme?

— Ils les cachent. Ils cachent des armes de fabrication soviétique.

— Ils les cachent *où?* demanda Harry sèchement. Sous leurs chapeaux?

Le capitaine Myers ne répondit pas.

— J'ai déjà essayé de vous expliquer la situation, capitaine, reprit Singing Rock, mais vous avez refusé de m'écouter. Ces hommes là-bas sont des hommes-médecine ; ils ont vécu autrefois, il y a plusieurs siècles, et se sont réincarnés. Dans un moment ils feront surgir du lac Berryessa un dieu qui a pour nom Ka-tua-la-hu, et Ka-tua-la-hu nous exterminera tous.

Le capitaine Myers tira sur son oreille.

— Ka-tua-la-hu, hein?

— C'est exact. Une bête qui n'a pas de forme humaine. Le plus terrible et le plus redouté de tous les anciens dieux. Le rejeton du Grand Ancien lui-même.

Le capitaine Myers parut perplexe. Il fit quelques pas en direction de sa voiture, puis revint vers eux et dit :

— Ka-tua-la-hu?

Singing Rock acquiesça de la tête.

— Si vous regardez vers le pont, vous vous rendrez compte qu'ils ont déjà commencé à l'appeler.

Le capitaine mit sa main en abat-jour, pour protéger ses yeux de la lueur des projecteurs, et loucha un instant vers Misquamacus et ses hommes-médecine. Puis il s'éloigna rapidement pour faire son rapport, par radio.

Singing Rock pressa ses doigts sur ses yeux. Harry l'observa un instant, puis demanda :

— Est-ce que je peux faire quelque chose?

Singing Rock secoua la tête.

— Il s'agit d'un duel à présent. Le seul ennui, c'est qu'ils sont vingt-deux — vingt et un, à dire vrai, mais cela ne fait pas une grande différence — et que je suis tout seul. Je ne pourrai pas les combattre indéfiniment.

— Et Ka-tua-la-hu? Que pouvons-nous faire contre lui?

Singing Rock haussa les épaules.

— Je ne sais vraiment pas. Et même si je le savais, je ne pense pas que j'aurais la force de faire quelque chose à son sujet.

— Vous ne pouvez pas abandonner maintenant, intervint Neil. Si vous sortez vainqueur de cette bataille, je retrouverai Toby. Je vous en prie.

— Je vais faire tout mon possible, Neil, répondit Singing Rock. Je vous le promets. Mais vous ne devez pas nourrir un trop grand espoir.

— J'ai toujours espéré, rétorqua Neil. Merde, j'ai espéré quand il n'y avait plus rien d'autre à faire. Lorsque tout le monde me prenait pour un cinglé.

— Mais, Neil... commença Harry.

— Mais rien du tout! l'interrompit Neil. Je ne vois qu'une chose : les hommes blancs ont vaincu les Indiens autrefois, y compris leurs hommes-médecine. S'ils l'ont fait dans le passé, ils peuvent le refaire maintenant. Si Misquamacus était aussi puissant, comment se fait-il que les prairies soient toutes devenues des champs cultivés à présent, et comment se fait-il que tous les bisons soient morts et que les anciens dieux aient été oubliés? Expliquez-moi pourquoi tous les Indiens vivent aujourd'hui dans des réserves?

Singing Rock passa sa main dans ses cheveux, d'un geste las.

— Les Indiens ont été vaincus parce qu'ils ne croyaient plus en leur magie, dit-il. Cela n'avait rien à voir avec le pouvoir d'hommes-médecine comme Misquamacus. Les hommes-médecine ne pouvaient rien faire, sans le soutien de leurs tribus, c'est tout.

— Cette explication ne me satisfait pas, fit sèchement Neil. Je crois que l'homme blanc a conquis l'Ouest parce qu'il travaillait plus dur et se battait avec plus d'acharnement, et parce qu'il n'aurait jamais accepté de renoncer.

— Neil, dit Harry, essayant de le calmer.

— Je ne pense pas que les Indiens aient perdu la foi, répéta Neil. Je crois seulement que les hommes blancs étaient plus forts, point final.

Un grondement sourd retentit, venant du lac. Un vent

humide souffla un moment, puis retomba. Il laissa derrière lui une odeur étrange... une odeur de poisson et de brouillard glacé. Sur tout le pourtour du lac Berryessa, l'eau commença à s'agiter et à moutonner. Une petite vague de fond vint même s'échouer dans Pope Creek, sous le pont, recouvrant le ruisseau d'une écume boueuse.

Singing Rock se retourna et observa le pont. Il apercevait Misquamacus, illuminé par les projecteurs de la police, se balançant d'un côté et de l'autre, psalmodiant une incantation d'une voix stridente et suraiguë.

— Il a presque fini d'appeler l'ancien dieu, annonça Singing Rock. Lorsque les vingt et un hommes-médecine réciteront ensemble l'invocation finale, les eaux s'ouvriront et vous verrez Ka-tua-la-hu. Ma foi, j'espère que vous ne le verrez jamais. Neil, Harry, vous feriez mieux de remonter dans cette camionnette et de ficher le camp d'ici, sur les chapeaux de roue. A présent, nous n'avons plus l'ombre d'une chance.

— John, dit Harry, je ne vous laisserai pas tomber.

— Vous le devez, insista Singing Rock. De toute façon, vous ne m'êtes d'aucune utilité, vous savez !

— John... je ne pars pas. C'est mon dernier mot.

Singing Rock regarda Harry un moment, puis il lui tendit la main.

— Très bien, dit-il doucement. J'apprécie votre geste. Mais ne venez pas me dire ensuite que je ne vous avais pas prévenu.

Là-bas, au milieu du lac, une vaste nappe de brouillard froid se formait dans les ténèbres ; les eaux glougloutaient et bouillonnaient, tel un horrible présage. Le sol craquait sous leurs pieds ; la température baissait de plus en plus, à chaque minute qui s'écoulait. Autour d'eux, policiers et journalistes couraient dans tous les sens, dans le plus grand désordre. Seulement sur le pont lui-même régnait un certain calme, l'œil du cyclone, tandis que Misquamacus commençait à faire des gestes lents vers le lac et appelait Ka-tua-la-hu, le terrible dieu des anciens temps.

— Je suppose que c'est pratiquement notre dernière

chance, dit Singing Rock. Misquamacus est entièrement absorbé par sa tâche présente. Il a besoin de toute son énergie, et de celle de ses amis, pour faire apparaître Ka-tua-la-hu sans l'aide d'Ossadagowah. Je retourne là-bas.

Il ouvrit sa valise et en retira deux haches de guerre ; chacune était ornée de scalps et de plumes. Puis il lança un dernier regard à Harry et franchit la barricade, se dirigeant vers le pont.

— Faites très attention, John ! lui lança Harry. Mais il n'était pas sûr que Singing Rock l'ait entendu.

A présent, à des dizaines de mètres au-dessus de la surface bouillonnante du lac Berryessa, le brouillard grisâtre se développait et revêtait lentement la forme vague et effroyable de l'ancien dieu. Il faisait tellement sombre que la forme contorsionnée de Ka-tua-la-hu était à peine visible. Pourtant, comme il scrutait intensément le brouillard, Harry distingua quelque chose ressemblant à un nid de serpents qui se tordaient d'une manière répugnante... quelque chose qui lui rappela, d'une manière inquiétante, tous les cauchemars qu'il avait faits jusqu'à ce jour. *C'était l'essence même de la peur et de la répulsion, l'horreur irrépressible qui rampe aux franges de la nuit. C'était le souvenir très ancien qui subsiste en chacun de nous et qui fait que les hommes ont toujours peur des choses qui rampent et des choses qui se glissent sur le sol, même s'ils en ont oublié la raison, d'une façon consciente. C'était Ka-tua-la-hu, le rejeton du Grand Ancien, le dieu abominable de la peur et de la folie.*

A présent les vingt et un hommes-médecine sur le pont avaient levé les bras, en hommage au dieu des temps anciens ; ils chantaient à voix basse et psalmodiaient une incantation. Ils se tenaient dans leur *oweaoo*, leur cercle, et attiraient vers eux la nuée de brouillard.

Singing Rock atteignit l'extrémité du pont et resta à cet endroit un instant, balançant une hache de guerre dans chaque main. Puis il poussa un long cri de défi, un appel moqueur qui ridiculisait Misquamacus et chacun des autres hommes-médecine, un appel qu'aucun Indien possédant quelque fierté ne pouvait ignorer.

Harry se rendit compte que Misquamacus était indécis et hésitait. Puis le faiseur de prodiges se détourna et laissa les vingt autres hommes-médecine poursuivre leur invocation à Ka-tua-la-hu. A présent, celui-ci flottait au-dessus d'eux, formant une immense nappe tourbillonnante de nuées maléfiques. Misquamacus fit face à Singing Rock ; son visage exprimait une patience lassée et un désir brûlant de vengeance.

Singing Rock fit deux ou trois pas en avant, puis il commença à faire tournoyer l'une des haches au-dessus de sa tête, de plus en plus vite, jusqu'à ce qu'elle devînt indistincte. Misquamacus se ramassa sur lui-même, dans l'expectative, mais ses yeux restaient fixés sur le visage de Singing Rock. Il semblait confiant et méprisant. Harry, depuis la clôture, se rendit compte qu'il enfonçait ses ongles dans la paume de sa main.

La hache magique étincela comme elle quittait la main de Singing Rock et volait vers Misquamacus, tournant sur elle-même. Avant qu'elle ait franchi la moitié de la distance, Misquamacus fit un geste rapide du bras ; la hache parut exploser et se changea en une chouette noire, qui poussa un cri perçant et disparut dans le ciel, en un vol lourd.

Singing Rock fit tournoyer la deuxième hache, de plus en plus vite. Il la lança vers Misquamacus, en poussant un cri rauque de vengeance guerrière. Misquamacus fut plus rapide que lui, et il était plus fort. Son bras fit à nouveau un geste ample devant sa poitrine ; la hache décrivit un arc de cercle dans les airs et revint à la vitesse de l'éclair vers Singing Rock. Harry observa avec horreur Singing Rock qui tentait de l'éviter, mais la rapidité et la puissance de la magie de Misquamacus vouaient sa tentative à l'échec. Il ne put arrêter la hache ou l'esquiver. Avec un choc sourd et répugnant — que Harry entendit, malgré la distance — la tête de Singing Rock fut sectionnée et vola de ses épaules.

Durant une seconde insoutenable, le corps décapité de Singing Rock resta dressé sur le pont, tandis qu'une fontaine de sang se déversait de son cou tranché. Puis il eut un soubresaut et s'affaissa, à côté de sa propre tête, et resta immobile.

Harry se détourna, pris de nausées. Il se sentait hébété, assommé, anéanti. Sans même s'en rendre compte, il tomba à genoux et resta dans cette posture, tandis que Misquamacus, d'un air triomphal, retournait à grands pas vers le cercle formé par les hommes-médecine et se joignait de nouveau à eux, pour appeler Ka-tua-la-hu.

— Harry, dit Neil, que pouvons-nous faire à présent? Harry!

Harry redressa la tête. Ses yeux étaient larmoyants et il avait toujours des nausées.

— Que je sois damné si je le sais, répondit-il. Le spécialiste, c'était Singing Rock.

— Harry... nous devons faire quelque chose! Regardez!

Derrière lui, le nuage aux contorsions hideuses de Ka-tua-la-hu était presque arrivé au-dessus du pont. Ses tentacules pâles et visqueux cinglaient l'air et se tendaient vers les rives mouchetées d'écume du lac. A présent l'effroyable dieu barrissait... c'était un barrissement de joie perverse et affamée, ressemblant au gémissement de dizaines de baleines torturées. De l'autre côté du pont, Harry aperçut trois hommes de la Garde Nationale s'enfuir comme un tentacule s'agitait vers eux. Il les attrapa tous les trois et les entraîna, tandis qu'ils hurlaient, vers le lac bouillonnant.

— Il faut foutre le camp d'ici! cria Harry. Cette chose va tous nous tuer!

— Nous ne pouvons pas faire ça! s'entêta Neil. Que deviendraient les enfants? Et tous ces gens qui sont en danger de mort?

— Je ne suis pas l'un de ces foutus martyrs! lui répondit Harry en hurlant. Je suis seulement un devin à la manque!

Déjà policiers et soldats s'enfuyaient autour d'eux, courant vers les collines, grimpant parmi les rochers, s'agrippant à la terre meuble. Un vent froid, chargé de remugles, soufflait... un vent qui empestait le poisson et la chair fétide. Surgissant du nœud de serpents, un autre tentacule cingla l'air vers la rive ; un policier fut broyé et emporté vers l'eau.

Un hurlement strident retentit brusquement, et cinq chasseurs à réaction de l'Armée de l'Air surgirent dans le ciel. Ils volaient en formation serrée et passèrent comme un éclair, se dirigeant vers le nord, au-dessus de l'étendue du lac. Ils dépassèrent la forme nébuleuse de Ka-tua-la-hu. Harry vit les flammes brûlantes, bleu écarlate, sortir de leurs tuyères comme ils grimpaient, viraient sur l'aile et décrivaient un large cercle.

Ka-tua-la-hu poussa un cri perçant et grogna ; une nouvelle grappe de tentacules surgit de la partie supérieure de sa nuée.

Harry et Neil entendaient ce qui se passait, grâce à l'émetteur radio abandonné par les policiers. La Garde Nationale s'était repliée d'un demi-mille ; leur colonel essayait de diriger l'intervention aérienne depuis Dyer Creek.

— *J'appelle les unités au sol. Que voulez-vous que nous pilonnions ?*

— Le pont là-bas. Le pont de Pope Creek. Vous voyez l'endroit où il y a ce genre de brouillard gris ?

— *Nous revenons pour un nouveau survol de l'endroit. Nous ne voyons pas très bien le pont.*

— Là où il y a ce genre de brouillard gris. Ce truc avec tous ces tentacules qui ressemble à une satanée pieuvre.

— *Une pieuvre ? Que voulez-vous dire ? Nous ne voyons pas de pieuvre.*

Harry et Neil entendirent le grondement des avions à réaction derrière les collines. Puis ils surgirent à nouveau, volant toujours en formation serrée, passèrent rapidement au-dessus du pont en décrivant un cercle, et s'éloignèrent vers les nuages au sud. Leur passage fut suivi d'un bang sonore comme ils franchissaient le mur du son.

— *Nous voyons le pont et la formation nuageuse. Vous voulez que nous fassions sauter le pont ?*

— Exactement. Détruisez le pont, et voyez ce que vous obtenez en tirant quelques rockets dans ce nuage.

— *Compris, unités au sol. Nous revenons pour un survol d'essai, ensuite nous attaquerons.*

Le sifflement des avions à réaction se rapprocha à

nouveau. Mais, comme ils apparaissaient au-dessus des collines, des cris confus retentirent dans l'émetteur radio, suivis d'un hurlement à glacer le sang.

— *Qu'est-il arrivé? Je ne vois plus rien! Je suis aveugle!*

— *Oh, Seigneur, mes yeux! Mes yeux!*

Les cinq jets traversèrent le ciel dans un grondement de tonnerre, mais cette fois, c'était la débandade. Deux des appareils se heurtèrent presque au-dessus de l'endroit où Harry et Neil étaient tapis. Il y eut une explosion terrifiante et une boule de feu tournoya à travers la vallée pour s'écraser sur la colline d'en face. Les trois autres avions disparurent en un vol désordonné, mais Harry et Neil entendirent trois chocs sourds dans le lointain et virent la lueur du fuel qui prenait feu.

Harry essuya la sueur sur son visage et leva les yeux vers la forme de Ka-tua-la-hu qui se dressait dans le ciel. La masse blanche et maléfique se tordait et palpitait; une grappe de tentacules s'agitait au sein de l'horreur nébuleuse.

— Eh bien, Neil, j'ai l'impression que nous sommes seuls, à présent!

Neil secoua lentement la tête.

— Nous ne sommes pas seuls. Nous ne l'avons jamais été. Ces Indiens ont appelé à leur aide tous leurs esprits, démons et fantômes des temps anciens ; pourquoi diable n'appellerions-nous pas *les nôtres*?

— Que voulez-vous dire? s'exclama Harry. Auriez-vous perdu la tête?

— Absolument pas. Mais j'ai été stupide. Dunbar est déjà venu à mon aide, et il le refera. Voilà ce qu'il essayait de me dire. Certes, les Indiens ont massacré ces colons blancs, là-bas à Conn Creek, mais ils ont commis une erreur en choisissant de se servir de ce massacre comme d'un point de focalisation pour leur réincarnation. Ils ont dérangé les esprits de ces colons, d'accord? Ils ont dérangé le fantôme de Dunbar. Et ce que j'ai dit à propos des hommes blancs écrasant les Peaux-Rouges est la vérité. Ils les ont vaincus parce qu'ils étaient plus forts, mieux armés et mieux organisés, et à la fin ils étaient plus décidés.

— Et également plus cupides, ajouta Harry.

— Bien sûr qu'ils étaient cupides! Mais c'est justement leur cupidité qui a rendu leur détermination encore plus forte. Et non seulement ils étaient décidés... mais *ils sont là*. J'en suis sûr. Ils attendent seulement que nous les appelions, exactement comme ce monstre attendait que les Indiens l'appellent.

— Vous voulez les appeler? fit Harry. A présent je sais que vous avez perdu la raison.

— Je vais les appeler, et comment! Nous allons gagner, cette fois. Harry, nous avons gagné jadis, et nous gagnerons à nouveau. Mon ancêtre est à l'origine de tout ceci, et il m'appartient de régler toute cette affaire.

Harry voulut le retenir par le bras, mais Neil lui échappa et franchit la barricade des voitures de police abandonnées. Il courait en zigzag, baissant la tête. La nuée vorace de Ka-tua-la-hu était pratiquement au-dessus d'eux, à présent ; ses tentacules se tendaient au hasard, cherchant de la chair humaine. Harry vit l'un de ces serpents blancs se glisser sur le sol et attraper un lapin qui ne se doutait de rien, pour le déchirer aussitôt et le mettre en pièces, le crâne broyé et les yeux exorbités.

Neil atteignit le pont. Les vingt et un Indiens se trouvaient toujours là, dans leur cercle magique, utilisant tous leurs pouvoirs pour faire sortir Ka-tua-la-hu du lac et le lâcher sur le pays, afin qu'il dévore, massacre et dévaste tout... afin que leur vengeance sur l'homme blanc soit complète. Misquamacus se tenait au milieu du cercle ; sa tête était penchée en arrière et ses yeux étaient fermés, ses poings serrés et appuyés contre sa poitrine. Un ululement sans fin sortait de sa bouche, un hurlement aussi ancien et immémorial que le premier homme à avoir jamais appelé les anciens dieux afin qu'il massacre ses ennemis.

Neil cria :

— Dunbar! Dunbar! J'ai besoin de toi!

Sa voix semblait ridiculement ténue au milieu des cris rauques des hommes-médecine peaux-rouges et du grognement surnaturel de Ka-tua-la-hu. Pourtant il continua d'appeler inlassablement :

— Dunbar ! Dunbar ! Dunbar !

— Neil ! hurla Harry. Cela ne sert foutrement à rien ! Revenez, ne restez pas là-bas !

— *Dunbar !* gronda Neil. *Dunbar, pour l'amour de Dieu, viens à mon secours !*

Harry frotta ses yeux couverts de poussière. Il se demanda s'il se faisait des idées ou non, mais, apparemment, il y avait d'autres personnes sur le pont. Au début, leurs silhouettes furent faibles, presque invisibles, puis, comme Neil continuait de crier : « *Dunbar ! Dunbar !* », leurs ombres parurent prendre forme et substance.

Elles ne se matérialisèrent pas complètement. Harry apercevait toujours le garde-fou ombreux à travers leurs corps. Mais, à présent, ils étaient suffisamment distincts pour qu'on puisse les identifier. Vingt hommes, grands et bien bâtis, portant des vestes de tartan, des chemises en peau de daim et de longs cache-poussière, avec des chapeaux battus par les intempéries et des moustaches tombantes. Vingt colons endurcis de l'ancien temps, armés de fusils et de revolvers. Légèrement en retrait derrière eux, sur le flanc de la colline, il y avait vingt femmes portant des bonnets et des pèlerines, et un groupe d'enfants silencieux et immobiles.

C'étaient les fantômes des colons massacrés par les Wappos à Las Posadas, les esprits de 1830 qui étaient revenus. Les gens que Bloody Fenner avait conduits à la mort, et que son descendant appelait à présent pour qu'ils se vengent... la vengeance des hommes blancs sur les Indiens.

Les hommes-médecine baissèrent les bras et firent face aux spectres des colons blancs, en proie à une stupeur circonspecte. Les colons ne s'approchèrent pas. Ils levèrent simplement leurs fusils, visèrent les hommes-médecine et tirèrent. Il y eut une détonation sèche, irréelle ; de la fumée apparut, aussitôt emportée par le vent. Les hommes-médecine s'affaissèrent sur la chaussée.

Au même moment, comme les incantations des hommes-médecine s'interrompaient, un grondement sourd sortit de la masse nébuleuse de Ka-tua-la-hu. Le sol fut secoué à nouveau, tel un gigantesque tremblement de terre, et le ciel nocturne fut déchiré par des éclairs, tandis que des coups de tonnerre assourdissants retentissaient.

Dans une dernière clameur destructrice, l'ancien dieu retourna vers les eaux agitées du lac Berryessa et disparut sous sa surface couverte d'écume. Il laissait derrière lui cette puanteur glacée et ces eaux profondes et noires qui léchaient la rive clapotaient et éclaboussaient le sol, mais le dieu était parti.

Harry courut vers le pont. Neil était toujours là, debout, épuisé et seul. Les corps des hommes-médecine gisaient sur la chaussée ; leurs visages ornés de peintures de guerre reposaient contre l'asphalte. Leurs costumes étaient ensanglantés et en lambeaux. Harry s'avança prudemment parmi les corps, à la recherche de Misquamacus. Neil venait sur ses talons.

Puis Harry entendit une voix. Il leva les yeux et regarda à travers la fumée de la poudre dérivant dans l'air. Là-bas, à l'extrémité du pont, se tenait Misquamacus, avec Feu Brisé, l'homme-médecine piaute, auprès de lui. Les deux faiseurs de prodiges avaient été touchés par les balles spectrales des colons de Dunbar. Le bras droit de Misquamacus pendait à son côté, ruisselant de sang, et une tache sombre maculait les braies de Feu Brisé. Mais le visage de Misquamacus était toujours profondément marqué par la colère et le désir de vengeance. Il fixait sur Harry des yeux qui étincelaient et flamboyaient.

— Tu penses m'avoir vaincu, homme blanc, mais je te détruirai, toi aussi, comme j'ai détruit ton ami, ce traître à son peuple. Mais d'abord, Feu Brisé va réduire en cendres cet homme, Fenner, afin que tu saches ce que je te réserve.

Feu Brisé leva sa main, exactement comme Andy Beaver l'avait fait, et la tendit vers Neil. Harry essaya de faire un pas en avant. Misquamacus fit un geste rapide de son bras gauche, et Harry eut l'impression d'être paralysé. Il était incapable de faire un autre pas. Feu Brisé chanta les paroles rituelles pour créer le feu, puis poussa un cri rauque et mordant.

A cet instant, l'air vibra étrangement entre lui et Neil. Durant une fugitive seconde, Harry fut certain d'apercevoir la silhouette d'un jeune homme, une main levée pour protéger Neil de la magie qui s'élançait du doigt pointé par Fue brisé.

Un jet de flammes jaillit en rugissant de la main de Feu Brisé, mais il se heurta à la silhouette spectrale du jeune homme et revint, enveloppant Feu Brisé à la place. L'homme-médecine poussa un cri d'agonie comme les flammes brûlaient son visage et sa poitrine nue. Il s'affaissa sur la chaussée, transformé en une torche vivante, se tordit et se débattit. Au bout de quelques instants, il resta étendu à terre, sans mouvement.

Misquamacus se tourna vers Harry.

— Ton legs a toujours été un legs de mort et de destruction, homme blanc. Tu as massacré mes guerriers, violé mes femmes et détruit mes prairies et mes forêts. A présent tu as renvoyé même les plus grands de mes dieux. Je voulais me venger de toi et de celui qui s'appelait Singing Rock, de tous les hommes blancs et de leurs chiens de chasse. Mais c'est la vengeance qui m'a trouvé. Ceci est ma dernière vie sur cette Terre ; à présent je dois m'en aller vers le Grand Dehors, insatisfait.

« Je pourrais te tuer maintenant, mais je ne le ferai pas. Car je veux que tu te souviennes de moi, pour le restant de tes lunes, que tu saches que tu as combattu Misquamacus, le plus grand des faiseurs de prodiges des anciens temps. Je veux que tu saches également que, même depuis le Grand Dehors, je chercherai un moyen de me venger, pour ce que tu as fait, et que tu ne seras jamais à l'abri de ma colère. »

L'homme-médecine leva une main, faisant le signe indien qui signifie « qu'il en soit ainsi », puis il se détourna. Harry et Neil purent seulement le regarder, tandis qu'il s'éloignait et disparaissait dans la fumée et les ténèbres.

Comme ils restaient figés sur place, ils entendirent des voix derrière eux. De petites voix, juvéniles et hésitantes. Ils se retournèrent. Là-bas, sur le pont, à l'endroit où ils avaient vu les corps des hommes-médecine, ils aperçurent les enfants de l'école de Bodega. Linus Hopland, avec ses cheveux roux et ébouriffés, Petra Delgada, Ben Nichelini, Debbie Spurr, et Daniel Soscol. Il y avait même le vieux Doughty. Ils se retournèrent et, là où le corps de Feu Brisé avait brûlé, se tenait Andy Beaver, hébété mais vivant. Et, sortant de la fumée où Misquamacus avait disparu... timidement au début, puis courant vers eux, surgit Toby.

Neil s'agenouilla et serra Toby dans ses bras, éclatant en sanglots. Harry l'observa un instant, puis il marcha jusqu'au parapet du pont, sortit une cigarette et l'alluma. Il ne voulait pas aller voir le corps de Singing Rock. Il préférait se souvenir de son ami indien tel qu'il l'avait toujours connu... digne, sage, tolérant et plein d'humour. Après tout, ce qui gisait sur le pont, c'était seulement une dépouille mortelle. Le véritable Singing Rock, son manitou, se trouvait à présent dans le Grand Dehors, dans les prairies de chasse magiques, où les faiseurs de prodiges se préparaient, en vue de leur prochaine réincarnation. Il tira une longue bouffée sur sa cigarette, puis essuya du revers de la main les larmes qui picotaient ses yeux. Il songea qu'il commençait à se faire vieux. A présent, le vent le faisait toujours pleurer.

*
**

Ils étaient installés dans la cuisine de la maison de Neil, en train de faire un sort aux restes de l'un des pâtés au fromage et au bacon préparés par Susan, accompagnés de brocolis frais et de pommes de terre rouges. Puis Neil alla chercher d'autres boîtes de bière dans le frigo, et ils burent en silence à la santé des survivants... ils eurent peut-être également une pensée pour Dunbar.

— Cette fois, il s'en est fallu d'un rien, dit Harry. J'espère que je ne me retrouverai jamais plus en face de ce satané Misquamacus, aussi longtemps que je vivrai.

Susan lui adressa un gentil sourire.

— La meilleure chose que vous puissiez faire à présent, c'est d'oublier toute cette histoire. Cela ne se reproduira plus jamais, n'est-ce pas ?

— Je ne le pense pas, dit Harry. Puis il ajouta : — Non, certainement pas.

Neil buvait sa bière et ne disait rien. Toby, à l'autre bout de la table, jouait au bûcheron avec les trognons de ses brocolis ; il les découpait en petits morceaux et les faisait flotter sur la rivière, dans la sauce au fromage.

— J'ignore toujours ce qui s'est réellement passé avec Feu Brisé, reprit Harry. J'ai bien cru qu'il allait vous faire griller comme un vulgaire hamburger, là-bas, sur le pont.

Neil baissa les yeux.

— Je l'ignore également. Mais j'ai eu une sorte de pressentiment à ce moment. Je ne sais pas si vous avez vu quelque chose apparaître dans l'air et s'interposer entre moi et cet homme-médecine, mais je jurerais avoir aperçu brièvement mon frère Jimmy. Il s'est mis comme un bouclier, entre moi et les flammes.

Neil reposa son verre.

— Vous vous rappelez ce que Singing Rock avait dit à propos de Feu Brisé ? Sa magie n'était pas très efficace sur les esprits des gens qui avaient été tués par la technologie de l'homme blanc. Eh bien, c'est de cette façon que Jimmy a trouvé la mort. Nous étions en train de travailler sur notre voiture, accidentellement, j'ai fait glisser le cric et il a été écrasé.

Il y eut un silence. Susan, Toby et Harry... tous avaient les yeux fixés sur lui et ne disaient rien. Ils n'intervenaient pas... il devait aller jusqu'au bout, jusqu'au fond de sa pensée, pour être en paix avec lui-même.

— J'ai appris une chose, dit finalement Neil. Jimmy ne me reproche rien. Il m'a protégé et m'a sauvé la vie, exactement comme les esprits de tous ces colons ont protégé l'héritage américain qu'ils avaient contribué à fonder. Je suis persuadé que les esprits du passé sont avec nous, tout le temps, qu'ils soient bons ou mauvais, qu'ils soient fantasques et effrayants, ou bien purs et secourables. Je ne comprends pas encore tout ce qui s'est passé, et je ne pense pas que je le comprendrai un jour, mais je remercie Dieu que le monde soit tel qu'il est.

Harry Erskine termina sa bière, s'essuya la bouche et se leva.

— Je dois partir à présent, dit-il, autrement je vais manquer mon avion.

— Combien de temps resterez-vous dans le Dakota? demanda Susan.

— Juste assez longtemps pour veiller à ce que Singing Rock soit enterré comme un grand homme-médecine doit l'être. Ensuite je rentrerai à New York.

Susan sourit.

— Vous nous téléphonez un de ces jours, pour nous rendre visite, c'est promis?

Harry acquiesça de la tête.

— Merci pour ce repas. C'était formidable.

Ils sortirent dans la cour et marchèrent jusqu'à la camionnette de Neil. Harry jeta sa valise sur la banquette arrière. Susan et Toby se tenaient sur le pas de la porte, lui faisant des signes de la main, comme il s'installait sur le siège du passager et fermait la portière.

— Au revoir, leur lança Harry. Et dorénavant, tenez-vous à l'écart des hommes-médecine peaux-rouges.

Toby sourit et leva sa main... durant une fugitive seconde, il fit le même signe que Misquamacus avait fait avant de disparaître... le signe indien qui signifie « qu'il en soit ainsi ». Puis le signe disparut et l'enfant agitait simplement la main.

Harry regarda Neil et s'efforça de paraître enjoué.

— Un gentil garçon que vous avez là, dit-il, puis il chercha ses cigarettes.

Achevé d'imprimer en décembre 1990
sur les presses de l'Imprimerie Bussière
à Saint-Amand (Cher)

PRESSES POCKET - 8, rue Garancière - 75285 Paris
Tél. : 46-34-12-80

— N° d'imp. 3868. —
Dépôt légal : janvier 1991.

Imprimé en France